Agnes Hammer · Nacht, komm!

Bisher von Agnes Hammer in *script5* erschienen:

Herz, klopf!
Dorfbeben
Nacht, komm!

Genau wie die armen Schwestern von Aschenputtel waren wir die Hässlichen und Scheußlichen. Genau wie die Schwestern von Aschenputtel schnitten wir uns Zehen und Fersen ab, um unsere Füße in diesen widerlichen kleinen Glasschuh zu pressen. Natürlich vergebens. Der Schuh war niemals für uns bestimmt gewesen.

Jonas Gardell

Eine Handvoll Fliegen wollen,
nur eine Handvoll Federn,
und faustgrosses Fleisch ist in der Luft:
Die Guten ins Töpfchen, die schlechten ins Kröpfchen.
Meine Schwestern, meine Sehnsucht,
heimliche Prinzessinnen.

»Die können mich mal!«, sagte Lissy. »Das ist doch Sklaverei!«

Sie standen in schwüler Sommerluft vor dem Gericht, ihre Mutter, Jung, ihr Bewährungshelfer, und die dunkelhaarige Anwältin, die sie vertreten hatte.

»Ist doch wahr!«, sagte sie noch mal. »Hundertzwanzig Sozialstunden, das ist ja der ganze Sommer!«

»Na ja«, machte Jung und zog an seiner Zigarette. Er war ein kleines dürres Männchen mit blonden Haaren. Lissy betrachtete seine gerötete Ohrmuschel, an der sich die Haut pellte. Offensichtlich hatte er dort zu viel Sonne abbekommen, und jetzt kratzte er sich an seinem Sonnenbrand. Lissy sah nach unten. Für den Gerichtstermin hatte er wenigstens feste Schuhe angezogen. Sonst lief er im Sommer immer in Socken und Sandalen herum.

»Ist viel, oder?«, fragte ihre Mutter nach. »Hundertzwanzig Stunden.« Sie trug ein dunkles T-Shirt mit einem Glitzeraufdruck und eine Jeans. Ihre Nägel waren frisch gemacht und glänzten in demselben dunklen Blau wie das T-Shirt. Sie war gut geschminkt und wirkte hundertmal besser angezogen als der Bewährungshelfer und die Anwältin in diesen bescheuerten, lose hängenden Jack-Wolfskin-Klamotten. Lissy mochte weder den Bewährungshelfer noch die Anwältin besonders.

»Also, ich finde, Lissy ist damit noch glimpflich davongekommen«, sagte die Anwältin. Sie rückte ihren Rucksack zurecht. »Ich muss dann mal!«

»Gut, dann, Frau Özman. Und vielen Dank!« Jung gab ihr die Hand. Lissy machte es ihm nach, obwohl sie immer noch wütend war.

»Sonja, äh Frau Winterhart, einen schönen Tag noch.« Jung gab auch Lissys Mutter die Hand, bevor er sie Lissy entgegenstreckte. »Du kommst morgen mal in mein Büro. Ich hätte da einen guten Platz für die Sozialstunden. Ist in Flingern, da kannst du bequem mit dem Bus hinfahren.« Jung schüttelte Lissys Hand, als hätten sie einen Vertrag gemacht oder so etwas.

Später, als sie mit ihrer Mutter in der Straßenbahn saß, war sie nicht mehr so wütend. Sie merkte bloß, dass sie auf den ganzen Mist überhaupt keine Lust hatte.

Ein Junge, etwas älter als sie, starrte sie an, und sie verzog ihr Gesicht zu einer Grimasse. Okay, auch sie war gut geschminkt und trug ihre besten Sachen, aber ihre Haare ringelten sich in Büscheln über ihren Ohren – sie ließ sich die Haare wieder wachsen und da musste sie durch diese Phase durch – und sie fühlte sich in ihrer schwarzen, etwas zu weiten Hose und der gemusterten Bluse überhaupt nicht wohl. Außerdem war ihre Mutter dabei, da musste sie ja wohl keiner unverschämt angrinsen.

»Willste Foto?«, fragte Lissy.

»Lissy, sei still!«

»Ist doch wahr, was glotzt der denn so?«, flüsterte sie zurück. Der Junge drehte sich weg und tat, als hätte er sie nie angegrinst.

»Jetzt ist er feige«, sagte Lissy so laut, dass er es hören musste.

»Halt die Klappe!«, sagte Sonja. »Du wirst noch wie dein Vater. Der muss auch immer Palaver machen.«

Lissy sah aus dem Fenster. Im Staub am Fuße einer der Linden nahm eine Taube ein Bad im Dreck.

Heiße Gewitterluft stülpte sich seit Tagen wie eine große dunstige Kuppel über die Stadt. Sogar wenn es am Nachmittag donnerte und ein bisschen regnete, war es danach genauso schwül wie zuvor.

Lissy zupfte an den Haaren über ihren Ohren. Sie fühlten sich feucht und verschwitzt an, dabei gab es in der Straßenbahn eine Klimaanlage.

Sozialstunden waren das Letzte. Sie war sogar schon mal im Jugendarrest gewesen, weil sie keine machen wollte. Wenigstens musste sie nicht wieder zum Anti-Aggressions-Training. Das hatte sie auch abgebrochen, weil es sie so nervte. Die Jungs dort prahlten mit ihren Schlägereien und die zwei Trainer waren viel zu lieb. Das ganze Wir-halten-uns-ab-jetzt-an-Regeln war nur aufgesetzt. In Wirklichkeit hatte Lissy die Angst der Pädagogen riechen können, sie hing ja überall im Raum, und das ganze strenge Getue war geheuchelt.

Aber in den Arrest wollte Lissy nie mehr. Dieses Eingesperrtsein, diese Stille, die gekachelten Wände überall und diese eine Wärterin, die sie ständig angrinste und sagte, sie habe sich das ja alles selbst eingebrockt. Aber das Grinsen war das Schlimmste gewesen. Lissy hätte ihr am liebsten eine verpasst, aber so blöd war sie auch wieder nicht.

Überhaupt hatte sie keine Lust mehr, noch weiter mit der Polizei und dem Gericht samt Pflichtverteidigerin Özman und vor allem mit diesem Jung, diesem sonnenverbrannten Gnom, zu tun zu haben. Sie musste sich nur zusammenreißen. Und außerdem musste sie sich langsam mal überlegen, was nach der Schule werden sollte. Nicht, dass sie sich in letzter Zeit dort hatte blicken lassen. Das ging gar nicht. Aber irgendwas musste sie machen. Sie war vor ein paar Tagen siebzehn geworden und hatte überhaupt keinen Plan.

EINE HANDVOLL VERRECKEN
VERKRÜPPELTE FLUGRATTEN
UND SICH QUÄLEN
VERDREHTE FLÜGEL IM DRECK. TOT. TAUBE TOT.
EIN AUGE WIE SCHWARZES GLAS STARRT
NICHT MEHR IN DEN HIMMEL.
TAUBENTOT. TOT.

Am Freitag – noch immer war es schwül – fuhr Lissy mit Jung zu einem Altenheim in Flingern. Sie trug wieder ihre schwarze Hose und ein dunkles T-Shirt mit Rüschen an den Ärmeln und hoffte, dass sie freundlich und lieb genug aussah, damit man sie überhaupt zu den alten Menschen ließ.

»Wir können immer fleißige Helfer brauchen«, sagte die Dienstleitung, als sie Lissy die Hand gab. Die Hand war klein und verschwitzt, wie alles an Frau Schramm. Ihre Haare hatte sie aus der glänzenden Stirn gekämmt und hinten zu einem festen Zopf geflochten.

Jung grinste zufrieden. Lissy grinste auch, aber eher, weil sie wohl musste.

»Dann fahren wir mal auf Station drei. Dort kannst du in der Küche helfen.«

»Ja, schön«, sagte Lissy.

»Warst du schon mal in einem Altenheim?«, fragte Frau Schramm.

»Nein, noch nie.«

»Oh.«

»Aber zu Hause machst du doch viel Hausarbeit. Deine Mutter arbeitet doch, oder?«, half Jung.

Die Aufzugtür schob sich zur Seite. Lissy warf einen Blick auf den hellgelb gestrichenen Flur. An den Wänden hingen Bilder in Brauntönen mit schwer zu erkennenden Landschaften, in denen sich Kamele herumtrieben. Irgendwo war ein Fenster geöffnet, denn es zog warm über den Gang.

Eine Frau in einem weißen Kittel kam ihnen entgegen. Sie war unglaublich dick. Sogar ihre Hände waren fett und hatten dort, wo andere Knöchel hatten, kleine Grübchen im Fleisch. Lissy starrte auf diese Hände, die einen Rollstuhl schoben, und auf die alte Frau, die schief im Rollstuhl hing. Die Alte murmelte etwas vor sich hin. Sabber lief ihr aus dem linken Mundwinkel, ohne dass sie etwas dagegen tat. Überhaupt schien die linke Körperhälfte gelähmt zu sein.

»Das ist Schwester Sabine«, stellte Frau Schramm die dicke Frau vor. »Und hier haben wir Frau Müller. Sie hatte vor einiger Zeit einen Schlaganfall.« Ihre kleine Hand wies auf die Frau im Rollstuhl.

»Hallo, ich bin Lissy.«

»Sie wird in der nächsten Zeit in der Küche helfen«, erklärte Frau Schramm Schwester Sabine.

»Füttern kann sie auch. Ist ja nicht verkehrt, wenn man auch mal diese Seiten des Lebens kennenlernt«, schlug Herr Jung vor. Er starrte genauso wie Lissy auf die Frau im Rollstuhl.

»Essen anreichen«, sagte Schwester Sabine. »Wir reichen unseren Bewohnern das Essen an. Das sind weder kleine Kinder noch Tiere!«

»Ja klar«, sagte Jung schnell. »Das meinte ich doch.«

»Aber keine Pflege, nicht waschen, keine Toilettengänge!«, sagte Frau Schramm. »Das wäre gegen die Vorschriften.«

»Ich weiß«, meinte Schwester Sabine.

»Dann kann sie ja am Wochenende sofort anfangen, oder?«, fragte Frau Schramm die Schwester. »Zum Frühdienst, damit sie alles kennenlernt.«

»Genau, Schwester Nele hat Dienst. Die kann dir alles zeigen«, stimmte Schwester Sabine zu. »Wir müssen jetzt mal weiter. Frau Müller soll sich ein bisschen ausruhen.«

Sie nickte ihnen zu und schob den Rollstuhl mit der halb gelähmten Frau weiter.

»Ich hoffe, du kommst mit den Bewohnern zurecht? Sind ja nicht alle wie Frau Müller«, sagte Frau Schramm, als sie wieder im Aufzug standen.

»Also, Lissy soll ja ein bisschen nachdenklich werden. Das muss ihr schon … nun ja, wenn es ihr zu schaffen macht, ist das gar nicht so schlecht.« Jung lächelte.

»Dann stell ich dir jetzt noch Herrn Merl vor. Der zeichnet deine Stundenzettel ab. Damit alles seine Ordnung hat.« Auch Frau Schramm wirkte zufrieden. »Also dann, Samstag, halb acht geht's los.«

Die Bushaltestelle war gleich um die Ecke, neben einem griechischen Imbiss, aus dem es nach verbranntem Fleisch und scharfen Gewürzen roch. Lissy schwitzte in ihrer schwarzen Hose und den geschlossenen Schuhen, die sie sich von ihrer Mutter ausgeliehen hatte, um einen halbwegs ordentlichen Eindruck zu machen. Die schwüle Luft hing wie Kleister zwischen den Häusern und verlangsamte jede Bewegung.

Der Bus war gerade erst weggefahren. Sie verzog genervt den Mund.

Auf der anderen Straßenseite bewegte sich eine vertraute Gestalt von einem Schattenfleck zum nächsten. Sie ging gebückt und schob einen Einkaufswagen mit bunten, teilweise zerrissenen Plastiktüten vor sich her. Jedes Mal, wenn sie eine der schattigen Inseln auf dem Asphalt erreicht hatte, blieb sie stehen und schüttelte sich die Haare ins Gesicht.

Es war die Scheele Christiane, eine Freundin oder zumindest eine gute Bekannte von Lissys Vater. Sie schob ihren Wagen jetzt mit müder Langsamkeit über die Ampel, obwohl für Fußgänger rot war, und achtete nicht auf das Auto, das ihr zuhupte. Sie schüttelte nur weiter an ihrem Pony herum, der ihre leere Augenhöhle verdecken sollte.

Irgendetwas schien sie mit sich selbst bereden zu müssen. Ein zweites Auto, das von der anderen Seite kam, fuhr ihr fast in die Seite, wurde aber auch ignoriert. Dann hob die Scheele Christiane in Zeitlupe ihren Einkaufswagen auf den Bordstein und blieb im Schatten einer Linde stehen.

Lissy drehte sich weg. Sie wollte nichts mit ihr zu tun haben, wollte sie nicht kennen; sie wollte nicht mal, dass ihr Vater sie kannte. Die Scheele Christiane sah sie, zupfte an ihrem Pony und hielt auf sie zu. Auch das noch.

Sie murmelte etwas, was Lissy nicht verstand, und kramte dabei in ihrem Einkaufswagen. Dann hielt sie Lissy ein viereckiges Päckchen hin. Es stank.

»Ich hab kein Geld«, sagte Lissy und sah weg. Zum Glück war sie allein an der Bushaltestelle.

Irgendwie wirkte Christiane frisch geduscht, jedenfalls waren ihre sonst fettigen Haare gewaschen. Vielleicht hatte sie in der Notschlafstelle in Flingern übernachtet, trotzdem stank irgendetwas.

»Nur für was zu trinken!«, flüsterte die Obdachlose und fummelte an dem Päckchen.

»Fürs Saufen schon gar nicht.« Lissy erkannte jetzt, dass die Scheele Christiane ein dickes Buch in der Hand hielt, aber das war es nicht, was da so ekelerregend roch. Zwischen den Seiten war eine Feder eingeklemmt, und Lissy meinte, ein Stückchen Fleisch daran zu erkennen, fauliges Fleisch.

»Nur für Wasser«, sagte Christiane. »Ich sterbe sonst.«

Widerwillig gab Lissy ihr die angebrochene Colaflasche, die sie in ihrer Handtasche trug. Sie fühlte sich lauwarm an. Christiane trank sie in einem Zug leer und reichte die leere Flasche an Lissy zurück.

»Schon gut«, sagte Lissy. Christiane musste in der Hitze total durchgeknallt sein, noch viel durchgeknallter, als sie gedacht hatte. Auf keinen Fall wollte sie nach diesem seltsamen faulenden Stück Fleisch und der Feder fragen.

»Das sind fünfundzwanzig Cent!« Christiane wurde ganz vorwurfsvoll.

»Ja, ich weiß. Gib nicht alles auf einmal aus«, sagte Lissy und machte einen Schritt auf den Bordstein zu. Bloß weg von dieser Verrückten. »Und da kommt mein Bus.«

Schwester Nele war ganz anders, als Lissy erwartet hatte. Sie war jung, höchstens zwanzig, durchtrainiert und hatte breite Schultern und gebräunte Haut, die sich samtig von ihrem weißen Schwesternkittel abhob. An ihr sah Lissy, dass kurze Haare richtig gut aussehen konnten, jedenfalls wenn sie wie bei Nele dick, glatt und blond im Nacken endeten und dadurch die Sportlichkeit und Gesundheit ihrer ganzen Erscheinung betonten.

Außerdem lachte Nele viel. Lissy war nicht besonders gerne zum Altenheim gefahren, zu der Halbgelähmten und der dicken Schwester, aber mit Nele zu arbeiten würde Spaß machen. Sie hatte für alles und jeden die passende und dabei nette Antwort, sogar für den alten Herrn, der ohne seine Unterhose in der Stationsküche aufgetaucht war, um sich seinen Kaffee zu holen.

»Das war Herr Lebert. Er hasst es, wenn er im Nassen liegen muss«, erklärte sie bloß, während sie den halb nackten Mann unterhakte, die Schnabeltasse mit dem heißen Kaffee in der anderen Hand tragend, und in sein Zimmer zurückbrachte.

Neles Birkenstocks klatschten über den Stationsboden, und Lissy mochte, dass sie am linken Schuh – wie einen Kommentar zu diesem trampeligen Schuhwerk – einen Aufkleber trug, einen kleinen silbrigen Totenkopf mit zwei gekreuzten Knochen darunter.

Die Alten auf der Station, meistens Frauen, lernte Lissy kennen, als sie die Wasser- und Saftflaschen auf die einzelnen Zimmer trug und dabei ihren Namen sagte, denn das hatte Nele ihr so aufgetragen. Manche lagen in ihren Betten und starrten still vor sich hin, manche taten so, als würden sie Lissy seit Langem kennen, manche waren taub, manche schauten nicht mal vom Fernseher auf oder brabbelten etwas Unverständliches und wurden ziemlich sauer, als Lissy nachfragte. Eine Frau war blind, und Lissy bemerkte es erst, als sie es Lissy sagte. Anscheinend war sie die Einzige, die klar im Kopf war. Sie hieß Frau Sticker.

»Das sind fast alles Demente hier. So werden halt einige, wenn sie alt sind«, erklärte Nele später, als Lissy danach fragte. »Man weiß nicht genau, woran es liegt.« Sie waren im Wäscheraum und sie zeigte Lissy, wie man die vollen Wäschesäcke abhängte.

»Macht dir das denn nichts aus? Ich meine, du arbeitest doch hier.«

»Hm«, machte Nele.

»Was ich vor allem glaube, ist, dass man vorher leben muss, also bevor man in so ein Altenheim kommt«, sagte sie nach einer Weile.

»Ja, stimmt«, sagte Lissy.

»Wenn ich mal so werde, hab ich Pech gehabt. Ich meine, drüben im Wohnbereich sind ja noch ganz Fitte. Das kann einem eben auch passieren.« Sie luden zusammen die Wäschesäcke in einen Gitterwagen und fuhren damit zum Aufzug.

»So, den fährst du jetzt in den Keller. Dann gehst du rechts, da stehen andere Wagen, und da sortierst du die Säcke ein. Kochwäsche, bunte Handtücher und so weiter. Das hier sind die Markierungen.« In die weißen Wäschesäcke waren blaue, rote oder grüne Fäden eingewebt.

Im Keller war rechts vom Aufzug eine Tür. Lissy drückte sie auf und warf einen Blick hinein. Es war ein kühler, kleiner Raum. An der gegenüberliegenden Wand hing ein großes Kreuz, und daneben standen zwei schwere Kerzenständer und eine kleine Säule, die mit einem schwarzen samtenen Tuch bedeckt war.

Schnell machte Lissy die Tür wieder zu. Sie sah sich um und entdeckte den kleinen Gang, der rechts vom Aufzug wegführte, wie Nele gesagt hatte. Sie schob ihren Gitterwagen dort hinein bis in einen gekachelten Raum, in dem schon mehrere andere Gitterwagen standen. Lissy musste sich nur an die Markierungen der Wäschesäcke halten.

Sie fuhr wieder nach oben und wollte noch etwas mit Nele quatschen, doch die saß mit Schwester Sabine und noch ein paar anderen, die Lissy nicht kannte, im Stationszimmer und erzählte, was alles im Frühdienst passiert war.

»Zur Übergabe muss Lissy ja nicht bleiben, oder?«, fragte Nele, als sie Lissy sah.

»Nein, füll den Stundenzettel aus und dann kannst du gehen«, stimmte Schwester Sabine zu.

Zu Hause duschte Lissy und zog sich Sonjas alten Bademantel über. Sie machte sich ein paar Brote und setzte sich vor den Fernseher. Durch die Mittagssonne, die durch das Fenster fiel, war die Mattscheibe kaum zu erkennen, aber Lissy war das egal. Sie fühlte sich merkwürdig müde und gleichzeitig zu wach, um einzuschlafen.

Auf ihrem Handy war eine SMS von Tamara, ihrer besten Freundin, aber Lissy hatte keine Lust, mit ihr und ihrem Baby rumzuhängen. Jetzt im Sommer trafen sich ihre Freunde aus Gerresheim oft im Park an der Dreherstraße, eigentlich keinem richtigen Park, sondern einem kleinen Stück Grün mit zwei Tischtennisplatten und einem Wasserspielplatz für kleine Kinder. Tamara wollte natürlich wissen, wie es vor Gericht gelaufen war, aber Lissy wollte jetzt nicht darüber reden. Sie hatte Tamara vor Gericht nicht erwähnt, nicht mal der Anwältin gegenüber, und außerdem hatte sich alles über Monate hingezogen, bis es zu diesem Sammelverfahren gekommen war. Sie überlegte, ob sie Tamara eine kurze SMS mit der Anzahl ihrer Arbeitsstunden schicken sollte, doch dann entschied sie sich dafür, das Geld zu sparen und die Kurznachricht unbeantwortet zu lassen.

Sie schmierte sich noch ein Brot – seit Sonja in der Bäckerei verkaufte, war immer ziemlich viel Brot da – und setzte sich wieder vor den Fernseher. Ihre Beine taten ihr weh vom vielen Laufen.

Ihr Handy klingelte, und Lissy glaubte, dass es Tamara war.

»Hallo!«, sagte sie.

»Kommst du heute zur Gruppe?«, fragte Justus.

Lissy mochte Justus sehr, aber gleichzeitig war ihr klar, dass er in einer ganz anderen Liga spielte. Er besuchte das Gymnasium. Er las Bücher und ging ins Kino, und zwar in Filme, die so langweilig waren, dass Lissy sich später nicht mal an die Titel erinnern konnte. Er wohnte mit seiner Mutter in einer riesigen Altbauwohnung in Oberkassel, und er sah auch noch wahnsinnig gut aus. Das Einzige, was sie gemeinsam hatten, war, dass ein Elternteil trank.

»Nein, hab gearbeitet«, sagte Lissy. Sie hätte Justus gerne gesehen, aber auf die Gruppe von Jugendlichen mit alkoholabhängigen Eltern und dieser ein bisschen zu verständnisvollen Sozialpädagogin, die wie ein großer Uhu aussah, hatte sie keine Lust. Überhaupt war sie bisher nur dorthin gegangen, weil Jung behauptet hatte, dass sich das gut vor Gericht machen würde, und das war ja jetzt vorbei.

»Du kannst doch auch nur zuhören«, meinte Justus. »Mir tun die Treffen immer gut.«

»Nein, ich hab nichts an, also keine Straßenkleidung, und außerdem bin ich müde.«

Sie hörte, wie Sonja den Schlüssel zur Wohnung herumdrehte.

»Ich muss Schluss machen, meine Mutter kommt.«

»Kommst du jetzt gar nicht mehr?«, fragte Justus, so als hätte er Lissys Verabschiedung nicht gehört. »Du hattest doch Verhandlung.«

»Doch, klar komm ich noch.«

»Wie war's denn? Schlimm?«

»Ist okay. Hundertzwanzig Arbeitsstunden, ich habe heute schon welche gemacht.«

»Wem erzählst du das denn?«, fragte ihre Mutter dazwischen.

»Ich rufe dich nächste Woche mal an, ja?«, sagte Lissy zu Justus.

Sonja stellte eine Papiertüte mit dem Aufdruck der Bäckerei auf den Tisch.

Lissy legte auf.

»Die Post hat jetzt zu, oder?«, fragte ihre Mutter und wedelte mit einer orangefarbenen Abholkarte. »Da ist ein Päckchen.«

Lissy tat, als hätte sie Sonjas Frage nicht gehört. Sie untersuchte den Inhalt der Tüte, schnappte sich eine Rosinenschnecke und biss ein großes Stück ab.

Fliegen in gewittriger Luft,
und um die Hälse dunkle Regenbogen
aus schillernder Sehnsucht
und schmerzendem Verlangen.

Die alte Frau Grabowski war tot. Ihr Mund stand offen, sodass das blanke Zahnfleisch zu sehen war, gelblich und mit abblätterndem, ausgetrocknetem Speichel überzogen. Die Oberlippe grenzte hart und aufgeworfen an eine spitze, trockene Nase, die Augen waren trüb, schauten nicht mehr und in dem heißen Zimmer stank es nach Kot.

Vorsichtig balancierte Lissy das Tablett, das sie in den Händen hielt, wieder auf den Essenswagen. Sie wischte sich die Hände an den Hüften ab und blickte in Richtung Stationszimmer. Auf dem Flur mit den bräunlichen Kamelbildern war niemand zu sehen. Etwas in ihrer Brust wollte schreien, wollte einfach weglaufen, doch dann wischte sie sich nochmals die Hände ab, schloss vorsichtig die Tür von Frau Grabowskis Zimmer und ging langsam über den Flur. Hinter dem Stationszimmer bog der Flur ab und Lissy sah an dem kleinen grünen Licht, das über dem Zimmer von Frau Scheuvens brannte, dass eine der Schwestern dort war. Lissy klopfte.

Lass es Nele sein, dachte sie.

Aber drinnen stand Schwester Sabine über einen nackten Hintern gebeugt und wusch mit einem Waschlappen Kot von den faltigen Hinterbacken. Sie hob unwillig den Kopf.

»Ich glaube, Frau Grabowski ist tot«, sagte Lissy.

»Ach, die schläft immer fest!« Schwester Sabine warf den Waschlappen in die Schüssel.

»Nein, die Augen sind offen.«

Schwester Sabine sagte erst mal nichts, sondern streifte mit einer geübten Bewegung ihre Latexhandschuhe ab.

»Ausgerechnet heute. Wir sind sowieso schon unterbesetzt.« Sie cremte die gerötete Haut von Frau Scheuvens dick ein, legte eine Inkontinenzvorlage unter das Becken der alten Frau, drehte sie geschickt auf die andere Seite und schloss die Windel. Frau Scheuvens ließ sich das alles stumm gefallen.

»So«, sagte Schwester Sabine zu ihr und zog das rosa geblümte Nachthemd herunter. »Sind wir doch wieder sauber.« Sie deckte das Laken über den kleinen Körper von Frau Scheuvens und tätschelte ihr die Wange.

»Guck mal, wo Nele ist«, sagte sie zu Lissy. »Und dann kannst du hier das Essen anreichen.«

Nele duschte gerade Herrn Seelmann. Lissy blieb kurz auf den feuchten Kacheln des Badezimmers stehen und sah ihr dabei zu.

Nele hatte ihr Armband, eine silberne breite Kette mit verschiedenen Anhängern, auf die Ablage vor den Spiegel gelegt. Eigentlich war Schmuck während der Pflege nicht erlaubt, aber Nele hielt sich nicht immer an die Vorschriften, hatte Lissy schon bemerkt.

»Hat sie's endlich geschafft«, sagte Nele. Sie warf Herrn Seelmann ein Handtuch über den Rücken und rubbelte die Haut trocken.

»Nicht so fest, du Aas!«, rief der Alte. »Nicht so fest.«

Herr Seelmann hob den Arm, wie um Nele abzuwehren, und streifte dabei ihren Busen.

»Alter Grapscher!«, sagte Nele gut gelaunt.

»Wart nur, du Aas!«, grummelte Seelmann zurück. Er hatte chronisch schlechte Laune, aber das Nervigste an ihm war, dass er immer versuchte, nach einem Bein oder einem Hintern zu grapschen.

»Lass das!«, sagte Nele laut, als sie Seelmanns Hand wie in Zeitlupe auf ihre Brust zukommen sah. »Ich komm, sobald ich hier fertig bin«, sagte sie zu Lissy.

Den ganzen Vormittag über, während Lissy das Frühstück austeilte, den Alten in Milchkaffee aufgeweichtes Leberwurstbrot in die Münder schob und die Getränke in den Zimmern der Bewohner auffüllte, blieb die Tür von Frau Grabowski geschlossen. Einmal meinte sie zu hören, dass Schwester Sabine über den Flur lief und im Stationszimmer telefonierte, aber die Zimmertür blieb zu.

Eine ältere Frau in einem großblumigen Sommerkleid verschwand für fünf Minuten in Frau Grabowskis Zimmer. Sie hatte eine große Ledertasche dabei und Lissy vermutete, dass sie die Ärztin war. Anscheinend hatte Schwester Sabine sie angerufen.

Lissy wusste nicht so genau, was sie nun auf der Station tun sollte, deshalb setzte sie sich zu zwei Bewohnerinnen vor den Fernseher im Aufenthaltsraum. Es war heiß, die Vorhänge waren geschlossen und ein Ventilator drehte sich hin und her. Lissy beobachtete seine Bewegung. Jedes Mal wenn er in die Richtung der beiden alten Frauen schwenkte, zuckte die eine mit der Nase. Die andere saß einfach nur da, die Augen auf die Mattscheibe gerichtet und die Hände im Schoß locker um die Fernbedienung gelegt. Sie saß in einem Rollstuhl, fiel Lissy erst jetzt auf, und an ihren Namen konnte sie sich nicht erinnern.

»Ist das wieder heiß heute«, sagte Lissy, um ein Gespräch anzufangen.

»Hä?«, machte die, die die Fernbedienung hielt.

»Ganz schön heiß heute!«, sagte Lissy sehr laut.

»Scheiß?«, fragte die Frau misstrauisch zurück.

»Heiß!«, rief Lissy laut und deutete auf den Ventilator.

Die Alte schüttelte den Kopf, so als wollte sie nicht weiterreden.

Im Fernseher war ein Bericht über die verschiedenen Stadien in Südafrika, in denen die Fußball-WM stattfand. Was darüber gesagt wurde, konnte Lissy kaum verstehen, weil der Ventilator so laut war.

»Da ist es auch heiß!«, rief sie der Bewohnerin zu, um das Gespräch in Gang zu halten.

»Nee! Da ist doch Winter!« Die Alte schüttelte über so viel Unwissenheit den Kopf.

Kurz bevor der Wagen mit dem Mittagessen nach oben kam, ging die Tür von Frau Grabowskis Zimmer auf. Nele schob das Bett auf den Flur in Richtung Aufzug. Auf dem Bett, unter einem hellen Laken, lag Frau Grabowski. Das Laken reichte nicht über die Füße und Lissy konnte sehen, dass sie ihre festen Stützstrümpfe trug. Das Gesicht war zugedeckt.

»Kannst du zehn Minuten allein auf der Station bleiben?«, fragte Schwester Sabine sie. »Ich fahre mit runter.«

Lissy nickte.

Nele fuhr das rollbare Bett mit der Toten vorsichtig in den Aufzug. Ihr Armband klingelte leise dabei. Schwester Sabine quetschte sich dazu, drückte auf den Knopf für den Keller und die Türen schlossen sich.

»Schwester!«, rief plötzlich die Alte, mit der Lissy sich unterhalten hatte. »Schwester, kommen Sie mal!« Die Fernbedienung war ihr heruntergefallen. Lissy ging zurück in den Aufenthaltsraum.

In der Umkleide, die im Keller lag, war es kühl. Nele hatte sich bis auf den Slip ausgezogen und rollte sich Deo unter die Achseln. Ihr Busen wippte dabei. Lissy konzentrierte sich darauf, nicht das braun gebrannte wippende Fleisch anzustarren.

»Daniel und ich fahren gleich zum Allwetter-Bad. Biste dabei?«, fragte sie.

»Klar«, machte Lissy, während sie in ihre neuen schwarzen Zehensandalen schlüpfte. »Wann denn?« Gleichzeitig fiel ihr ein, dass sie gar keinen richtigen Bikini mehr hatte. Sie ging eigentlich nie schwimmen.

»Sagen wir, gegen vier? Ich kann dich abholen«, meinte Nele großzügig. »Komm, hilf mir mal.« Sie drehte Lissy den Rücken zu und hielt ihr ihre BH-Träger hin. Lissy hakte sie zu.

»Willst du sie noch mal sehen?«, fragte Nele.

»Wen?«, erwiderte Lissy.

Nele machte eine Kopfbewegung nach rechts. Dort war die Kapelle.

»Klar, warum nicht.« Lissy wollte nicht, dass Nele sie für feige hielt.

Sie zog ihren kurzen roten Rock hoch und drehte den Reißverschluss nach hinten. Zusammen mit den Zehensandalen sah der Rock richtig gut aus.

»Ich glaub, ich habe gar keinen Bikini mehr. Ich muss zu Hause mal gucken.«

»Ach, ich bringe dir einen von mir mit.« Nele hielt bereits die Tür auf. »Daniel will dich unbedingt kennenlernen.«

»Warum das denn?«, fragte Lissy. »Ist er dein Freund?«

Statt einer Antwort machte Nele nur ein schnaubendes Geräusch, während sie die Tür zur Kapelle aufdrückte.

Es roch nach dem Wachs der Kerzen, die in großen Gläsern brannten, und nach den Blumen, die Lissy heute Morgen noch im Empfangsbereich gesehen hatte. Nun standen sie neben dem Kopf der Toten.

Frau Grabowskis Mund war geschlossen, auch ihre Augen waren zu. Die gefalteten Hände lagen auf der Bettdecke. Nele ging zum Kopfende und streichelte über die gelbliche Haut der Stirn. Die weißen Strähnen waren aus dem Gesicht der Toten gekämmt.

»Tut mir leid, altes Mädchen«, sagte Nele leise.

Lissy hätte gern auch etwas Nettes gesagt, aber ihr Mund war zu trocken.

Hitze stand zwischen den Häusern. An der Bushaltestelle versuchten die Leute, sich in den schmalen Schatten zu stellen, den das Haltestellenhäuschen warf. Zum Glück musste Lissy nicht lange warten. Im Bus selbst war es noch heißer. Niemand wollte sich auf die sonnenbeschienene Seite setzen, auch Lissy blieb stehen, obwohl ihr die Füße und Knie vom Laufen über die verwinkelten Flure der Station wehtaten. Dicht an sie gedrängt stand ein Mann in einem verschwitzten T-Shirt. Er hielt sich an der oberen Stange fest, sodass sein Achselschweiß in Lissys Nase stieg. An jedem anderen Tag, und wenn sie nicht so müde gewesen wäre, hätte sie dazu eine Bemerkung gemacht, aber heute, nach dem Tod von Frau Grabowski und dem langwierigen Essenausteilen und Füttern von alten Menschen, hielt sie einfach den Mund.

Am Rathaus Gerresheim stieg sie aus. Ihr Vater saß allein im Haltestellenhäuschen in der prallen Sonne. Er trug seinen alten schwarzen Pulli, seine speckige Hose und die löchrigen Turnschuhe, so wie immer. Die Leute, die aus dem Bus ausstiegen, machten einen Bogen um ihn. Lissy konnte seinen sauren Schweiß riechen, vermischt mit Alkohol und altem Zigarettenrauch. Sie wartete, bis die anderen Fahrgäste weg waren.

»Hallo!«, machte Lissy in seine Richtung.

Er nickte ihr nicht mal zu.

»Wo ist denn Hulle?«, fragte Lissy, um das Gespräch in Gang zu bringen.

Ihr Vater rückte ein bisschen zur Seite und hob den Kopf.

»Setz dich doch wenigstens in den Schatten.«

Er nickte zum Zeichen, dass er sie gehört hatte, sagte aber immer noch nichts.

»Komm, mach schon.« Lissy wollte ihn ein Stück weiter schubsen, doch er schüttelte sich ihre Hand nur unwillig von der Schulter.

»Setz dich in den Schatten«, sagte Lissy wieder. »Das ist total gefährlich, besoffen in der Sonne.«

»Halt's Maul!« Ihr Vater machte sich nicht mal die Mühe, besonders laut zu werden.

»Na komm schon«, sagte Lissy und drückte noch einmal gegen seine Schulter. Er stemmte sich dagegen.

»Du kriegst hier einen Hitzschlag!«

»Dann verreck ich eben!«, erwiderte er. »Egal.«

»Komm, beweg dich!« Lissy schob noch kräftiger an der Schulter ihres Vaters. Die schwarze Wolle seines Pullis fühlte sich kratzig an.

Ihr Vater machte eine unwillige Handbewegung.

»Halt's Maul!«, sagte er noch mal.

»Du kannst mich mal, weißt du das?«, gab Lissy auf. Sie drehte sich von ihm und seinem ekelhaften Gestank weg. Mit klatschenden Sohlen ging sie nach Hause. Zum Glück war ihre Mutter nicht da und ging ihr auf die Nerven.

Sie duschte lange und rasierte sich sorgfältig Beine, Schambereich und Achseln. Dann zog sie ihr Lieblingstop an, weiß mit roten Herzchen, und dazu eine Jeans, die sie selbst abgeschnitten hatte. Ihre Beine waren blass, genauso wie ihre Schultern. Sie warf sich im Spiegel einen langen Blick zu, um zu prüfen, ob sie sich selbst heute hübsch fand, doch ihr Blick blieb an ihrem Oberarm hängen, wo ein deutlicher Übergang zwischen brauner und weißer Haut zu sehen war. Ihr kurzes lockiges Haar stand in alle Richtungen ab. Sie nahm ein rotes Tuch und knotete es sich um den Kopf. Das sah besser aus.

Sie rollte ein großes Handtuch zusammen, fand die Sonnenmilch im Schränkchen im Flur und stopfte beides in eine Plastiktüte. Dann zählte sie ihr Geld. Sie hatte noch knapp fünf Euro. Das musste reichen.

Ihr Handy klingelte, als sie gerade das Haus verlassen wollte.

»Hier ist Franka!« Sie war zwei Jahre jünger als Lissy und wohnte im Nachbarhaus.

»Ist gerade schlecht. Bin auf dem Sprung«, sagte Lissy.

»Ach so«, machte Franka.

»Ist was Wichtiges?«

»Ich müsste mal ins Internet.« Franka hatte keinen Computer und benutzte deshalb oft den von Lissy.

»Dann schnell.«

Fünf Minuten später klingelte es und Franka schob sich in die Wohnung. Sie trug – wie neuerdings immer – schwarz und hatte sich auch die Haare dunkel gefärbt. Das war allerdings schiefgegangen, sodass die dünnen Strähnen dunkelgrau und blau um ihren Kopf hingen. Franka schien das nicht zu stören.

»Du hast dich ja schick gemacht. Wo willst du denn hin?«, fragte sie.

»Schwimmen«, gab Lissy zurück.

Aber Franka hörte ihr schon nicht mehr richtig zu. Sie hatte sich an Lissys Schreibtisch gesetzt, ihre Kladde aufgeschlagen und murmelte vor sich hin.

»Ich geh dann mal«, sagte Lissy. »Weißt ja, wo alles ist.«

Franka nickte. Sie drückte auf den Knopf, um den Computer zu starten. Lissy zog den Vorhang zu, sodass sich die Nachmittagssonne nicht auf dem Bildschirm spiegeln konnte. Vor der Tür hupte Nele auf ihrem Motorrad.

»Sieht gut aus, oder?«, fragte Nele und klopfte den Tank.

»Hm«, machte Lissy und nickte. Sie interessierte sich nicht besonders für Motorräder.

»Hab ich lange für gespart«, sagte Nele. Lissy nahm hinter ihr Platz, dann drehte Nele vorne am Schlüssel, die Maschine gab ein tiefes Vibrieren von sich, das heller wurde, als Nele Gas gab.

Vor dem Allwetterbad hatte sich eine lange Schlange gebildet. Lissy stand hinter Nele und konnte immer nur auf die gebräunten breiten Schultern ihrer neuen Freundin starren. Sie wünschte sich, sie sähe auch so durchtrainiert und gesund aus. Nervös zupfte sie an ihrem roten Tuch herum, damit ihr ein paar Ponyfransen ins Gesicht fielen.

»Da seid ihr ja!« Neben Nele tauchte ein Typ auf.

Lissy musste ihn anstarren. Er sah gut aus, er sah bedeutend besser aus als alle anderen Kerle, die in der Schlange standen, wahrscheinlich sogar besser als alle, die im Schwimmbad waren.

Er war ein ganzes Stück größer als Nele, hatte blondes, lockiges Haar und bewegte sich wie ein Raubtier. Seine Muskeln an den nackten Armen und Beinen schienen zu pochen und sich durch die Haut drücken zu wollen.

»Das ist Daniel«, sagte Nele, nachdem sie ihm ein Küsschen auf die Wange gehaucht hatte.

Daniel sah ihr in die Augen. Lissy entdeckte, dass sie grün waren, jedenfalls wenn er gegen die Sonne blinzelte.

»Das ist Lissy, die Kriminelle, die bei uns die Sozialstunden ableistet.« Nele kicherte.

»Wow!«, machte Daniel. Er beugte sich zu Lissy herunter und gab auch ihr ein Küsschen. Er roch besser als alles, was Lissy bis dahin gerochen hatte.

»Ach komm, das ist vorbei.« sagte Lissy wegwerfend.

»Echt? Du bist so eine richtige … Geläuterte, oder wie sagt man dazu?«

Lissy konnte nur nicken und schief grinsen. Sie hatte plötzlich unglaublichen Durst und glaubte, dass Daniel ihren schlechten Atem riechen würde, wenn sie den Mund aufmachte.

Daniel bezahlte für alle drei, so als wär das selbstverständlich.

»Er ist ganz süß, oder?«, fragte Nele, als sie in der Damenumkleide allein waren.

»Bist du wirklich nicht mit ihm zusammen?«, fragte Lissy.

»Wir sind nur Freunde«, sagte Nele. »Hier, dein Bikini.«

Er war schwarz und ein bisschen zu groß, aber insgesamt saß er einigermaßen. Lissy zupfte an dem Oberteil herum. Wenigstens war sie nicht fett, sondern hatte einen hübschen Busen und einen flachen Bauch. Bei dem Gedanken, sich gleich Daniel so – also halb nackt – präsentieren zu müssen, wurde ihr fast schlecht. Was war nur los mit ihr?

»Du hast ja eine richtige Bauarbeiterbräune«, meinte Nele. »Wir müssen öfter schwimmen gehen.« Sie trug einen dunkelgrünen Bikini mit silbernem Blütenmuster. Ihr ganzer Körper war gebräunt, ohne irgendwelche Streifen.

»Können wir machen«, meinte Lissy. Sie fühlte sich kleinlaut und hätte am liebsten ihr Handtuch um sich geschlungen, aber Nele ging mit ihrer geflochtenen Strandtasche über der Schulter, mit durchgedrücktem Rücken und schwingenden Hüften hinaus, was Lissy so sexy fand, dass sie es nachmachte.

Daniel trafen sie vor den Kabinen wieder. Er musterte Lissy kurz, dann setzte er seine Sonnenbrille auf und ging vor ihnen her, bis sie einen Platz unter den Bäumen gefunden hatten.

Sie breiteten ihre Handtücher aus. Nele holte Sonnencreme, iPod und eine Flasche Wasser aus ihrer Tasche, die mit bunten Perlen verziert war. Lissy hatte ihre Plastiktüte in der Umkleide gelassen und nur ihre Sonnencreme mitgebracht. Sie traute sich nicht, sich einfach wie Nele auf ihrem Handtuch auszustrecken, solange Daniel stand und sie von oben mustern konnte. Deshalb zupfte sie an ihrem Handtuch herum, so als läge es noch nicht richtig, bis ihr klar wurde, dass sie Daniel so ihren Hintern entgegenstreckte. Also richtete sie sich auf und schielte zu ihm hinüber. Aber Daniel achtete gar nicht auf sie.

»Der Zehner ist geöffnet!« Er warf sein Handtuch neben die der Mädchen und machte sich auf den Weg zum Sprungbecken.

Nele stöpselte sich ihren iPod in die Ohren, legte sich auf den Rücken und setzte ihre Sonnenbrille auf.

Die nächste halbe Stunde sah Lissy von ihrem Schattenplatz aus zu, wie sich Daniel, tiefbraun und nass glänzend, in einer blau gemusterten Badehose immer wieder vom höchsten Punkt des Sprungturms hinabstürzte. Er machte einen Kopfsprung oder Salto und Lissy bemerkte, dass sie nicht die Einzige war, die ihm zusah.

»Der Angeber!«, sagte Nele mit einem mütterlichen Ton in der Stimme, ohne hinzusehen. »Springt er immer noch?«

Lissy vergaß zu antworten.

Nach einem letzten Salto zog sich Daniel am Beckenrand hoch und schüttelte das Wasser aus den Haaren.

Lissy spürte, wie sich tief in ihr etwas bewegte. Es fühlte sich wie ein kleines Tier an, dass aufgeregt in ihrem Bauch hin und her lief. Sie legte ihre Hand auf den Nabel und sah zu, wie Daniel zurückkam.

Als er vor ihr stand, reichte sie ihm sein Handtuch und versuchte ein Grinsen. Gleichzeitig fühlte sie, wie das Tierchen in ihr auf und ab sprang, so aufgeregt war es.

Daniel nahm das Handtuch und entblößte eine Reihe nicht ganz gerader Zähne. Lissy war erleichtert, dass nicht alles an ihm perfekt war. Sie betrachtete seine großen Füße, den Schwung, mit dem sich die Zehennägel wölbten, die Adern, die sichtbar bis zu seinen Fesseln liefen. Die Fesseln selbst waren schlank und darüber saßen zwei durchtrainierte Waden.

»Gibt gleich bestimmt noch Gewitter«, sagte Daniel und deutete mit dem Kopf über das Zeltdach, das über das Schwimmerbecken gespannt war. Lissy folgte seinem Blick.

Das Gras auf den Sportplätzen hinter dem Schwimmbad war gelb und trocken. Dahinter erhob sich die Müllverbrennungsanlage. Der Himmel über dem riesigen, mit mattem Blech verkleideten Gebäude hing voller dunkelgrauer Wolken.

Nele richtete sich langsam auf und sah nach oben.

»Vielleicht zieht das vorbei.«

»Ich mag Gewitter«, sagte Lissy.

»Ich auch.« Daniel lächelte sie wieder an und zeigte seine nicht ganz geraden Zähne. »Wenn es so richtig knallt. Ist doch toll.«

Er legte sich auf sein Handtuch.

»Und jetzt erzähl mal. Wie kommt es, dass ein Mädel wie du Sozialstunden machen muss?«

»Ach, das war nichts«, sagte Lissy und blickte weiter in die Ferne.

»Na komm. Mir kannst du's doch sagen.«

»Du musst nicht, wenn du nicht willst«, sagte Nele.

»Wegen Raub«, sagte Lissy. Sie schlang ihre Arme um die Knie. Aber das Tierchen in ihrem Bauch wollte sich einfach nicht beruhigen.

»Du hast was geklaut? Was denn?«

»Alles Mögliche. Geld, Klamotten, so was eben.« Sie wollte nicht sagen, dass zu Raub mehr gehörte, als etwas zu klauen.

»Und dafür musst du jetzt den Omas den Hintern abputzen?«, fragte Daniel. »Das ist ja echt krass.«

»Ey, red nicht so über meinen Beruf, ja?«, sagte Nele.

Daniel grinste entschuldigend und langte an Neles Schulter.

»Du weißt doch, wie ich das meine.« Seine Hand lag immer noch auf Neles gebräuntem Oberarm. »Ich bewundere das, wirklich. Ich könnte das nicht.«

Seine Hand fuhr bis zu Neles Hals und sein Daumen begann, reibende Bewegungen zu machen.

Lissy wurde ganz schlecht, als sie das sah.

»Ist ja gut«, sagte Nele und schüttelte seine Hand ab. »Da drüben sind Philipp und Chris. Ruf sie doch mal her!«

Zwei Jungs waren aus den Umkleiden gekommen und blickten sich suchend auf der Liegewiese um.

»Die beiden Spacken«, machte Daniel, doch dann winkte er die Jungen heran.

Die beiden begrüßten Nele mit Küsschen. Der eine war groß und gebräunt, der andere bleich, dicklich und hatte X-Beine, beide trugen fast die gleichen Schwimmhosen und schwarze Flip-Flops und dazu Pilotenbrillen mit dünnen Goldrändern. Philipp, der Große und Gebräunte, hatte einen großen Stein im rechten Ohr.

»Jetzt geht's erst mal ins Wasser, hm?«, meinte er zu Nele. »Dein Bikini ist ja noch ganz trocken.« Er packte Nele an den Busen. Lissy musste an Herrn Seelmann denken und war sich sicher, dass Nele ihm auf die Finger klapsen würde. Sie hätte ihm eine Faust gegeben, doch Nele kicherte bloß und zog mit den beiden ab.

»Ihr neuer Lover«, meinte Daniel, als er sich auf seinem Handtuch ausstreckte. »Voll der Spacko.«

»Ist das ihr Freund?«, fragte Lissy.

»So weit würde ich nicht gehen«, sagte Daniel und drehte sich auf den Bauch. »Könntest du mir den Rücken eincremen?«, fragte er.

Das Gewitter zog näher an sie heran, die Sonne wurde stechend, doch Lissy achtete nicht darauf. Sie und Daniel lagen eng beieinander im Duft von Sonnencreme, verdörrtem Gras und Chlor. Lissy wusste nicht, was sie sagen sollte. Sie schwitzte an den Stellen, an denen Daniel sie berührte. Sie hatte Angst, etwas Falsches zu tun, und deshalb tat sie gar nichts. Sie hatte Angst, dass es nie wieder so sein würde. Neben ihr grunzte Daniel wie im Schlaf und sie drückte sich näher an ihn. Sie fragte sich, ob er spürte, dass in ihr das Tier zappelte, ganz tief in ihrem Bauch.

Ein Schatten fiel auf sie und erschrocken öffneten sie beide die Augen.

»Was ist jetzt mit Mittwoch?«, fragte Chris. Er war allein zurückgekommen und trocknete sich die wabbeligen Schultern ab. Seine helle Haut war bereits gerötet. »Kannst du's mitbringen? Ich hab das Geld zusammen.« Dann blickte er auf Lissy und lächelte schief.

»Wir gucken im Strandgut, an der Ronsdorfer Straße«, sagte Daniel. »Kommst du auch?« Das galt Lissy.

»Scheiße, ich krieg schon wieder Sonnenbrand«, meinte Chris. Er tastete prüfend über seine geröteten Schultern.

»Was ist denn am Mittwoch?«, fragte Lissy.

Die beiden Jungs starrten sie an und rissen gespielt ungläubig die Augen auf.

»Sie ist ein echtes Mädchen!«, sagte Daniel.

»Na, WM, die deutsche Mannschaft muss gewinnen, sonst sind wir draußen.« Chris schüttelte immer noch den Kopf.

Bevor Lissy antworten konnte, knarzte eine Durchsage über die Sprechanlage im Schwimmbecken. Lissy konnte sie nicht genau verstehen.

»Wir sollten abhauen«, sagte Daniel und blickte zur Müllverbrennung. Darüber stand eine dunkle Gewitterwand. »Hast du einen Helm dabei?«, fragte er Lissy.

»Von Nele, ja.«

»Dann fahr ich dich.«

Alle um sie herum zogen sich schnell an, manche schlüpften sogar in ihre Sommersachen, ohne sich abzutrocknen, und rafften Handtücher und Sonnenmilch zusammen. Eine Mutter schrie mit schriller Stimme nach ihrem kleinen Sohn, der – angesteckt von der aufgeregten Stimmung und den hektischer werdenden Lautsprecherdurchsagen – quer über die Liegewiese flitzte. Kalter Wind wehte ihnen aus der Gewitterwand entgegen und riss an den Bäumen, unter denen sie gelegen hatten. In den Schwimmbecken war niemand mehr. Ein Ast krachte herunter.

»Geil, oder?«, fragte Daniel Lissy. Seine Augen schienen jetzt fast schwarz.

Nele und Philipp tauchten auf und schnappten sich ihre Handtücher.

»Ich bringe Lissy nach Hause. Liegt ja auf meinem Weg«, sagte Daniel zu Nele, obwohl er gar nicht wissen konnte, wo Lissy wohnte.

»Klar«, machte Nele knapp.

Später, als Lissy hinter Daniel auf dem Motorrad saß, fragte sie sich, ob er das nicht eine Spur zu herausfordernd gesagt hatte, so als wollte er irgendetwas testen. Doch sie vergaß das schnell wieder, das Motorrad unter ihr dröhnte, die ersten Tropfen bissen sich eiskalt in ihre nackten Knie und sie drückte sich eng an Daniels Rücken. Es wurde sehr schnell dunkel, so als sei es spätabends. Sie fuhren in die falsche Richtung, stadteinwärts, dann über die Grafenberger Allee, wieder raus aus der Stadt. Es blitzte und kurz darauf krachte es so, dass Lissy zusammenzuckte. Der Wind drückte gegen das Motorrad und wirbelte Blätter und kleine Äste über die Straße. Sie fuhren nun in Richtung Grafenberger Wald, und jede Kurve nahm Daniel in hohem Tempo, sodass Lissy sich mit ihm in die Kurve legen musste. Dann bogen sie in die Rennbahnstraße ein, fuhren an den Landeskliniken vorbei, und weiter ging es. Daniel drehte das Gas voll auf, die großen Bäume über ihnen rauschten bedrohlich, Blitze, ganz nah, gefolgt von lautem Donner. Dazwischen hörte sie Daniel auflachen. Er steuerte die Maschine über den Kies an der Rennbahneinfahrt.

»Wir stellen uns hier unter!«, schrie er durch den Regen nach hinten.

Es regnete nicht nur, es hagelte, während sie Hand in Hand zu den alten Tribünen stolperten. Sie liefen die ungleichmäßigen Betonstufen hoch bis unter das hohe Dach. Lissy blickte hinunter auf das grüne Geläuf, auf die begrenzenden Hecken, die sich im Wind bogen, auf die großen Kastanien dahinter. Sie spürte, dass Daniel sie beobachtete. Sie versuchte, ihn anzulächeln.

Daniel küsste sie. Sie war schon ewig nicht mehr so geküsst worden, dachte sie. Sie war überhaupt noch nicht so geküsst worden. Daniel drängte sie gegen die weiße, raue Betonwand.

Er murmelte etwas, was sie nicht genau verstand. Er zog ihr T-Shirt hoch und das Bikinioberteil zur Seite, sodass er ihre nackte Brust küssen konnte, und dann küsste er schon wieder ihren Mund. Lissy musste sich gegen die Wand lehnen, Daniels Hand drückte sich zwischen ihre Beine, während er sie weiter küsste.

»Ich hätte nicht gedacht, dass das so leicht bei dir geht«, sagte er.

»Ich auch nicht«, sagte Lissy und kam sich dabei ziemlich doof vor. Daniel kicherte darüber, dann kniete er vor ihr, und knutschte an ihrem Bauch herum. Er öffnete ihre kurze Jeans und zog sie nach unten. Lissy musste daran denken, dass sich der raue Beton ziemlich fest in seine Knie drücken musste.

Daniel zog ihre Bikinihose herunter. Er küsste sie weiter und gleichzeitig drückte er ihre Beine auseinander. Lissy spürte, dass es nass an ihrem Oberschenkel herunterlief. Er legte sich Lissys linkes Bein über die Schulter und sie presste sich mit dem Rücken an die Wand. Sie konnte nicht so genau spüren, was seine Zunge, was seine Finger machten, und sie traute sich auch nicht, nach unten zu schauen. Stattdessen sah sie über die weite Rennbahn, auf die Kastanien, die sich im Wind bogen. Sie kam ganz überraschend, ihr ganzer Körper zuckte nach oben, an der rauen Wand entlang, sie stand nur auf einer Zehenspitze und starrte weiter auf die sich wiegenden Bäume.

Daniel küsste ihren Mund und sie konnte sich selbst riechen und schmecken. Er drückte sie an sich und streichelte ihren Rücken.

»Du bist eine Rakete, weiß du das?«, fragte er sie.

»Aha«, machte Lissy. Sie wollte eigentlich nicht so distanziert klingen, aber sie fand dieses Kompliment ziemlich daneben. Sie hätte ihm gerne gesagt, dass ihr das noch nie so passiert war, dass sie noch nie so verknallt gewesen war. Er glaubte wohl, sie sei bei jedem so.

»Echt, eine Rakete«, wiederholte er, ohne etwas zu bemerken.

Lissy wünschte sich das Gefühl von vor ein paar Minuten zurück, als sie noch nicht so über sich und Daniel nachdenken musste, als noch alles wie von selbst lief, als sie noch einfach so verliebt sein durfte.

Er drückte sie wieder an sich. Offenbar dachte er, dass sie nicht reden wollte.

Sie setzten sich nebeneinander und sahen zu, wie der Regen auf die Rennbahn fiel. Daniel fing wieder an, sie zu küssen, und Lissy tastete nach seinem Schwanz. Er fühlte sich steif an und Lissy wollte ihm gerne etwas zurückgeben, ihn fühlen lassen, wie sie sich eben gefühlt hatte.

Aber Daniel sagte nur: »Lass mal.« Er flüsterte das leise in ihr Ohr und küsste sie dann wieder.

In der Wohnung stand noch die Hitze von den Stunden vorm Gewitter. Franka saß immer noch am Rechner, unbeeindruckt von Blitz und Donner, und schrieb etwas. Lissys Mutter lag in ihrem Bäckereikittel auf dem Sofa vor dem Fernseher und schlief. Sie musste jeden Morgen um halb fünf aufstehen. Den Job hatte sie seit einem Monat und bis jetzt schien alles gut zu laufen.

Lissy zog sich ihre nassen Sachen aus, schlüpfte in den alten Bademantel ihrer Mutter und legte sich auf ihr Bett. Sie hätte

Franka gerne von Daniel und allem erzählt, stattdessen sagte sie: »Heute morgen habe ich eine Tote gefunden, eine Leiche.«

Frankas Hände hörten auf, über die Tastatur zu klicken. Nachdem sie aus dem Krankenhaus nach Hause gekommen war, im letzten Frühjahr, hatte Lissy darauf gewartet, dass Franka mit ihr über die ganzen Sachen sprach. Verdammt, ein Verrückter hatte sie entführt und in ein kleines Loch gesperrt. Aber Franka redete nie darüber. Sie war nach Hause gekommen, hatte ihr Kaninchen, das Goethe hieß, gefüttert und ihre Hände auf ihre Bücherstapel gelegt und dabei gelächelt.

In den Monaten danach aß sie wenig und ging kaum nach draußen. In ihren engen schwarzen Hosen und dem verwaschenen T-Shirt, das sie am Hals und an den Ärmeln mit der Schere bearbeitet hatte, sah sie blass und krank aus. Aber sie wollte nicht darüber reden.

»Es war überhaupt nicht friedlich. Gar nicht so, wie ich mir das vorgestellt habe.« Lissy setzte sich auf und umschlang ihre Knie mit den Armen. Obwohl es im Zimmer so warm war, fror sie.

»War es schlimm?«, fragte Franka.

»Nein, das nicht. Nur komisch.«

Franka ging zum Bett und setzte sich neben Lissy. Franka berührte nie jemanden, jedenfalls nicht absichtlich, es war schon viel, dass sie jetzt in Lissys Nähe kam.

»Wann musst du denn wieder hin?«

»Zum Altenheim? Nächste Woche erst.« Lissy rieb sich die Oberarme.

»Wie viele Stunden musst du denn noch?«

»Ach, über hundert ... noch ganz schön viele.« Lissy rückte ein bisschen von Franka weg und musterte sie.

»Wir wollten doch deine Haare noch färben«, schlug sie dann vor.

»Ich muss rüber, sonst macht Mama sich zu viele Sorgen. Vielleicht sehen wir uns ja Montag in der Schule.«

»Bestimmt nicht. Ich bekomme doch sowieso keinen Abschluss, ob ich da …«

»Ich mach bei einem Projekt mit, über Heine«, unterbrach Franka sie. »Und vielleicht kann ich … also meine Klassenlehrerin meinte, ich solle auf einer Gesamtschule meine Fachoberschulreife machen und danach aufs Gymnasium …«

»Aufs Gymnasium?«, fragte Lissy.

»Ja, ich bräuchte eine zweite Fremdsprache, aber …«

»Was willst du denn …«

»Das ist eine Chance, verstehst du. Eine echte Chance.«

Lissy schüttelte langsam den Kopf. »Jedenfalls müssen wir dann deine Haare färben, am Wochenende oder so. Mit denen hier«, sie streckte die Hand nach Frankas Haaren aus, zog sie aber schnell wieder zurück, »… kommst du bestimmt nicht aufs Gymnasium.«

Daniel zog seine nasse Kleidung im Keller aus. Es roch etwas muffig, besonders jetzt, weil das Regenwasser Gestank durch die Abflüsse drückte. Sein Vater hatte ihm zum achtzehnten Geburtstag eine Hantelbank geschenkt und in den Partykeller gestellt, neben den Crosstrainer der Familie, den auch nur Daniel benutzte.

Er betrachtete seinen nackten Körper in den Spiegelkacheln, die an die Wand hinterm Tresen geklebt waren, und lächelte sich zu. Sein Oberkörper sah gut aus, kein Gramm unnötiges Fett war an ihm, und seinem Bizeps war das Training wirklich anzusehen.

Nackt ging er in den Wäschekeller, fand dort ein altes T-Shirt und die Shorts, die er gestern in die Wäsche gesteckt hatte und streifte sie über. Dann stellte er den Crosstrainer ein und begann, rhythmisch zu laufen.

Er dachte an Nele und Philipp und vor allem an das Mädchen, mit dem er oben auf der Rennbahntribüne Sex gehabt hatte. Lissy. Eine Süße, und eine, die schnell zur Sache kam. Daniel meinte, ihren Geruch noch in der Nase zu haben. Er stellte die Watt-Zahl hoch und trat fester.

Er würde sie wiedersehen, da war er sicher. Nele hatte bestimmt ihre Telefonnummer. Er konnte sie anrufen, heute Abend noch, und sich erkundigen. Nele und der Spinner Philipp. Wie lange das wohl diesmal ging?

Er ließ das Gerät langsam auslaufen und legte sich auf die Hantelbank. Er mochte den Widerstand des Gewichts, er mochte es, wenn seine Arme vor Anstrengung zitterten, er mochte es, wenn er spürte, wie ihm der Schweiß ausbrach.

Hoffentlich würde es mit Nele und Philipp nicht mehr lange dauern. Der andere, Chris, war ja okay, ganz nützlich soweit, aber dieser Spinner mit dem bescheuerten Ohrring? Vielleicht würde er Nele danach trösten müssen. Er legte die Langhantel konzentriert auf ihre Auflage und setzte sich auf. Natürlich würde er Nele trösten. Und außerdem hatte er ja jetzt Lissy. Die kleine Räuberin.

»Daniel, bist du da unten?«, rief seine Mutter die Kellertreppe herunter. »Ich hab Abendbrot fertig!«

»Komme schon!«, rief er zurück.

Er ging zum Kühlschrank und nahm eine Dose mit Eiweißkonzentrat heraus, reine Muskelnahrung. Es schmeckte süß nach Vanille und er meinte, an seinem Gaumen noch den Geschmack von Lissy zu haben.

Komm, Nacht!
Mit deinen schwarzen Federn!
Komm, Nacht, auf deinen dunklen Schwingen.
Komm, Nacht, komm
Und bring den Morgen
Komm, Nacht, Komm
Und Bring den Tod!

Nach dem Gewitter hatte es abgekühlt. Zwei Obdachlose saßen wie immer morgens an der Bushaltestelle am Gerresheimer Rathaus und rauchten. Lissy erkannte Hulle, den Kumpel ihres Vaters, und ging zu ihm hin. Der andere war Lumpi, den Lissy nicht besonders mochte.

Hulle war mit verschiedenen Zetteln beschäftigt, auf denen er etwas auszurechnen schien. Seine Haut sah aus wie Leder und um seine schwarzen Äuglein bildete sich ein freundlicher Kranz aus Fältchen, als er Lissy sah.

»Alles klar?«, fragte er Lissy.

»Was machst du denn da?«, fragte sie zurück.

»Neue Geschäftsidee, du wirst dich noch wundern.«

Lissy sah sich die Zettel genauer an.

»Wir werden reich, und dann leiste ich mir eine Nutte oder sogar zwei.« Lumpi – deshalb mochte Lissy ihn auch nicht besonders – konnte keinen Satz sagen, ohne dass irgendwas mit Sex darin vorkam.

»Aha«, machte Lissy nur und versuchte weiter aus den Zahlen und Namen schlau zu werden, die auf die Zettel gedruckt waren.

»Das ist ein Wettprogramm. Von der WM, du weißt schon.«

»Du wettest auf Fußball?«, fragte Lissy. »Ich dachte, das geht nur mit Pferden.« Sie spürte, dass sie rot wurde, weil sie an die Rennbahn dachte.

»Unten an der Hardenbergstraße hat eine Wettbude aufgemacht, und seit der WM bin ich ganz dick im Geschäft.« Er gab ihr einen Zettel, auf dem fett »Maximale Auszahlung: 72,45 Euro« stand.

»Hier, das sind die Quoten. Musst du mit dem Einsatz multiplizieren. Wenn ich heute hundert Euro auf Ghana setze, bekomme ich fast dreihundert ausgezahlt.«

»Dann machen wir das doch!« Lumpi sah sich schon im Puff.

»Aber Ghana verliert«, sagte Hulle geduldig. »Dann hat das Wettbüro unsere hundert Euro.«

Lumpi zuckte mit den Schultern. Dann nahm Hulle mit einer bedächtigen Bewegung eine Flasche Bier aus seiner Plastiktüte und hebelte sie mit seinem Feuerzeug auf.

»Weißt du, wo mein Vater ist?«, fragte Lissy. Es war eine Gewohnheit, sie fragte immer, wo ihr Vater gerade war.

»Keine Ahnung«, sagte Hulle.

»Mit der Scheelen Christiane unterwegs«, sagte Lumpi und wollte offensichtlich noch eine obszöne Anspielung hinterherschicken.

»Lumpi, hör doch mal auf mit dem Scheiß!«, sagte Lissy schnell. Dass ihr Vater sich mit der Scheelen Christiane zusammengetan hatte, war einfach nur ekelhaft.

»Die machen Ficki-Ficki!«, sagte Lumpi und freute sich darüber.

»Ich hau dir gleich eine rein. Sag nichts über meinen Papa!«, fauchte Lissy.

»Ficki …« Weiter kam Lumpi nicht, weil Hulle ihm das Bier abnahm. »Hey, was soll das!«, schrie Lumpi und versuchte, die Flasche zurückzubekommen.

»Dann muss ich mal weiter«, sagte Lissy.

Sie ging die Heyestraße hinunter, die Luft roch klar und frisch und sie musste wieder an den Abend auf der Rennbahntribüne denken. Sie brauchte Daniels Nummer, schließlich hatte er sie zum Fußballgucken eingeladen. Obwohl es kühl war, schwitzte sie, wenn sie daran dachte, dass sie ihn anrufen musste. Vielleicht hatte er es vergessen? Oder er hatte sie nur eingeladen, weil er Sex mit ihr haben wollte, und jetzt wollte er nichts mehr von ihr wissen. Vielleicht hätte sie nicht sofort darauf eingehen sollen?

Sie bog in eine Seitenstraße ein und schellte bei Tamara. Niemand drückte ihr auf.

Lissy wollte sich gerade auf den Heimweg machen, da ging die Haustür auf und Tamara schob keuchend ihren Buggy heraus.

»Hallo!«, sagte Lissy.

»Ach, sieht man dich auch noch mal!«, sagte Tamara.

»Na, Kleine!« Lissy beugte sich zu Baby Jane herunter und tippte ihr leicht aufs Kinn, so als hätte sie Tamaras Vorwurf nicht gehört. Baby Jane zog die Augenbrauen kraus und musterte Lissy mit einem langen Blick. Dann verzog sie unwillig das Gesicht.

»Sie muss groß, deshalb ist sie nicht gut drauf«, erklärte Tamara. »Was treibst du denn die ganze Zeit?«

»Ich muss doch diese Scheiß-Sozialstunden machen«, sagte Lissy zu Tamara.

»Kommst du mit? Wir drehen mal eine Runde.«

»Okay, ich muss dir sowieso was erzählen.«

Lissy erzählte vom Altenheim, von ihrer ersten Toten und dann von Nele und Daniel.

Baby Jane fing an zu quietschen und zu klagen.

»Schieb mal den Buggy. Ich nehm sie lieber auf den Arm.«

»Was hältst du denn davon? Ich meine, ich kann ihn doch anrufen, oder?«

»So kenn ich dich ja gar nicht.« Tamara grinste.

»Wie?«, fragte Lissy.

»Na, so schüchtern. Ruf ihn doch an, und wenn er scheiße zu dir ist, sagst du ihm, dass er sich verpissen kann.«

»Hm«, machte Lissy. »So einfach ist das nicht.«

Sie schubste den Buggy ein paar Schritte weit von sich, dann griff sie ihn wieder auf, als er zurückrollte.

»Klar ist das so einfach. Entweder will er oder er will nicht.«

»Und wenn er nicht will? Dann …«

»Dann weißt du es wenigstens. Ruf diese Nele an und frag sie nach der Nummer.«

In der Werkstatt roch es nach Öl, Verdünnung und Schweißgerät. Daniel mochte den Geruch. Er hielt seine Hände unter den laufenden Wasserhahn und sah zu, wie schwarze Schlieren über die weiße Keramik liefen. Er nahm noch mehr Handwaschpaste, schäumte sich die Hände richtig ein und bürstete seine Fingernägel. Dann trocknete er die Hände ab und cremte sie ein – er wusste, dass die anderen lachten, weil er Handcreme benutzte, aber er war der Sohn vom Chef, sollten sie ruhig lachen. Schließlich griff er zu seinem neuen iPhone.

»Na, ist die Karre da fertig?«, fragte Jakub ihn, bevor er nachschauen konnte, ob Nele ihm schon Lissys Telefonnummer geschickt hatte. Jakub war der Freund von Daniels Schwester, eigentlich so gut wie sein Schwager. Er trug ein weißes Hemd und eine gebügelte Jeans, weil er inzwischen im Büro der Werkstatt arbeitete, nicht so wie früher, als sie noch gemeinsam nach Feierabend ihre Mofas frisiert hatten.

»Klar, ist gestern Abend noch fertig geworden«, antwortete Daniel.

»Gute Arbeit!«, meinte Jakub, so als müsste er Daniel loben.

Lissys Nummer war da, aber er wollte nicht mit ihr reden, solange Jakub in der Werkstatt war. Daniel schob das iPhone zurück in die vordere Tasche seiner Latzhose und packte seinen Eiweißdrink aus.

Jakub hatte seine Brotdose mit in die Werkstatt gebracht und biss jetzt kräftig in eine Salamischnitte. Daniel sah zu, wie er kaute.

»Wo guckst du denn Fußball?«, fragte Jakub ihn, den Mund noch voller Salami.

»Weiß noch nicht, vielleicht mit Nele. Liegt an ihrem Dienstplan.«

»Ich könnte einen Beamer besorgen, und dann schauen wir im Wohnzimmer.« Jakub suchte seinen Blick. »Was hältst du davon?«

Daniel mochte es nicht, dass Jakub einfach das Wohnzimmer verplante – es war immer noch das Wohnzimmer seiner Familie, und Jakub war dort höchstens Gast. Außerdem kam Jakubs Familie aus Polen, und er tat immer so, als seien Klose und Podolski die einzigen guten Spieler der Nationalmannschaft.

»In der Stadt ist mehr los. Finde ich irgendwie besser …«

»Wo geht ihr denn hin?«, fragte Jakub. »Das ist natürlich auch eine gute Idee.«

»Keine Ahnung! Und jetzt muss ich mal telefonieren!« Daniel stand auf.

»Schreib doch eine SMS«, schlug Jakub vor. Unter Daniels langem Blick wurde er rot.

Wenigstens das, dachte Daniel, als er nach draußen ging, dieses dumme Arschloch.

Lissy schob ihr Handy zu. Mittwoch, das war schon morgen! Tamara grinste sie an.

»Und, alles gut?«, fragte sie.

»Wir gehen WM gucken.«

»Wie romantisch!«

»Ich find's klasse. Er ist …«

»Ich hätte gern auch mal wieder ein Date«, unterbrach sie Tamara. »Aber mit der Kleinen …«

Sie gingen nebeneinander die Dreherstraße hoch. Baby Jane saß mit vollen Windeln in ihrem Buggy und war eingeschlafen.

»Und wenn du deine Mutter fragst, ob sie auf Baby Jane aufpasst?«, schlug Lissy vor. »Dann kannst du mitkommen. Da sind bestimmt Hunderte von Jungs.«

»Nein, das mache ich nicht mehr!«, sagte Tamara heftig. »Mit der will ich nie mehr was zu tun haben.«

»Aber …«

»Nix aber, wenn ich da jetzt angeschissen komme! Die will doch nur, dass ich wieder bei ihr einziehe.«

»Sie soll doch nur ein paar Stunden aufpassen!«

»Ach, du weißt ja gar nicht, was die in den letzten Tagen für einen Aufstand gemacht hat! Die hat echt das Jugendamt angerufen!«

»Warum das denn?«

Sie mussten die Straße überqueren und schwiegen eine Weile.

»Mein Bruder zieht aus. Deshalb darf sie die große Wohnung

nicht behalten und will, dass ich zurückkomme«, erklärte Tamara weiter. »Und deshalb ruft sie beim Jugendamt an, blabla, ich könnte nicht für Baby Jane sorgen und so weiter.«

»Scheiße!«

»Die stehen jetzt andauernd vor der Tür und schauen nach, ob ich noch genug im Kühlschrank hab!«

Tamara schloss die Haustür auf und hob die schlafende Baby Jane aus dem Buggy.

»Schließ du mal oben auf, ja?« Sie gab Lissy den Schlüssel.

Tamaras kleine Wohnung war aufgeräumt. Über dem PVC-Boden schwebte ein starker Limettengeruch.

»Ich putz jetzt jeden Tag, nur wegen dieser Tante vom Jugendamt.« Sie legte Baby Jane auf das Sofa. »So, und jetzt muss ich erst mal das arme vernachlässigte Kind sauber machen.«

Tamara holte eine frische Windel, Babyöl und ein Handtuch. Dann zog sie Baby Jane aus und legte sie auf den Wickeltisch. Baby Jane knurrte böse und fing dann an zu weinen.

»Ach, Schatz, du wirst doch ganz wund, wenn ich dich so lasse«, meinte Tamara. Baby Jane fing an zu strampeln und sich wild hin und her zu werfen.

»Kleines, guck mal!« Lissy wollte das Baby unterm Hals kitzeln, weil es dann oft grinste, aber Baby Jane schrie nur noch mehr.

»Ist ja gleich vorbei«, sagte Tamara. »Nur noch ein bisschen sauber machen.«

Sie putzte ihrer Tochter den kleinen Haufen vom Popo und cremte sie dann ein. Baby Jane wurde leiser.

»Im Altenheim schreien die aber nicht so«, meinte Lissy. »Jedenfalls nicht immer.«

»Musst du wirklich die alten Leute sauber machen?«

»Nein, ich füttere sie nur und schiebe sie in den Rollstühlen durch die Gegend. Und immer trinken lassen.«

»So, jetzt bist du wieder fein!«, sagte Tamara zu Baby Jane.

Lissy ließ die beiden allein. Sie ging am Rossmann vorbei und schaute sich die Auslagen vor der Tür an. Neben dem Waschpulver, das im Angebot war, hingen schwarz-rot-goldene Blütenketten an einem Ständer. Lissy streifte mit der Hand über die Blüten. Sie fühlten sich hart und künstlich an. Sie warf einen Blick in den Laden. Die Kassiererin redete gerade mit einer Kundin und weiter hinten räumte eine zweite Verkäuferin neue Ware ein.

Lissy nahm zwei Ketten vom Ständer, knüllte eine in ihrer Faust zusammen und hängte sich die andere um. Dann prüfte sie ihr Bild in dem kleinen Spiegel, der am Verkaufsständer aufgeklebt war. Sie spürte, wie das Tier, das in ihr hauste, sich aufregte und in ihrem Bauch hin und her lief. Mit einem gelangweilten Gesichtsausdruck hängte sie die Kette zurück und ging weiter, die zweite Kette klein und fest in der Hand geballt.

Lissy schob ihren letzten Küchenwagen in den Aufzug und quetschte sich mit eingezogenem Bauch dazu. Sie musste sich beeilen, wenn sie rechtzeitig am Strandgut sein wollte.

Der Aufzug stoppte in der zweiten und in der ersten Etage. Jedes Mal musste Lissy bedauernd mit den Schultern zucken, weil für die Essenwagen nun wirklich kein Platz war. Die Schwestern von den Stationen zuckten genervt zurück. Wahrscheinlich wollten sie auch zum Spiel.

Dann war sie im Keller, links ging es zur Küche. Die große Spülmaschine lief und hüllte den großen Raum in Schwaden von Wasserdampf und Chemikalien. Lissy zog ihren Wagen über die rutschigen Kacheln, bis eine der Spülfrauen sie sah und heftig zurückwinkte.

»Nicht in die Küche!«, rief sie. »Her mit dem Zeug!« Sie lief ihr entgegen und nahm ihr den Wagen ab. Alle schienen schnell fertig werden zu wollen.

Sie beeilte sich, zur Umkleide zu kommen. Schließlich musste sie sich auch noch schminken. Hoffentlich roch sie nicht nach Altenheim, dieser Mischung aus altem Schweiß, Nivea-Creme und Desinfektionsmittel.

In der Umkleide schlüpfte Nele gerade in ihre Birkenstocks.

»Was machst du hier? Hast du etwa Nachtdienst?«, fragte Lissy.

»Ja klar«, meinte Nele.

»Aber wir gehen doch zum Fußballgucken!« Lissy hatte fest damit gerechnet, dass sie Nele dort sehen würde.

»Ach, der Quatsch interessiert mich doch nicht.«

»Ist was mit Philipp?«, forschte Lissy weiter.

Nele lachte auf.

»Oder ist es wegen Daniel? Weil er mich gefragt hat?«, hakte Lissy nach.

Nele zog ihre Ringe ab und legte sie in das kleine Fach oben in ihrem Spind. Ihr silbernes Armband schob sie nach oben, so wie sie es oft machte.

»Daniel! Der kommt doch immer wieder angelaufen«, meinte Nele.

Lissy meinte, sich verhört zu haben.

»Also hast du doch was mit Daniel?«

»Ich hab einfach keine Lust auf Gebrüll und Saufen. Das ist doch nur was für Jungs!«

»Und mit Daniel?«, fragte Lissy. Sie spürte, wie das Tier rotierte, wie ihm lange borstige Haare wuchsen und Hauer wie einem Wildschwein.

»Ich will nichts von Daniel, und wenn er noch was von mir will, ist das sein Problem.«

Nele nahm ein Knäuel Latexhandschuhe aus ihrer Kitteltasche und prüfte sie. Die Finger klebten aneinander und Nele warf sie in ihren Spint.

»So, ich muss jetzt hoch«, sagte Nele.

Lissy packte sie am Arm, das Tier in ihr schrie.

Nele drehte sich zu ihr um.

»Nimm das alles nicht so ernst mit ihm, ja? Daniel ist nicht so der Typ für eine feste Sache.« Sie stand ganz nah an Lissy und schaute ihr bedauernd ins Gesicht. »Hat's dich denn so erwischt?« Sie wollte Lissy in den Arm nehmen.

»Du lügst!«, sagte Lissy und wollte sich frei machen. »Wir haben …«

»Ach, Lissy!« Nele drückte sie an sich. »Sieh das mehr als Spiel, das wir …«

Lissy schubste sie gegen die Spinde. Es gab einen dumpfen Knall.

»Spinnst du!«

Das Tier in Lissy schrumpfte. Sie konnte Nele nicht mehr ins Gesicht sehen.

»Warte.«

»Du hast sie doch nicht mehr alle!« Nele wollte an ihr vorbei, Lissy stellte sich ihr in den Weg, doch Nele schob sie einfach zur Seite. Ihr Armband schrammte über Lissys Unterarm.

»Nein, Nele, warte. Ich wollte nicht …«

Sie griff noch mal nach Nele, aber die drehte sich aus ihrem Griff heraus und machte einen Schritt Richtung Tür.

»Nele, warte doch einen Moment!«, bat Lissy. »Das meinte ich gerade nicht so!«

Nele schüttelte ihren blonden glänzenden Hinterkopf und einen Moment später war sie durch die Tür.

Lissy blieb stehen und lehnte sich gegen die Wand der Umkleide. Sie hörte Neles patschende Schritte auf dem Flur, den

Aufzug, der sich oben im Haus in Bewegung setzte, dann die Türen, die sich öffneten und wieder schlossen. Nele war auf Station drei.

An der Haltestelle standen schon ein paar Jungs in Deutschlandtrikots, einer hatte sogar eine Fahne dabei, um die Hüften geschlungen. Die Mädchen trugen schwarz-rot-goldene Blumenkränze und knappe Kleidchen mit Spaghettiträgern. Die Jungs führten Expertengespräche, besonders über den Ausfall von Ballack und über Boateng, der irgendwie daran schuld war.

Lissy fand, dass sie mit ihrem schwarzen T-Shirt und der weißen, engen Hose gut zu ihnen passte. Gerade als sie nach ihrer Blumenkette kramte, vibrierte ihr Handy. Sie warf einen kurzen Blick darauf. Vielleicht war es ja Nele, doch es war Frankas Nummer.

»Ja?«, fragte Lissy. Bestimmt wollte Franka ihren Computer benutzen.

»Dein Vater, Lissy!«, schrie Franka. »Ich bin hier am Gerresheimer Rathaus und er …«

»Was ist denn los?«

»Ich hab den Rettungswagen gerufen, er bewegt sich nicht.«

»Der ist nur besoffen!«, sagte Lissy. »Der wird …«

»Nein, er liegt hier, bewusstlos!«

»Scheiße!«

Lissy begann zu laufen. Als sie sah, dass der 725er hinter ihr war, wechselte sie die Straßenseite und rannte weiter bis zur Bushaltestelle.

Sie sprang in den Bus. Er war voller Menschen in Deutschlandtrikots. Eine Gruppe von Männern hatte eine ganze Palette billiger Bierdosen dabei und schien angetrunken zu sein. Lissy ekelte sich vor dem Geruch.

Jedes Mal wenn der Bus bremste, hätte sie am liebsten geschrien, dass der Busfahrer sich verdammt noch mal beeilen solle. Sie wählte Frankas Nummer.

»Ist Hulle da?«, fragte sie, als Franka sich endlich meldete.

»Nur Christiane, aber ich kann den Rettungswagen hören.«

»Ich bin schon an der Dreherstraße, sie sollen unbedingt auf mich warten!«

Sie hatte sich oft ausgemalt, wie es wäre, wenn ihrem Vater etwas zustieße, besonders im Winter, wenn er keinen Platz hatte, wo er schlafen konnte. Sie war ihm hinterhergefahren, hatte gesehen, wie er Leute anschnorrte und ihnen Sachen hinterherrief, wenn sie ihm kein Geld gaben. Wie er trank und sie nicht mal erkannte. Oder wie er weinerlich wurde, wenn er sie sah. Aber jetzt, an diesem lauen Sommerabend, und alle fuhren zum Fußballgucken, da war alles ganz anders, als sie gedacht hatte.

Sie drängelte sich aus dem Bus. Die anderen, die ausstiegen, blieben stehen und glotzten, weil tatsächlich schon der Rettungswagen an der Haltestelle stand und sich zwei Männer in roter Kleidung mit gelben Signalstreifen über ihren Vater beugten. Auf einem Signalstreifen stand »Notarzt«.

»Was ist los? Wie geht es ihm?«, fragte sie.

Sie bekam keine Antwort.

Franka stand daneben, die Haut bleich, die Haare hingen in wirren Fransen um ihren Kopf. Die Scheele Christiane verzog sich hinter einen Betonkübel voller welker Blumen und beobachtete sie, irre vor sich hin murmelnd.

Lissy packte den Notarzt, einen kleinen Dicken, fest an der Schulter.

»Das ist mein Vater! Jetzt sag mir, was los ist!«

»Ich tu hier, was ich kann!« Er schüttelte sie ab.

»Verdammte Scheiße, das ist mein Papa!«

»Lissy!«, machte Franka. »Er hilft ihm doch! Er ist Arzt!«

»Das ist mein Papa!«

Sie wälzten den Körper ihres Vaters auf eine Trage und brachten ihn in den Rettungswagen.

»Kümmerst du dich um sie?« Der Notarzt sprach mit Franka.

Franka nickte. Sie streckte langsam die Hand aus und hielt Lissy am Handgelenk fest. Ihre Hand war ganz kalt und verschwitzt. Lissy bemerkte erst jetzt, dass die meisten, die im Bus gewesen waren, noch herumstanden und sie beobachteten.

»Verpisst euch!«, fauchte sie die Deutschlandtrikots an. »Hier gibt es nichts zu sehen!« Sie drängelte sich durch und schlug mit der Faust fest gegen die Heckklappe des Rettungswagens.

»Macht auf!«, brüllte sie. »Sagt mir doch wenigstens, was los ist.«

Der dicke Arzt machte die Klappe auf und streckte seinen Kopf raus.

»Beruhige dich, er lebt ja noch!«, schrie er zurück. »Und jetzt lass mich hier meine Arbeit machen!«

»Aber ...« Die Klappe wurde geschlossen. Franka nahm Lissy am Arm. Sie zitterte fast genauso stark wie Lissy.

»Ist gut jetzt. Ich bring dich nach Hause und dann ...«

»Nein, ich muss zum Fußballgucken! Ich muss doch ...« Lissy spürte, wie ihr Tränen aus den Augen rannen.

»Verdammt«, sagte sie. »Verdammte Scheiße. Was mache ich nur?«

»Was meinst du?«, fragte Franka.

»Ich muss ... ich rufe ihn einfach an!« Lissy holte ihr Handy hervor und suchte Daniels Nummer. Während sie noch wählte, hörte sie aus Richtung des Gerresheimer Hofs und aus der Eckkneipe Schreie, dann enttäuschtes »Oh!« Gleichzeitig schaltete der Rettungswagen seine Sirene und das Blaulicht ein und parkte aus der Haltestelle aus. Sie fuhren den Hügel hoch, zum evangelischen Krankenhaus.

»Komm, ich bring dich nach Hause!«, sagte Franka. »Wir können auch dort Fußball gucken.«

»Nein, ich muss zum Strandgut! Ich muss …«

Die Scheele Christiane kam langsam wieder heran.

»Ist er tot?«, nuschelte sie. Sie ging ein bisschen gebückt und hielt den Kopf schief. Das stinkende Buch mit den Vogelfedern presste sie sich an die Brust.

»Du Seuche!«, schrie Lissy sie an und ging mit ihren Fäusten auf sie los. Es tat gut, endlich jemanden zu schlagen. »Du hättest besser aufpassen sollen!«

»Lissy!«, sagte Franka, vernünftig und erwachsen.

»Ich hasse dich! Und halt dich bloß von meinem Vater fern!« Sie versuchte, Christiane noch mal zu treffen, aber die Pennerin wich ihr aus.

»Ich hab Angst«, flüsterte Christiane und schüttelte ihre Haare über die leere Augenhöhle. »Ich werde auch bald sterben. Hier drin steht es.« Sie hielt Lissy das widerliche Buch entgegen. Lissy warf einen Blick darauf.

»Das ist ein Märchenbuch, du irre Pennerin!«, sagte Lissy. »Und du kannst mich mal!«

Ein 725er stand schon an der Ampel. Sie lief über die Straße, winkte dem Busfahrer und er wartete mit geöffneter Tür auf sie. Lissy hängte sich die geklaute Kette um und setzte sich.

Sie lief über die Ronsdorfer Straße, vorbei an langen Backsteinmauern, geschlossenen Betrieben für Autozubehör und einzelnen Altbauten, an deren Fenstern deutsche Fahnen hingen. Auf der Straße war niemand, kein Fußgänger und kein Auto. Sie lief weiter, der Weg kam ihr schnurgerade und ewig vor, so als würden ihre Schritte sie nicht richtig vorwärtsbringen. Sie konnte die Menschentraube vor dem Strandgut sehen, aber sie kam einfach nicht näher.

Sie war verschwitzt und die Füße taten ihr in ihren Zehensandalen weh, als sie endlich zum Tor vom Strandgut kam. Es war ein Beachclub, und jetzt begriff Lissy auch, was damit gemeint war. Knöcheltiefer Sand war aufgeschüttet. Große Palmen und Sonnenschirme hingen schlapp über den aufgestellten Strandliegen. In Gruppen saßen dort die Zuschauer vor den einzelnen großen Flachbildschirmen. Es war gerade Halbzeit und die Leute unterhielten sich. Sie stampfte durch den tiefen Sand zwischen den Gruppen hin und her, eine kam ihr feindlicher vor als die andere. So, als würden sie sie beobachten und wüssten, dass sie hier herumlief, während ihr Vater im Krankenhaus lag. Sie konnte Daniel nicht finden.

Das Tier in ihr kratzte und sein Fell sträubte sich.

Endlich entdeckte sie Philipp, der sich mit einem fremden Mädchen unterhielt.

»Hey!«, sagte sie erleichtert. »Hast du Daniel gesehen? Ich suche ihn schon überall.«

»Was für'n Daniel?«, fragte Philipp. Das Mädchen, das neben ihm stand, sah Lissy mit einem kühlen Blick an. Es hatte lockige dunkle Haare und war etwa so groß wie Lissy. Dann verzog es den rechten Mundwinkel nach oben, so als sei Lissy wirklich keine Konkurrenz.

»Der Freund von Nele, kennst du doch!«, sagte Lissy.

»Nele?« Philipp musterte sie weiter durch seine Sonnenbrille. »Und wer bist du?«

»Wir waren doch … Ach, vergiss es!«, sagte sie mit einem Blick auf das Mädchen.

Lissy stolperte durch die einzelnen Gruppen, die trinkend und diskutierend herumstanden. Auf den Bildschirmen war ohne Ton die Nachrichtensendung zur Halbzeitpause zu sehen. Was tat sie nur hier? Sie musste zum Krankenhaus, sie musste Hulle finden, der würde wissen, was zu tun war.

Sie lief zurück bis zur Haltestelle Höherweg, den ganzen langen Weg, der sich an den Backsteinmauern und kleinen Betrieben entlangzog, weinend und fluchend, laut Scheiße brüllend, aber es war niemand auf der Straße, und es kam einfach kein Bus!

Lissy wartete ein paar Minuten, dann ging sie zu Fuß an den langen Backsteinwänden und der Müllverbrennung, dann am Allwetterbad vorbei – hier hatte Daniel ihr den Rücken eingecremt, hier hatten sie sich zum ersten Mal angefasst –, dann weiter, ein einsames Auto fuhr über die Straße und hupte ihr zu, vielleicht weil sie ihre Blütenkette trug. Lissy nahm die Kette ab und steckte sie in ihre Hosentasche. Wie schnell alles vorbei sein konnte. Sie ging weiter, den schattigen Weg hoch nach Gerresheim. Auf dem Fuß, dort, wo ein Riemchen scheuerte, hatte sie inzwischen eine Blase.

An der Haltestelle Rathaus sah sie sich kurz um. Auch hier war kein Hulle und auch keine Scheele Christiane mehr. Sie wartete ein paar Minuten lang auf den Bus, der jetzt kommen sollte. Aus der Kneipe an der Ecke kamen einzelne Menschen, die Gesichter blank und froh über den Sieg. Sie schwenkten eine Fahne und liefen damit über die Kreuzung, andere liefen hinter ihnen her. Von weiter weg waren Autohupen zu hören, Leute schrien sich gut gelaunt etwas zu.

Zwei Jungs fuhren gemeinsam auf einem Mofa, das am Berg nicht richtig zog. Ein paar andere, die am Neusser Tor standen, sprangen dahinter und schoben sie scherzhaft an, bis sie das Gleichgewicht verloren und mit dem Mofa hinfielen. Der Bus kam immer noch nicht, wahrscheinlich steckte er in irgendeinem Autokorso.

Lissy ging zu Fuß bis zum Krankenhaus. Sie hatte ein bisschen Angst davor. Vor ein paar Monaten hatte sie selbst noch darin gelegen, aber das war es nicht. Der Kumpel von Hulle und ihrem Vater, der aus verrückten Gründen Zwei-Neunzehn geheißen hatte, war darin gestorben.

In ihr fühlte sich alles roh und aufgerissen an, so als nage etwas von ihrem Magen aus bis zu ihren Beinen. Sie versuchte, an Daniel zu denken und daran, was sie und er an der Rennbahn getan hatten, aber dazwischen schob sich immer wieder die Erinnerung, wie ihr Vater besoffen und viel zu warm angezogen in der Sonne saß. Sie stellte sich vor, wie die Scheele Christiane auf ihn einschwatzte, bis ihm schwindelig wurde und er einfach auf den warmen Asphalt kippte.

Lissy hatte einfach eine Scheißangst, dass ihr Vater gerade starb. Sie hätte ihm helfen sollen, irgendwie, sie hätte ihn nach Hause bringen und ihre Mutter dazu zwingen sollen, ihn wiederaufzunehmen. Sie hätte versuchen sollen, ihm eine neue Wohnung zu besorgen, sie hätte Geld klauen sollen und Essen und Trinken, kaltes Wasser, das ihm gutgetan hätte. Sie selbst hätte auch gerne etwas getrunken, in ihrem Mund war es so trocken, als hätte sie Staub gegessen.

An der Nachtpforte saß eine große ältere Frau, die in einer Illustrierten blätterte.

»Winterhart, mein Vater. Klaus Winterhart.« Es war merkwürdig, den richtigen Namen ihres Vaters auszusprechen. Auf der Straße hieß er Hau, und ihre Mutter sagte ›dein Vater‹, so als könnte sie sich nicht an den richtigen Namen ihres Mannes erinnern.

»Die Besuchszeit ist morgen ab zehn Uhr«, sagte die Frau zu ihrer Zeitschrift.

»Können Sie mir sagen, ob er überhaupt hier ist?«, fragte Lissy. In der Mitte der Frage kippte ihre Stimme in einen hohen weinerlichen Ton.

Die Frau hob kurz den Blick, dann tippte sie ein bisschen auf den Tasten ihres Computers herum.

»Ja, Zimmer 215«, sagte sie.

»Ist das auf der Intensivstation?«, fragte Lissy.

»Nee, Innere. Außerdem ist ein Angehöriger bei ihm.«

»Wer?«, fragte Lissy. Hulle? Doch wohl nicht die Scheele Christiane?

»Ist hier nicht vermerkt. Aber mehr als einen Angehörigen lassen wir über Nacht nicht zu.«

»Aha«, machte sie und blieb weiter vor dem Empfangstresen stehen.

»Morgen ab zehn!«, sagte die Frau noch mal streng. »Er ist ja nicht allein hier!«

Lissy machte einen langsamen Schritt auf die Tür zu, dann drehte sie sich blitzschnell um und lief bis zum Aufzug. Sie hörte, wie die Frau an der Pforte ihr etwas nachrief, doch dann war sie schon im Lift und drückte die Taste für den zweiten Stock. Die Scheele Christiane sollte nicht allein neben ihrem Vater sitzen.

Als sich die Aufzugstür zur Seite schob, stand dort ein großer Pfleger, der die Arme vor seiner Brust verschränkt hatte. Lissy senkte den Blick und sah auf seine Birkenstocks.

»Okay, Mädel, dann fahr mal wieder runter!«, meinte er und grinste schief. Lissy versuchte, sich an ihm vorbeizudrängeln, doch er packte sie am Oberarm. »Nix da!«, sagte er und drängte sie in den Aufzug zurück. »Wir holen sonst den Wachdienst, klar?«

»Wer ist bei meinem Papa? Eine Frau?«, fragte Lissy ihn.

»Schluss jetzt! Hier gibt's Leute, die Ruhe brauchen.«

»Sagen Sie mir nur, ob eine Frau bei ihm ist! Er ist erst vor ein paar Stunden eingeliefert worden.«

»Ja, wir haben einen Neuzugang, das ist wohl dein Vater, und eine Frau ist bei ihm.«

Er schob Lissy in den Aufzug zurück, dann nahm er das Telefon, das er an der Kitteltasche trug, und wartete, dass sich am anderen Ende der Leitung jemand meldete.

»Sie kommt jetzt runter! Brauchst den Wachdienst nicht anzurufen!« Er sah Lissy an, bis sich die Aufzugtüren schlossen.

Von der Stadt her waren einzelne Autohupen zu hören, jemand grillte in einem der Gärten, die hinter den Einfamilienhäusern im warmen Dunkel des Sommerabends lagen, und die Stimmen drangen gedämpft zu Lissy.

Sie ging nach Hause. Sie war hungrig und durstig. Ihre Mutter war nicht da. Lissy rief bei Fredi an, dem Freund ihrer Mutter, aber auch da ging niemand ans Telefon. Während sie sich ein großes Glas Cola eingoss, hielt sie den Hörer mit Kopf und Schulter fest. Dann wählte sie Frankas Namen aus der Anruferliste.

»Hallo, hier ist Lissy!«, sagte sie. Frankas Mutter Birgit war am Telefon.

»Moment, Franka sitzt noch über ihren Büchern.«

Dann war Franka dran und meldete sich mit ihrer rauen Stimme.

»Alles klar?«, fragte Franka. »Wo musstest du denn hin?«

»Ach Scheiße.« Lissy schämte sich. »Aber meinem Vater geht's wohl schon wieder besser.«

»Das ist gut«, sagte Franka. Lissy hörte, dass sie mit Papier raschelte.

»Weißt du, wo meine Mutter ist? Oder kannst du Birgit mal fragen?«

»Ich hab deine Mutter angerufen. Gleich nachdem du weg warst. Sie wollte ins Krankenhaus, zu deinem Vater.« Frankas Stimme klang ganz erwachsen.

»Echt?«, fragte Lissy.

»Und du? Was machst du?«, fragte Franka. »Warum musstest du denn weg?«

»Ach, ich erklär dir das ein andermal.«

»Ist alles in Ordnung?«, fragte Franka. »Ich muss nämlich noch was fertig machen, für das Referat morgen.«

»Alles okay so weit.«

Sie legten auf.

Lissy schaute in ihrem Handy nach der Nummer von Daniel. Aber er war nicht im Strandgut gewesen und er hatte sich auch nicht gemeldet. Wieso machte er so was? Sie traute sich nicht, ihn anzurufen.

Sie dachte daran, was Nele gesagt hatte. Ein Spiel, sieh es als ein Spiel.

Sie tippte Neles Nummer, die sie in ihrem Handy gespeichert hatte, in die Tastatur des Festnetztelefons. Nele meldete sich nicht. Wahrscheinlich lag das Handy im Schwesternzimmer, dort, wo sie es immer hinlegte, bevor sie sich mit den anderen Schwestern zur Übergabe hinsetzte.

Lissy zog sich wieder die Jacke an und ging nach draußen.

Der Abend war immer noch warm. Lissy ging die Benderstraße hoch, an geschlossenen Geschäften vorbei und an Kneipen, in denen noch ein paar Typen in Deutschlandtrikots das letzte Bier tranken und die letzten Interviews zu den letzten Gruppenspielen ansahen. Dann ging sie an den Landeskliniken vorbei, die weißen Häuser mit den hohen Fenstern standen hell zwischen den Bäumen. Lissy steckte die Hände tief in ihre Taschen und holte Luft, als sie in die Rennbahnstraße einbog. Ihre Mutter war bei ihrem Vater, irgendwie fühlte sich das gut an, trotz allem, was sonst so passiert war.

Neben der Straße befand sich ein Fußweg. Hier war natürlich niemand. Der Abend legte sich dunkel zwischen die großen, alten Bäume. Hier war es kühler als auf den Straßen, und der Wind bewegte die Blätter in einem leisen Rascheln. Ab und zu knackte es in den Brombeerranken, die sich zwischen Buchen ausbreiteten. Allein im dunklen Wald zu sein beruhigte sie ein bisschen. Sie lauschte auf das raschelnde Singen in den Baumkronen, auf das Knistern, das sie machte, wenn ihre Füße in das Laub vom letzten Jahr glitten, und sie fühlte sich klein und traurig.

Das hell gestrichene Tor zur Rennbahn war verschlossen und die hohen Tribünen, von denen sie nur die Rückseite sehen konnte, reckten sich in den dunklen Abendhimmel.

Lissy betrachtete die Tribünen, ihre weiße Farbe, die an ein paar Stellen abblätterte, den First, der sich gegen den Abendhimmel abhob, und sie dachte an Daniel und wie er ihre Beine auseinandergedrückt und sie dann dort geküsst hatte. Es kam ihr plötzlich vor, als sei es nie passiert, als sei es nicht wahr gewesen. Die Hände immer noch in die Taschen versenkt, schlug sie den Weg ein, der an den Boxen der Rennpferde und am Tierpark vorbeiführte. Sie ging weiter, bis sie zu einer Bank kam, auf die sie sich setzte.

Sie legte den Kopf in den Nacken und betrachtete die Sterne. Sie wollte sich vorstellen, dass sie hier mit Daniel saß und es romantisch war, aber sie konnte es nicht. Sie dachte an ihren Vater, der im Krankenhaus lag, an Philipp, der sie nicht mal erkannt, und an Daniel, der sie versetzt hatte. Der Typ kann mich mal, dachte sie. Genau, Daniel konnte sie am Arsch lecken. Das Tier in ihrem Bauch schien versuchsweise zu knurren.

Es tat fast gar nicht mehr weh. Die Sterne, die paar, die sie sehen konnte, wenn sie an der Mülltonne und den hohen Häusern vorbei nach oben schaute, verblassten langsam. Sie konnte nicht schreien. Alles, was sie konnte, war wimmern, und das erschien ihr jetzt nicht mehr wichtig. Alles war jetzt kühl, so wie immer an den ersten Sommertagen, wenn sie zum Frühdienst musste. Sie versuchte sich zu bewegen, aber das schmerzte nur und die Müdigkeit in ihrem Körper war einfach zu groß. Sie spürte, wie sie tiefer sank, in den Schmerz, in den Schlaf, und beide waren das Gleiche. Sie musste nur loslassen, ihren Blick von den blassen Sternen lassen, und dann würde sie schlafen können.

Manchmal, während sie hier lag, hatte sie gemeint, Stimmen zu hören, Schritte auf der Straße, und dann hatte sie versucht, sich zu bewegen, sich irgendwie bemerkbar zu machen, aber sie war wie gelähmt. Sie war gelähmt. Sie musste sich an den bleichen Sternen festhalten, an dem heller werdenden Himmel, bis jemand kam, bis jemand sie fand, ihr half.

Aber alles, was sie wollte, war, die Augen zu schließen und zu spüren, wie ihr schwerer werdender Körper nach unten sackte, ins Schlafen, ins Träumen. Wenn sie die Augen zumachte, sah sie nichts mehr, und das fühlte sich viel besser an, als sich weiter mit den Augen in die grausam weit entfernten Sterne zu krallen.

Wenn sie die Augen zumachte, nur für einen Moment, konnte sie ausruhen, und das wollte sie gerne. Einfach nur ausruhen. Es war alles zu viel, der Schmerz, die Kühle, die sich um ihren Körper wickelte wie ein feuchtes Laken, die Bewegungslosigkeit, um die sie sich Gedanken machen wollte, wenn sie endlich gefunden würde. Sie rutschte ein wenig weiter in den Raum, der sich innen in ihrem Kopf befand und von dem aus sie jederzeit wieder zurückkehren konnte. Es war hell und still und sie hatte das Gefühl, als sei sie dort zu Hause und hätte nichts mehr mit dem Schmerz zu tun.

Sie sackte weiter, fast ohne es zu bemerken, und geriet kurz in Panik, als sie merkte, dass die Sterne unerreichbar wurden. Die Sterne, dachte sie, die dunkle Nacht, und dann war alles ruhig. Sie starb.

DER BLUTIGE TAU HÄNGT EUCH IN DEN FLÜGELN,
WIE KÖNNT IHR DENN SO FLIEGEN?
SCHARREN UND PICKEN UND MORDEN,
EIN NEUES QUÄLEN, EIN NEUES LIED.

Lissy wurde davon wach, dass sich der Wohnungsschlüssel im Schloss drehte. Sie tat nicht mal mehr so, als würde sie noch zur Schule gehen, und deshalb drehte sie sich um und kuschelte sich an ihr Kissen.

Sie hörte, wie Kaffee durch die Maschine lief, wie die Kühlschranktür auf- und zuklappte. Auf ihrem Handy war es kurz nach fünf. Sie stand auf.

»Hallo, Mama«, sagte sie. Ihre Mutter streifte sich gerade den Kittel von der Bäckerei über.

»Ach, Lissy. Hab ich dich geweckt?«

»Wie geht's Papa?«, fragte Lissy.

»Sieht nicht gut aus, ehrlich gesagt.« Ihre Mutter zuckte mit den Schultern, während sie sich den Kittel zuknöpfte.

»Was heißt das?«

»Er kommt durch, das schon ...«

»Aber?«, fragte Lissy. Sie musste eigentlich gar nicht fragen, sie wusste es auch so.

»Mit der Sauferei ...«, sagte ihre Mutter. Sie nahm ihre halblangen Haare zusammen und steckte eine große glitzernde Haarklemme hinein. Lissy sah, dass sie geweint hatte.

»Ich musste denen vorlügen, dass er hier wohnt, sonst hätten sie ihn gar nicht dabehalten!« Sie griff nach einer widerspenstigen Strähne und steckte sie mit einem kleinen Clip fest.

»Ich muss jetzt los«, sagte sie noch, und bevor sie ging, drückte sie Lissy kurz an sich, was sie sonst nur ganz selten tat.

Schlafen konnte Lissy nicht mehr, und weinen auch nicht. Sie lag in ihrem Bett und sah in das Licht des Sommermorgens, das langsam heller wurde und ihr Zimmer aufheizte. Sie streichelte an ihren Seiten herunter. Ihr Schamhaar wuchs in winzigen Stoppeln nach. Hoffentlich entzündete sich das nicht wieder und bildete kleine rote Pusteln. Sie tastete zwischen ihren Beinen. Das fühlte sich pickelig an. Vielleicht war es schon ein bisschen pickelig, als Daniel sie dort geküsst hatte, und er hatte es eklig gefunden und nur weitergemacht, weil er sie nicht beschämen wollte. Aber noch mal wollte er es bestimmt nicht tun. Sie stand auf, zog sich nackt aus und stellte sich vor den Badezimmerspiegel. Ja, über ihren Schamlippen war eine Pickelinvasion. Verdammt.

Außerdem war ihre Bauarbeiterbräune wirklich blöd. Sie warf sich selbst einen Blick über die Schulter zu. Und ihr Haar war zu kurz. Es stand in wilden Löckchen von ihrem Kopf ab. Das sah einfach alles scheiße aus.

Sie ging unter die Dusche, nahm ein Peeling und bearbeitete damit die entzündete Region zwischen ihren Beinen, danach schmierte sie sich eine scharfe Pickelcreme darauf. Es brannte. Die ganze Haut war feuerrot. Mit dem vergrößernden Kosmetikspiegel zwischen den Beinen sah sie, dass unter den roten Pickelkäppchen dünne schwarze Haare wuchsen. Sie fluchte. Vermutlich war es ganz egal, was dort unten los war. Er hatte sie versetzt und das war das, was wirklich zählte.

Nackt und mit brennendem Schritt ging sie in die Küche und nahm sich lauwarmen Kaffee aus der Maschine. Auf dem Tisch stand eine Tüte mit Backwaren vom Tag zuvor. Sie suchte sich ein Puddingteilchen aus und biss hinein.

Es klingelte an der Haustür. Lissy warf einen Blick auf die Küchenuhr. Kurz nach neun, das war der Postbote. Sie zog sich den Bademantel ihrer Mutter über und drückte den Türöffner.

Der Bote hielt ihr ein Päckchen und das elektronische Board für die Unterschrift entgegen. Lissy kannte ihn nicht.

»Nein, nein«, sagte sie. »Das kann sofort retour gehen. Wir verweigern die Annahme.«

»Sie wollen das Päckchen nicht?«, fragte der Postbote.

»Genau, und hör'n Sie …« Lissy überlegte kurz, wie sie dem Mann von diesem Tick ihrer Mutter erzählen konnte, entschied sich dann jedoch dagegen.

»Ach, egal«, machte sie.

Sie schloss die Tür. Ihre Mutter bestellte ständig irgendetwas, im Fernsehen, im Internet, besonders seit sie den neuen Job hatte und dachte, sie könnte sich das leisten.

Es klingelte wieder. Lissy drückte nicht auf. Sie schob sich den Rest der Puddingschnecke in den Mund und spülte das klebrige Zeug mit Kaffee herunter. Als es noch mal schellte, sprang sie auf. Diesmal war es die Klingel an der Wohnungstür.

»Oh Mann«, sagte Lissy und raffte den alten Bademantel zusammen. Sie machte die Tür für den Boten auf. »Das Päckchen müssen Sie wieder mitnehmen!«

Vor der Tür stand die Sager, die Polizistin von der Gerresheimer Wache, und hinter ihr jemand, den Lissy nicht kannte, der aber ganz bestimmt auch Bulle war.

Wenn Lissy an ihren Vater dachte, sah sie ihn fast nie als den Obdachlosen, der er inzwischen war, nicht mit dem alten stinkenden Wollpulli, nicht mit dem ewigen Rotwein aus dem Tetra-Pack, den er so gerne trank, nicht mit den Zigaretten, die er aus weggeworfenen Kippen und Blättchen zusammenbaute. Sie erinnerte sich daran, wie er gewesen war, als er noch bei ihnen gewohnt und sie sonntags mit in die Wirtschaft genommen, sie auf einen hohen Stuhl am Tresen gehoben und ihr eine Kinderlimo bestellt hatte. Prinzessin, so hatte er sie manchmal genannt. Er hatte anders gerochen, hatte anders gesprochen, normaler eben, und am frühen Nachmittag war ihre Mutter gekommen, oft von der Arbeit und in irgendeinem Kittel, und hatte sie vom Stuhl gehoben und leise geschimpft. Was war mit diesem Vater passiert?

»Zieh dir mal was an! Wir sollen dich zum Präsidium am Jürgensplatz bringen«, sagte die Sager. Ihr Mund war ein schmaler Strich, der sich kaum bewegte, wenn sie sprach.

»Ist was mit meinem Vater?«, fragte Lissy.

»Kann ich nichts zu sagen.«

»Also ja?«

Die Sager sah sie einen Moment lang an, dann schüttelte sie den Kopf und zog einen Mundwinkel hoch. Das musste ein Nein bedeuten. Der andere Bulle hielt sich im Hintergrund.

Lissy zog sich an und schmierte sich ein bisschen Gel in die Haare, damit sie sich nicht ganz so lockten. Dann war sie fertig und ging mit den beiden Bullen nach unten, wo das Polizeiauto stand.

Ging es um die bescheuerte Deutschlandkette? Ihre Sozialstunden konnten in Jugendarrest umgewandelt werden, aber wegen so einer Kleinigkeit? Und außerdem war sie nicht erwischt worden. Und ihre Sozialstunden hatte sie gemacht, sie hatte sogar ein paar mehr auf dem Zettel als sie eigentlich jetzt,

Mitte Juni, hätte haben müssen, weil einmal Schwester Sabine seufzend vom Dienstplan aufgesehen und sie gefragt hatte, ob sie nicht zu einem zusätzlichen Spätdienst kommen könne.

»Ist irgendwas mit dem Altenheim?«, fragte Lissy.

Sie waren inzwischen Auf'm Hennekamp und die Ampeln und Straßenbahnen stoppten das Auto immer wieder.

Die Sager brummte. Lissy überlegte, ob das ein Ja war. Sie war sich fast sicher, dass das ein Ja war. Fehlte vielleicht etwas in den Zimmern? Sie hatte den Schmuck von Frau Sticker gesehen, den die Tochter immer mitnehmen wollte. Frau Sticker war zwar blind, hörte aber genau, was in ihrem Zimmer vorging.

Das Polizeiauto fuhr jetzt über die Cranachstraße und blinkte dann.

»Du bist nur Zeugin, Lissy, hab keine Angst«, sagte die Sager. Sie sah Lissy im Rückspiegel an, zwei helle Augen unter rötlich gefärbten Ponyfransen.

»Aber wobei denn?«

Darauf gab es keine Antwort.

Der Bulle führte Lissy durch den langen Gang, in dem die Mordkommission ihre Büros hatte. Lissy schluckte. Sie war schon mal hier gewesen, in diesem Frühjahr, als alle nach Franka gesucht hatten. Es war also was Ernstes. Das Tier rannte wie ein Hamster in seinem Rad.

An einer Tür klopfte der Bulle und machte sie dann für Lissy auf.

Hinter einem Schreibtisch saß ein etwa fünfzigjähriger Beamter in einem schwarzen Hemd und einer Jeans. Sein gewaltiger Schnäuzer wuchs ihm bis in die Nase hinein. Er musterte Lissy und bot ihr einen Stuhl an.

»Setz dich, Lissy«, sagte er. »Schade, dass wir dich so schnell wiedersehen.«

»Aber wir kennen uns doch gar nicht«, sagte Lissy. Sie starrte auf den Schnäuzer, obwohl sie das nicht wollte. Die Nasenhaare waren dick und schwarz.

Er verzog den Mund, so als hätte Lissy einen Witz gemacht.

»Persönlich noch nicht, aber sonst so … du bist ja hier keine Unbekannte.«

Lissy hob den Kopf und sah ihn an. Er sah zurück, sein Blick bohrte sich geradezu in ihre Augäpfel, so als wollte er auf dem Grund ihrer Augen irgendetwas entdecken. Lissy senkte den Blick. Bloß nicht auf die ekelhaften Nasenhaare starren. Was sollte das denn jetzt?

»Berg«, sagte er, nachdem er das Duell im Starren gewonnen hatte. »Ich bin übrigens Kommissar Berg. Und das …« – erst jetzt bemerkte Lissy den anderen Bullen, der an der Wand hinter ihr lehnte – »… ist mein Kollege Wolfers.«

»Worum geht es?«, fragte Lissy. »Was soll das alles?«

»Kennst du Nele Hoffmann?«, fragte Berg.

Lissy spürte den Blick seines Kollegen in ihrem Nacken und legte unwillkürlich ihre Hand auf den Hals.

»Klar, sie arbeitet im Altenheim. Letzte Woche waren wir zusammen schwimmen.« Lissy wurde rot, obwohl sie das gar nicht wollte.

»Warst du mit ihr befreundet?«, fragte Berg.

Wolfers stand immer noch hinter ihr.

»Na ja, irgendwie schon. Ist was mit ihr?«

»Und gestern Abend? Hast du sie da gesehen?«

»Sie hatte Nachtdienst, ich Spät. Wir haben uns in der Umkleidekabine unterhalten.«

»Wann?«

»Gegen sieben. Ich muss ja nicht zur Übergabe bleiben.«

»Und ihr habt euch nur unterhalten?«

»Was ist mit ihr?«, fragte Lissy noch mal.

»Ihr habt euch nur unterhalten?«

»Ein bisschen gestritten«, gab Lissy widerwillig zu.

»Weshalb?« Das war Wolfers.

»Weiß nicht so genau.« Lissy zog ihre Lippen nach innen. »Weil sie Nachtwache hatte. Ich dachte, sie kommt mit, das Spiel gucken.«

»Aha«, machte Berg. Er schaute über Lissy hinweg, wahrscheinlich gab ihm Wolfers hinter ihrem Rücken irgendein Zeichen. Der setzte sich an den Schreibtisch und tippte an seinem Computer herum.

»Gut«, machte Berg. Aber es war gar nicht gut, dachte Lissy.

»Und weiter?«

»Was weiter?«

»Erzähl mal, was du weiter gemacht hast.«

Lissy holte Luft und begann mit dem Anruf von Franka und wie ihr Vater ins Krankenhaus gekommen war. Berg nickte, während Wolfers tippte.

»Und dann?«, fragte Berg. »Bist du zum Krankenhaus? Und dann nach Hause?«

»Da werden dich ja eine Menge Leute gesehen haben«, fügte Wolfers hinzu. Lissy bestätigte einfach ihre Annahmen. Mit zwei alten Männern wollte sie nicht über Daniel reden.

»Was ist denn nun mit Nele? Hat sie irgendwas angestellt?«, fragte Lissy schließlich. Wolfers druckte ihre Aussage aus.

»Sie ist … nun, wir sind uns nicht sicher, ob es ein Unfall war«, sagte Wolfers.

»Sie ist tot«, sagte Berg.

Düsseldorf wuchs sonnenbeschienen in einen klaren blauen Himmel, als Lissy sich auf den Heimweg machte. Sie stieg am Hauptbahnhof um und warf einen Blick auf die Obdachlosen, die an der Ecke standen, an der die Busse abfuhren. Hulle war nicht dabei, aber Hulle war selten hier, höchstens vor einem Fußballspiel der Fortuna, wenn sich die Fans vor dem Bahnhof trafen und »vorglühten«. Sie ließen dann immer ihre Bierflaschen liegen, weil ihnen das Pfand egal war.

Sie fuhr weiter durch Flingern, dann den Hügel hoch, der Grafenberger Wald beschattete die Straße mit seinen saftig grünen Blättern, und Lissy musste an die Rennbahn denken, die hier ganz in der Nähe war. Sie fuhr weiter bis zum Krankenhaus.

Sie hätte fragen müssen. Aber sie hatte nur aus dem stickigen Zimmer hinausgewollt, weg von Berg und Wolfers und dem, was sie gefragt hatten. Sie hatte mit Ja und Nein geantwortet und die ganze Zeit aus dem Fenster gesehen und gehofft, dass das alles vorbeigehen würde, dass sie gehen konnte. Sie konnte es auch jetzt nicht denken. Sie hatte ihre Aussage unterschreiben müssen, und sie hatte es getan, ohne sich alles noch mal durchzulesen, obwohl Wolfers sie dazu aufgefordert hatte. Innen in ihr war alles roh und wie zernagt. Das konnte doch alles nicht sein, dachte sie, und dann wieder Nele, Nele, Nele.

Im Krankenhaus saß ein kleiner dicker Mann an der Pforte. Sie ging wortlos an ihm vorbei und nahm den Aufzug zur zweiten Etage.

In Zimmer 215 standen vier Betten, die blau gestreiften Vorhänge waren zugezogen, damit die Morgensonne den Raum nicht aufheizte. Das Licht stand grau im Zimmer.

Ihr Vater lag am Fenster. Neben ihm stand eine Halterung mit Infusionsflasche und der Plastikschlauch verschwand unter der Decke. Es war NaCl-Lösung, erkannte Lissy. Frau Grabowski hatte letzte Woche auch so eine Flasche bekommen, damit sie nicht austrocknete. Nele hatte das gemacht, subkutaner Zugang, hatte sie gesagt und die Nadel vorsichtig in die alte, am Bauch ganz zarte Haut geschoben.

Lissy hielt sich am unteren Bettgestell fest und sah auf das Gesicht ihres Vaters. Er hatte die Augen geschlossen. Heute Morgen hatte man ihn frisch rasiert, wahrscheinlich mit diesen grellorangefarbenen Einwegrasierern, die die Haut aufrissen. Er hatte mehrere Kratzer am Kinn und am Hals. Seine Brust unter dem gestärkten Laken bewegte sich gleichmäßig auf und ab.

»Papa«, flüsterte Lissy. Sie überlegte, ob sie ihm irgendwas sagen wollte, doch es gab nichts zu sagen, außer dass es sie beruhigte, dass er hier war, gewaschen und rasiert, gut riechend und außer Lebensgefahr.

Lissy traf Hulle und die Scheele Christiane vor dem Krankenhaus. Hulle sah so aus, als hätte er sich heute Morgen schon gewaschen. Dafür wirkte Christiane so fertig wie noch nie. Ihr strohiges Haar stand vor Fett und man konnte ihre leere Augenhöhle sehen. Ihr gesundes Auge war geschwollen und tränte. Sie hielt Blumen in einer Hand, weißgelbes, angewelktes Zeug, und Lissy hatte den Verdacht, dass sie den Strauß irgendwo geklaut hatte, vielleicht auf dem Friedhof.

»Er schläft«, sagte Lissy.

»Was ist mit dir?«, fragte Hulle. »Lissy, was ist denn los? Geht es Hau so schlecht?«

»Er sieht ganz friedlich aus«, sagte Lissy. »Es geht ihm okay.«

»Dista«, sagte Hulle. »Für den Entzug. Das ersetzt den Alkohol ganz gut.«

Christiane sah Hulle lange mit ihrem geschwollenen Auge an.

»Diese verfluchten Tauben«, sagte sie heiser. »Sie picken an uns, sie reißen Fleisch aus uns, während wir noch atmen.«

»Quatsch, was sollen sie denn machen? Ihm Schnaps geben?«, fragte Hulle zurück.

Die Scheele Christiane schüttelte den Kopf. »Ich habe den Tod gesehen, glaub mir! Er kam in der Nacht und …« Ihr geschwollenes Auge rollte hin und her, während sie nach Worten suchte.« Du weißt nicht, wie sie sind, diese falschen Prinzen. Sie sind böse.« Plötzlich packte sie Lissy mit ihrer hageren Vogelkrallenhand am Arm. Lissy zuckte zusammen. Christiane war so ekelhaft. Wie konnte ihr Vater nur?

»Sie haben mich fast umgebracht. Nimm dich vor ihnen in Acht! Haben mich monatelang auf die Geschlossene gesperrt, nur Pillen und mit den ganzen Wahnsinnigen zusammen.« Ihr gesundes Auge starrte in die Luft, so als versuchte sie sich zu erinnern.

»Und geschlagen haben sie mich auch. Nackt ausgezogen und geschlagen. Und dann kamen die Ratten aus der Luft und haben am Fleisch genagt.«

»Ach, Christiane«, sagte Hulle ganz weich. »Hör doch auf! Das ist doch alles so lange her!«

Christiane ließ Lissys Arm los und Lissy machte einen Schritt rückwärts.

»Sie haben mir gesagt, dass es für mich keine Hoffnung mehr gibt.« Sie beugte sich vor und Lissy konnte ihre ungepflegten Zähne und ihre aufgesprungenen Lippe sehen. »Und dann haben sie mich auf die Straße geschickt. Zum Sterben.«

Sie schwiegen einen Moment.

»Geh schon mal vor«, sagte Hulle. »Ich muss noch kurz mit Lissy reden.«

»Nein, nein.« Lissy drehte sich um. Wenn sie mit Hulle über Nele sprach, würde das alles wahr werden.

»Mit mir ist alles in Ordnung!«, rief sie Hulle über die Schulter zu. »Alles okay!«

Sie rannte fast nach Hause.

Daniel saß wie in einem weißen Raum, in dem es nichts gab, überhaupt nichts, nicht den Motorenlärm vor dem Fenster, nicht das Rasierwasser, von dem er heute Morgen ein bisschen zu viel genommen hatte.

»Daniel«, sagte Berg und sein Schnurrbart zitterte. »Es tut mir so leid für dich.«

Daniel nickte, und obwohl er immer gewusst hatte, dass Berg bei der Kripo arbeitete, war es merkwürdig, ihn hinter seinem Schreibtisch zu sehen.

Er versuchte, den Fragen von Berg zu folgen, aber es tat einfach zu weh. Gleichzeitig wusste er, dass er sich konzentrieren musste, genauso wie in einer langen Kurve, die schlecht gebaut war und nach hinten heraus enger wurde.

Daniel sah Berg an, der seinen Blick freundlich zurückgab.

»Herr Feigel, lassen Sie sich einen Moment Zeit.« Das sagte der am Computer. Wolfers, genau.

Es tat so weh. Er weinte, und es war ihm egal. Dann wischte er sich die Tränen weg.

»Schon gut, Daniel«, sagte Berg. »Wir kennen uns. Sein Vater ist mein Segelfreund«, erklärte er Wolfers.

»Aber wie? Ich meine …« Daniel schwieg für einen Moment. »Wie ist es denn passiert?« Vom Gas gehen, konzentriert bleiben.

»Wir können keine Auskünfte zum Tathergang geben.«

»Ja«, sagte Daniel.

»Der letzte Kontakt war also ein Telefonat am Samstag.«

»Ja«, machte Daniel noch mal.

»Worum ging es dabei?«, fragte Berg.

»Ich wollte eine Telefonnummer. Von einem Mädchen.«

Berg und Wolfers sahen sich an.

»Aber … Frau Hoffmann, die Mutter, gab an, dass du der feste Freund von Nele bist.«

Daniel nickte.

»Das ist auch so. Also, ihr bester Freund. Aber …«

»Ach so«, machte Berg. »Aber keine Beziehung?«

Daniel sah aus dem Fenster. Es war merkwürdig: der blaue Sommerhimmel, der Schwarm Vögel, der kreiste. Dass es das überhaupt noch gab. Er dachte nach und dann sagte er: »Sie war mit diesem Philipp zusammen. War aber nichts Ernstes.«

»Bleiben wir mal bei Ihnen. Wie heißt denn das Mädchen, dessen Telefonnummer sie haben wollten?«

»Lissy, weiter weiß ich nicht.«

Berg und Wolfers sahen sich diesmal lange an. Bergs Schnurrbart zuckte. Es war, als sei das Ende der Kurve nicht einsehbar.

»Erzählen Sie mal genauer. Was war mit Lissy?«

»Ich habe sie im Schwimmbad kennengelernt, über Nele. Und wir wollten zusammen zum Strandgut, zum Deutschlandspiel. Sie ist aber nicht gekommen.«

»Aha«, machte Wolfers. »Und dieser Philipp? Wissen Sie etwas über den?«

»Ganz nett, kann manchmal ein ziemlicher Angeber sein«, sagte Daniel. Vom Gas weg, sonst fliegst du! Wie oft hatte er das genau im richtigen Moment gedacht. Vielleicht war auch das hier der richtige Moment.

»Gut, Herr Feigel, wie heißt er denn weiter?« Wolfers Stimme war ganz ruhig.

»Becker. Wir waren in der Ausbildung in einer Klasse. In der Berufsschule.«

Daniel musste sich noch eine Träne abwischen.

»Er wohnt in Lierenfeld, glaube ich. Die Ausbildung hat er in dem großen Porschehaus gemacht, das liegt auch auf der Automeile am Höherweg.«

»Haben Nele und Philipp sich oft gestritten?«, fragte Berg.

»Nein«, sagte Daniel. Er sah aus dem Fenster. Der Vogelschwarm war immer noch da. »Obwohl … ich glaube nicht, dass das von Neles Seite aus was Festes werden sollte. Kann sein, dass er sauer darüber war.«

»Gut«, sagte Wolfers. »Dann drucke ich das mal aus.«

Sie legten ihm ein paar Seiten Protokoll vor. Daniel tat, als würde er lesen. Er blätterte um und starrte auf die nächste Seite.

»Stimmt das so?«, fragte Berg.

»Ja«, sagte Daniel. Er unterschrieb, wo das Kreuzchen war. Das Ende der Kurve war erreicht. Mit einer trainierten Gewichtsverlagerung richtete er die Maschine auf.

Wolfers nahm die Blätter an sich und überflog sie.

»Haben Sie sich das auch wirklich durchgelesen?«, fragte er.

»Klar«, sagte Daniel. Er stand langsam auf. Vor ihm lag eine lange Strecke geradeaus.

»Daniel«, sagte Berg mit warnender Stimme.

»Ich kann nicht lesen«, sagte Daniel trotziger, als er wollte. Darauf kam es auch nicht mehr an.

Berg streckte die Hand aus und überflog die Aussage, die Wolfers ihm reichte.

»Stimmt so.« Er nickte Daniel zu.

Zu Hause nahm Lissy eine Puddingschnecke, aber sie konnte nicht kauen, nicht schlucken, gar nichts. Sie spuckte den Happen ins Klo.

Im Fernsehen liefen die üblichen Dokus und Talkshows. Am

Computer, den sie anschaltete, wusste sie nicht, was sie tun sollte. Lissy machte sich mit dem Stopfgerät eine Zigarette, zündete sie an und zog. Nach zwei Zügen drückte sie den weißen Stängel in den Aschenbecher.

Sie rief bei Tamara an, doch niemand nahm ab. Sie überlegte, ob sie im Altenheim anrufen sollte, doch das traute sie sich nicht.

Im Badezimmer lag, in einem Handtuch eingewickelt, der Bikini von Nele. Er roch ein bisschen muffig und darunter lag der Geruch nach Chlor und Sonnenmilch. Lissy hängte sich das Oberteil um den Hals und zog die beiden Dreiecke über ihre Brüste. Sie sah sich selbst im Spiegel an. War nicht alles egal, wenn man zum Schluss doch endete wie Frau Grabowski, mit leerem Mund – nicht mal Zähne hatte sie noch gehabt – und dann, von Schwester Sabine und Nele gewaschen, in einen kühlen Raum geschoben wurde, damit man nicht stank?

Sie kreuzte die Träger, sodass sie ihr in den Hals schnitten, und zog fester zu. Lissy schob den linken Träger über ihren Kehlkopf. Sie bekam für einen Moment keine Luft mehr, dann musste sie husten. Sie nahm den Bikini mit in ihr Zimmer.

Es schellte, und kurz darauf war Franka in der Wohnung. Sie hatte sich die Haare frisch gefärbt und jetzt glänzten sie lackschwarz.

»Sieht gut aus, oder?«, fragte sie.

»Ja, besser als vorher«, sagte Lissy.

Franka zupfte an den Strähnen, die ihr Gesicht umrahmten.

»Wie geht's deinem Vater?«, fragte sie dann.

»Okay, glaube ich. Hulle meint, sie geben ihm so ein Zeug, damit er …« Lissy sah an Franka vorbei. Am liebsten wäre sie allein gewesen.

»Wie siehst du denn aus?«, unterbrach Franka sie.

»Ach, Scheiße«, machte Lissy. »Es ist was passiert.«

Franka legte ihre Tasche aufs Bett. Ihre Arme waren dünn und blass. Der schwarze T-Shirt-Ärmel hing wie immer in Fetzen über ihren sehnigen Oberarm.

»Hier, der Computer ist schon an«, sagte Lissy.

Franka blickte kurz auf den Bildschirmschoner, der verschiedene Fotos von Lissy zeigte. Sie nickte, setzte sich aber nicht an den Schreibtisch.

»Tot, Nele ist tot«, stieß Lissy hervor. Gleichzeitig kam sie sich bescheuert vor. Was sie sagte, konnte einfach nicht sein.

Franka, die sich nie anfassen ließ, ging auf Lissy zu und hielt sie fest. Sie roch nach Haarfärbemittel.

»Ich weiß nicht genau, was passiert ist«, sagte Lissy in die schwarzen Haare hinein. »Aber ich war bei der Polizei, und musste da eine Aussage machen.«

Frankas Hand lag auf ihrem Rücken und rieb ganz leicht darüber. Lissy steckte ihre Nase weiter in die blauschwarzen Haare.

»Mach einfach das, was du vorhattest. Und lass mich ein bisschen zusehen«, sagte Lissy. Sie machte sich von Franka los.

Franka öffnete ihr Profil und begann, Fotos von ihrem Handy auf den Computer zu ziehen. Es waren Leute in Deutschlandtrikots, an Bushaltestellen, vor Fernsehern, vor Kneipen, Bier trinkend und Fahnen schwenkend. Dazu grelle grüne Bilder, die sie von einem Fernsehschirm abgeknipst hatte. Sie waren alle unscharf. Ab und zu klickte Franka eins an und schob es in einen anderen Ordner.

»Was wird das?«

»Ein Deutschlandmärchen, so nenn ich es.« Franka grinste ein bisschen. »Daraus mache ich Collagen, mit Texten von Heine.«

»Aha«, sagte Lissy.

Ihre Mutter schloss die Tür auf, als Franka gerade einen Heine-Text abtippte. Lissy diktierte ihr die letzten Zeilen. Die Worte klangen alt und fremd.

Sonja warf ihren Bäckerei-Kittel an die Garderobe.

»Habt ihr schon was gegessen?«, fragte sie, als sie ihren Kopf zur Zimmertür reinsteckte.

»Ich mach uns was«, sagte Lissy.

Ihre Mutter wirkte wirklich sehr müde, kein Wunder, nachdem sie die ganze Nacht über im Krankenhaus gewesen war.

»Das ist gut, ich muss nur mal ein halbes Stündchen liegen.« Auf dem Weg zum Sofa, auf dem ihr Bettzeug ausgebreitet war, streifte sie die Schuhe ab. Lissy sah, dass die Riemchen über den Fersen tief in das Fleisch geschnitten hatten.

»Im Tiefkühler ist noch eine Kartoffelpfanne«, murmelte ihre Mutter noch, während sie unter ihre Decke kroch.

»Jaja!«, machte Lissy.

Sie biss das Plastik der Tiefkühltüte auf, riss ein großes Loch hinein und ließ die gefrorenen Stücke in die Pfanne rutschen. Dann schüttete sie etwas Wasser dazu und legte den Deckel drauf.

»Lissy?«, fragte ihre Mutter aus dem Wohnzimmer.

»Hm?« Lissy stellte sich in die Tür, mit einem Ohr weiter bei der Bratpfanne.

Ihre Mutter hatte sich auf den Bauch gedreht und die Augen geschlossen.

»Wo warst du gestern Abend?«, fragte sie, die Augen weiter geschlossen.

»Was meinst du?«, fragte Lissy. Wenigstens konnte ihre Mutter nicht sehen, dass sie rot wurde.

»Als dein Vater ins Krankenhaus kam. Wohin musstest du so dringend?«

Das wollte Lissy ihrer Mutter nicht erzählen.

»Ich war heute Morgen im Krankenhaus«, sagte sie, als sei das Erklärung genug. Sie ging zurück in die Küche, nahm den Deckel von der Pfanne und wendete das Gemüse.

Dann stellte sie sich wieder in den Türrahmen.

»Wir müssen dafür sorgen, dass er eine vernünftige Entgiftung macht.« Ihre Mutter rieb sich die Augen. Sie war zu müde, um noch mal nachzufragen.

»Weiß er das schon?«, fragte Lissy.

»Nein, aber sonst …«

Lissy wollte es nicht hören. Sie ging in die Küche zurück und legte den Deckel in die Spüle, damit das Wasser verdampfen konnte. Dann steckte sie den Kopf in den Schrank und klapperte laut mit den Tellern.

»Rede du mit ihm.« Lissys Mutter war aufgestanden. Sie rieb sich immer noch die Augen und tappte barfuß in die Küche.

»Aber …«

»Er darf nicht mehr trinken, Lissy, sonst hat er kein Jahr mehr. Das hat mir der Arzt im Krankenhaus gesagt.«

Lissy betrachtete die nackten Füße ihrer Mutter, die schlecht rasierten Unterschenkel und die nach vorne gezogenen Schultern. Sonja kniff die Augen fest zu, es sah aus, als würde ihr etwas wehtun.

Lissy holte tief Luft. Mit ihrer Mutter konnte sie jetzt unmöglich über Nele reden.

»Ich hole Franka«, sagte sie.

Sie aßen schweigend, alle drei.

Justus wartete an der Haltestelle Luegallee auf Lissy, so wie sie es am Telefon verabredet hatten.

»Wir gehen in die Rheinauen, okay?«, fragte er, nachdem er

sie mit einem Küsschen begrüßt hatte. Lissy drückte sich an ihn und schnupperte an ihm. Er roch gut.

»Mein Vater ist im Krankenhaus«, platzte es aus ihr heraus, während sie Justus' Wange an ihrer spürte. »Und es sieht nicht gut aus.«

»Hm«, machte Justus und warf seinen langen Pony nach hinten. Er drückte sie einen Moment länger an sich als sonst.

»Er muss entgiftet werden. Und danach braucht er einen Therapieplatz.« Das hatte der Arzt gesagt.

»Will er das denn?«, fragte Justus. »Oder will er weitertrinken?«

Lissy wusste es nicht.

Der Rhein lag grau und breit in seinem Bett und der Himmel darüber war eine hohe steinerne Kuppel. Es war windstill und ein bisschen schwül. Sie gingen über die sandigen Wege nordwärts, immer weiter, rechts floss der breite Strom, links lagen Gärten, und Kletterpflanzen rankten an den Zäunen hoch. Sie sagten nicht viel und Lissy dachte wieder an Nele.

»Und eine meiner Freundinnen hatte einen Unfall oder so etwas. Sie ist dabei gestorben.«

Lissy war sich nicht sicher, ob Justus sie gehört hatte, bis sie seine warme Hand an ihrer fühlte.

»Du bist traurig«, sagte Justus.

Lissy nickte.

»Ich weiß nicht wirklich, ob das mit Nele ein Unfall war. Die Bullen haben mich zum Polizeipräsidium geholt und komische Fragen gestellt.« Sie sah auf den grauen Fluss und auf die Linie der Häuser und Türme, die auf der anderen Rheinseite lagen.

»Glauben sie, dass du was damit zu tun hast?«, fragte Justus.

»Nein«, sagte Lissy. »Das ist doch Scheiße. Was soll ich damit zu tun haben?«

Justus ging neben ihr weiter und seine Hand fühlte sich vertraut an.

»Aber irgendwas ist passiert. Vielleicht war es ja wirklich kein Unfall.«

Ein Lastkahn tuckerte flussabwärts und zog eine Heckwelle hinter sich her. Kleine Wellen klatschten gegen das Ufer.

»Das Schlimmste ist, dass ich ganz furchtbar in jemanden verliebt bin. Und ich kann eigentlich an gar nichts anderes denken.«

Mit Justus zu reden war so leicht. Wieso ging das mit anderen nicht? Seine Hand wurde ein bisschen fester und der Weg war so eng, dass sie mit ihrer Schulter an seine stieß.

»Und er hat mich versetzt«, fügte Lissy hinzu. »Und ich habe ein ganz schlechtes Gefühl, weil ich immer nur an ihn denke, dabei liegt mein Vater im Krankenhaus und Nele ist vielleicht umgebracht worden.«

»Oh«, machte Justus.

Sie setzten sich ins hohe Gras nahe am Wasser und schauten auf den Fluss. Es roch nach Gras und fauligem Wasser. Ein anderer Lastkahn, mit braunen und orangefarbenen Containern beladen, fuhr flussaufwärts. Lissy versuchte den Namen des Schiffes zu erkennen. Es hatte aber nur eine Nummer.

»Glaubst du wirklich, dass es kein Unfall war?«, fragte Justus.

»Ich weiß es nicht«, sagte Lissy. »Ich weiß eigentlich ganz wenig über Nele. Aber wieso musste ich denn zur Kriminalpolizei?«

Justus zog sie an seine Schulter und seine Hand machte auf ihrem Rücken gleichmäßige Bewegungen.

»Ich muss noch ins Altenheim. Nur für die Abendküche«, sagte Lissy. »Vielleicht wissen die dort mehr.«

Im Altenheim war der hintere Hof, dort wo die Müllcontainer standen, abgesperrt. Lissy ging durch die automatisch öffnende Vordertür und fuhr mit dem Besucheraufzug nach oben. Sie wollte nicht in die Umkleide, dort würde sie alles an diesen dummen Streit erinnern. Und daran wollte sie am allerwenigsten denken. Sie solle es mehr als Spiel sehen, hatte Nele gesagt. Jetzt war sie tot, ohne dass Lissy das alles irgendwie geradebiegen konnte.

Den blauen Küchenkittel streifte sie sich einfach über.

Schwester Sabine hatte auch Dienst und schob den Pflegewagen über den Flur. Aus dem angehängten Müllbeutel stank es.

»Du bist zu spät«, sagte sie. Ihr großer Körper bewegte sich langsam und schwerfällig. »Guck mal, ob Herr Seelbach endlich mit seinem Mittagessen fertig ist. Der rückt schon den ganzen Nachmittag sein Tablett nicht raus. Ich muss noch dokumentieren.« Damit meinte sie, dass sie alle Pflegemaßnahmen in eine Computer-Datei eintragen musste.

Lissy klopfte bei Herrn Seelbach an. Er hatte eines der wenigen Einzelzimmer auf der Station. Das Fleisch vom Mittagessen lag durchgekaut in kleinen Klumpen auf seinem Teller. Den Joghurt hatte er über das ganze Tablett verkleckert.

»Guten Abend, Herr Seelbach«, sagte Lissy. »Wie geht's Ihnen denn heute?«

»Ach, frag nicht, du Aas«, fauchte er.

»Kann ich abräumen?«, fragte Lissy.

»Wird ja wohl mal Zeit! Gleich gibt's ja schon Abendbrot!«

Lissy nahm das Tablett von seinem Tisch. Im selben Moment fühlte sie seine Hand auf ihrem Hintern.

»Lassen Sie das«, sagte Lissy scharf. Sie hatte die Hände voll und konnte ihn nicht wegschieben.

»Was denn? Dein Föttchen ist mir sowieso zu mager.« Er kicherte und kniff zu.

»Blöder Sack!«, sagte Lissy und machte, dass sie von den Grapschhänden des alten Mannes wegkam.

»Was wird das denn hier?«, fragte Schwester Sabine von der

Tür aus. »So kannst du doch nicht mit unseren Bewohnern reden!«

»Dann soll er mich nicht begrapschen!«, erwiderte Lissy gereizt.

»Das meint er doch nicht so!«, sagte Schwester Sabine.

»Begrapschen? Ich begrapsche doch keinen!« Herr Seelbach zog seine schmalen Lippen zu einer beleidigten Schnute.

»Na, na, Herr Seelbach. Das weiß ich aber anders«, sagte Schwester Sabine zu ihm. Lissy musste grinsen, zum ersten Mal heute. Und Schwester Sabine schien auch nicht mehr ganz so niedergeschlagen zu sein.

Sie gingen nebeneinander her zur Stationsküche, wo schon der Wagen mit den Tabletts für das Abendessen stand.

»Gehst du mit zur Beerdigung?«, fragte Schwester Sabine. »Ich muss das für den Dienstplan wissen.«

Lissy nickte. Sabine wollte über Nele reden.

»Auf jeden Fall«, sagte Lissy. »Wann ist die denn?«

»Das ist noch gar nicht klar. Die Polizei war ja hier.«

Lissy schob den Essenswagen um die Kurve.

»Die Polizei?«, fragte sie weiter, so als sei sie erstaunt.

»Klar, die habe ich als Erstes angerufen. Ich mein, ich hab ja sofort gesehen, dass das arme Kind tot war.«

»Du hast sie gefunden?«, fragte Lissy.

Schwester Sabine zog ein Schokoladenbonbon aus ihrer Kitteltasche und steckte es sich in den Mund. Einen Moment lang kaute sie mit vollen Backen. Dann zog sie noch ein Bonbon hervor und gab es Lissy.

»Sie hat unten bei den Müllcontainern gelegen, so als sei sie ausgerutscht und auf diese Stange gefallen, weißt du, dieses Seitenteil, womit sich der Deckel bewegt.«

Lissy lutschte an ihrem Bonbon.

»Da kommst du zum Frühdienst, und dann liegt das arme

Mädchen da.« Schwester Sabine schluckte. »Und sie muss schon mehrere Stunden da gelegen haben. Ich mein, ich weiß, wie Tote aussehen. Und außerdem, hier oben war seit der ersten Runde nichts mehr gemacht. Dokumentiert war gar nichts.«

Lissy wusste, dass die Nachtwache drei Runden machte, um nach den Bewohnern zu sehen.

Schwester Oxana, eine schmale, stille Russin, ging an ihnen vorbei ins Stationszimmer. Sie nickte knapp.

»Aber warum war sie denn mitten in der Nacht bei den Müllcontainern?«, fragte Lissy.

»Das will die Polizei auch rausfinden«, meinte Schwester Sabine. »Das ist ja, was so komisch daran ist.«

Schwester Roswitha, eine kleine Dicke, die immer viel mit den Bewohnern und den anderen Schwestern zankte, kam durch das Treppenhaus in die Küche. Die anderen auf der Station nannten sie den Scheriff. Anscheinend hatte sie heute Nachtwache, war aber schon früher gekommen, um den ganzen Tratsch mitzubekommen.

»Zu den Bewohnern kein Wort, hast du gehört?« Schwester Sabine sprach jetzt leiser. »Hier sind sowieso nur Demente. Es reicht völlig, wenn die im Wohnbereich befragt werden.«

»War die Polizei denn schon hier?«, wollte Lissy wissen.

»Noch nicht«, sagte die Schwester. »Wahrscheinlich nächste Woche.«

»Aha«, machte Lissy.

»Ich muss Übergabe machen«, sagte Schwester Sabine und nickte zum Scheriff hin. »Es gibt heute Obstsalat. Pass bei den Diabetikern auf, ja? Die bekommen das Obst aus der kleinen Schüssel.«

Sie blieb noch einen Moment im Türrahmen der Küche stehen.

»Schlimm, was passiert ist, oder?«, fragte sie.

Lissy nickte und würgte an dem Schokoladenbonbon. Es schien im Mund größer und größer zu werden.

Sie nahm eine große Kelle und rührte den Obstsalat durch. Schwester Sabine sollte nicht sehen, dass sie heulen musste.

»Hier ist Daniel.«

Lissy stand an der Bushaltestelle, sah auf die Pfütze vor sich, in die der Regen tropfte, und presste ihr Handy an ihr Ohr. Das Tier in ihrem Bauch sprang plötzlich in sein Hamsterrad und rannte los.

»Ich wollte nur mal …«, Daniel beendete den Satz nicht.

»Hallo«, sagte Lissy und kam sich dabei lahm vor.

»Kann ich, ich meine, ich würde …« Daniel schien noch mehr durcheinander zu sein als sie.

»Ja«, machte Lissy. Der Bus kam und sie stieg hinten ein.

»Was ist mit deinem Ticket, junge Frau?«, fragte der Busfahrer durchs Mikrofon. »Hallo, junge Frau!«

Lissy klemmte sich das Handy zwischen Kopf und Schulter, suchte ihr Schülerticket raus und hielt es hoch, sodass der Busfahrer es im Rückspiegel sah. Sie hörte, dass Daniel am Telefon atmete. Dann war da ein Schniefen, und Lissys Bauch wurde ganz wund und weich. Er weinte.

»Ich würde dich gern sehen«, flüsterte er leise. Neben Lissy stand ein Junge mit hochgegelten Haaren, die Stöpseln von einem MP3-Player in den Ohren. Laute Musik plärrte herüber.

»Wann?«, fragte sie laut. »Ich bin im Bus, ich versteh dich kaum.«

»Ich komm zu dir, okay? Wo wohnst du denn?«

Lissy wollte auf keinen Fall, dass Daniel zu ihr nach Hause kam.

»Ich warte lieber an der Bushaltestelle auf dich, ja? Gerresheim Rathaus, okay?«

Sie konnte nicht verstehen, was Daniel sagte. Er schien immer noch zu weinen.

»Gerresheim Rathaus, ja? In ein paar Minuten.«

»Ja«, sagte Daniel. »Ich bin gleich da.«

Lissy sprang aus dem Bus und sah sich um. Von den Obdachlosen war keiner zu sehen, zum Glück. Sie zupfte an den Haaren, die sich über ihren Ohren ringelten.

Daniels Maschine knatterte laut, als er vor Lissy bremste. Der Hamster in ihrem Bauch machte einen Salto.

Daniel nahm den Helm ab und kämmte sich mit der Hand durch seine blonden Haare.

Lissy hatte sich so oft vorgestellt, was sie miteinander sprechen und tun würden, wenn sie Daniel wiedertraf, dass sie jetzt ganz durcheinander war. Der Motorradlärm erstarb, als Daniel den Schlüssel herumdrehte.

»Komm her, Süße!«, sagte er und gab ihr einen festen Kuss. Lissy dachte für einen Moment daran, dass er eben noch geweint hatte, und öffnete erstaunt den Mund, als seine Zunge gegen ihre Lippen drängte. Er küsste sie lange. Lissy machte die Augen auf und betrachtete sein Gesicht dabei. Seine Lider zuckten. Sie merkte, dass seine Zunge sich langsam zurückzog, und schloss schnell die Augen. Er sollte nicht wissen, dass sie ihn beobachtete, wenn er küsste.

»Wir fahren zu mir, okay?«, fragte er. Er gab ihr einen alten roten Helm mit einem großen Riss im Visier.

Lissy schwang sich hinter ihm aufs Motorrad und dann fuhren sie.

Sie lag neben ihm in seinem Bett. Die Bettwäsche roch nach Sex und Schweiß. Im Fernseher am Fußende lief VIVA und übertönte den Regen, der draußen an den Fensterscheiben nach unten lief. Es wurde langsam dunkel.

»Das war gut, oder?«, fragte Daniel.

»Ja«, sagte Lissy.

»Du bist echt so …« Er kicherte.

Lissy machte die Augen zu. Sie betastete die Pickelchen, die sich dort gebildet hatten, wo sie die Schamhaare abrasiert hatte. Daniel hatte sie hoffentlich nicht gesehen, oder es war ihm egal. Er fand sie jedenfalls nicht eklig.

Daniel kicherte immer noch vor sich hin, jedenfalls meinte Lissy es zu hören.

»Komm, setz dich auf mich«, sagte Daniel und zog sie auf seinen Körper. Sein Daumen streichelte sie dort, wo sie sich sonst nur selbst anfasste.

»Ist das gut?«, fragte Daniel. »Oder zu fest?«

»Gut.« Sie saß auf ihm.

»Ich brauche ein neues Gummi, Moment.« Daniel griff in das Schächtelchen auf seinem Nachttisch und riss die Verpackung des Kondoms auf.

Lissy blieb auf ihm sitzen, während er das Gummi an seinem Schwanz herunterrollte.

»So, komm!« Er drückte sie auf seinen Schwanz herunter und half mit der Hand nach. Dann streichelte er sie wieder mit seinem Daumen.

Lissy hielt die Augen geschlossen, die Hände neben seinen Schultern aufgestützt. Er packte sie an den Hüften und bewegte sie so auf und ab.

Einmal stöhnte er laut auf und Lissy wollte ihn küssen. Sie öffnete die Augen und im Dämmerlicht sah sie, dass es auf Daniels Gesicht nass schimmerte. Schnell schloss sie die Augen wieder, aber sie kam sich jetzt vor wie eine Puppe, die Daniel auf seinem Schwanz hoch und runter bewegte.

»Dreh dich um, bitte. Ich will deinen süßen Arsch dabei sehen.«

Er hielt das Kondom fest, während sie aufstand, ihren Körper drehte und sich wieder auf ihn setzte.

Er will nicht, dass ich ihn weinen sehe, dachte Lissy.

Sie spürte seine Finger, die an ihrem Hintern herumfummelten. Sie wurde langsamer.

»Nicht aufhören, Süße, nicht!«

Er bewegte sein Becken schnell auf und ab. Seine Fingernägel drückten sich in ihr Fleisch.

»Dreh dich wieder andersherum, das war besser!«

»Ist das hier Turnstunde, oder was?«, fragte Lissy. Sie rutschte von ihm herunter und blieb einen Moment liegen, den Kopf an seinen Füßen. Dann kletterte sie aus seinem Bett.

»Lissy?«, fragte Daniel.

»Ich weiß doch, dass du traurig bist, dass du heulst«, fauchte sie.

»Wer? Ich?«

»Wegen Nele, tu doch nicht so! Sie war doch deine …«

»Sei still!«

Lissy suchte nach ihrer Unterhose, fand sie aber nicht und schlüpfte einfach so in ihre Jeans. Sie hakte ihren BH zu und zog sich ihr T-Shirt über. Ihre Unterhose lag unter Daniels Füßen. Sie knüllte sie in ihre Hosentasche.

»Beim Strandgut hast du mich auch versetzt! Und dann kommst du wieder an und wir machen hier nur Sex.«

»Ich hab dich nicht versetzt! Du warst nicht da, falls du dich noch erinnerst. Du!«

»Ich bin kurz vor der zweiten Halbzeit gekommen, das ging nicht früher.« Lissy stand vor seinem Bett und sah auf Daniels trainierten Körper hinab. Wenigstens fragte er nicht, was ihr dazwischengekommen war.

Er streckte die Hand aus.

»Aber ich war da.« Er berührte ihr Bein. »Vielleicht haben wir uns einfach nicht gesehen?«

»Vielleicht, ja«, sagte Lissy. »Ich will jetzt nach Hause, okay?«

Er zog sie zurück in sein Bett und legte seinen Arm um sie.

»Ich weiß gar nicht, ob ich traurig bin. Die meiste Zeit über kann ich das mit Nele nicht glauben.«

Lissy strich über die festen Muskeln an seinem Bauch.

»So geht es mir auch«, sagte sie. Sie kuschelte sich an ihn und spürte seinen Arm an ihrer Schulter. Sie blieben zusammen im Dämmer des beginnenden Abends liegen, bis Daniel zum Essen gerufen wurde.

»Du kannst meine Familie kennenlernen«, meinte er. »Komm schon.«

Lissy hakte ihren BH zu und zog sich ihr T-Shirt über. Wussten Daniels Eltern, was sie hier getan hatten?

»Nein, lieber nicht.«

»Das ist in Ordnung, echt.«

Sie ging hinter Daniel die Treppe zum Erdgeschoss hoch. Der Tisch war für fünf Personen gedeckt, aber Daniels Mutter stellte einen sechsten Teller auf. Frau Feigel wirkte sehr gepflegt, besonders die Hände, mit denen sie jetzt das Besteck zurechtrückte. Sie hatte dezente helle Strähnen in den Haaren, dezentes Make-up, dezenten Perlenschmuck. Auch das Esszimmer war gepflegt und dezent, das Geschirr, die Tischdecke mit den passenden Servietten, der frische Blumenstrauß, alles war genau aufeinander abgestimmt.

Die anderen Familienmitglieder kamen aus dem Wohnzimmer, Daniels ältere Schwester Sandra, ihr Freund Jakub und Daniels Vater, und setzten sich rund um den Tisch.

Daniels Mutter goss Früchtetee ein und Lissy nahm einen tiefen Schluck davon, während sie Sandras amüsierten Blick auf sich spürte. Sandra war fast genauso groß wie Daniel, und alles, was an ihm männlich war, wirkte an ihr plump. Ihre Zähne trug sie immer noch in einer festen Spange, über der sie die Lippen kaum schließen konnte. Wie bei Frankas Kaninchen.

Lissy setzte die Tasse ab und beobachtete, wie das Brotkörbchen herumgereicht wurde. Jeder nahm sich eine Scheibe und gab dann das Körbchen weiter, ähnlich ging es mit Butter, Wurst und Käse. Offenbar musste man bei Feigels am Tisch den Eindruck vermeiden, dass man Hunger hatte.

Endlich war alles verteilt, und Lissy machte sich ein Käsebrot. Erst als sie hineinbiss, bemerkte sie, dass Daniels Mutter kleine Stückchen von ihrem Brot abschnitt und mit der Gabel in ihrem Mund verschwinden ließ. Die anderen machten es genauso.

Lissy tat so, als würde sie es nicht bemerken, sondern biss weiter von ihrem Brot ab. Sie kaute, bis Brot, Butter und Käse nur noch schleimiger Matsch waren, und würgte es dann herunter.

»Gehst du noch zur Schule?«, fragte Daniels Mutter, die wohl fand, dass das Schweigen lange genug gedauert hatte.

»Nur noch bis zu den Ferien.«

»Und dann?«, fragte sie weiter. »Was hast du für berufliche Pläne?«

»Ich weiß noch nicht. Vielleicht kann ich weiter zur Schule gehen, aufs Gymnasium«, log Lissy.

»Wo hast du dich denn beworben?«, fragte Sandra. »Vielleicht gehst du ja nach dem Sommer auf meine Schule.«

»Überall, ist gar nicht so einfach, so ein Wechsel«, improvisierte Lissy.

»Dann bist du ja in der Schule ganz gut.« Die Stimme von Daniels Vater war tief. Lissy warf ihm einen Blick zu. Er hatte die gleichen grünen Augen wie Daniel und sah sie damit an, als wäre sie ein Auto, das er kaufen müsste. Oder eins, das er nicht kaufen wollte. Lissy biss noch mal von ihrem Brot ab und kaute langsam darauf herum.

»Und woher kennt ihr euch?«, fragte Jakub weiter.

»Über Nele«, sagte Daniel und diese Antwort brachte alle zum Schweigen.

Lissy kam es vor, als säße sie auf Neles Platz, und obwohl alle an ihren Broten rumschnitten und sich kleine Stückchen in den Mund steckten, spürte sie doch, dass jeder wusste, dass sie hier falsch war.

Nach dem Abendbrot verabschiedete sie sich ziemlich schnell.

»Ich ruf dich an«, sagte Daniel und küsste sie, aber so, dass seine Eltern es nicht sahen.

Trag den dunklen Regenbogen
Um deinen gurrenden Hals.
Pass auf! Pass auf mich auf!

Ihr Zeugnis war in der Post. Lissy öffnete den Umschlag und schaute es sich ohne große Hoffnung an. In allen Fächern stand dort anstelle einer Zensur »nicht feststellbar«. Es war ein Abgangszeugnis der achten Klasse und außerdem war darin vermerkt, dass sie die zehnjährige Schulpflicht erfüllt hatte. Deswegen bekam sie es auch schon vor den Ferien. Wenigstens würde die Schule keinen Ärger mehr machen.

Sie sah die restliche Post durch. Seit ihre Mutter morgens Brötchen verkaufte, war es viel einfacher geworden, auf ihre Bestellungen zu reagieren. Es gab nur einen orangeroten Zettel. Das Paket war per Nachnahme verschickt worden. Lissy nahm ein Feuerzeug von ihrer Mutter und zündete die Mitteilung an. Kleine Flammen tanzten um die orangefarbene Pappe herum und fraßen sich langsam höher, bis Lissy loslassen musste. Das brennende Papier segelte in die Spüle und erlosch. Lissy spülte die Aschereste mit viel Wasser durch den Abfluss. Überall waren Fettspritzer und Kaffeeflecken, sogar hinter dem Mülleimer. Sie begann die Küche zu putzen, alle Arbeitsflächen, den Herd, an dem nur noch drei Platten gingen, sodass auf der vierten immer ein Topf stand, der gerade eingeweicht wurde. Dann wischte sie den Boden feucht auf.

Kurz nach zehn war sie fertig und zog sich an, um zum Krankenhaus zu fahren.

Ihr Vater war wach und starrte mürrisch vor sich hin.

»Lässt du dich auch mal blicken!«, sagte er. Er wirkte ein bisschen aufgedunsen, so als hätte er eine Allergie. Seine Augen waren feucht und verklebt.

»Hallo, Papa!«, sagte Lissy und versuchte ein Grinsen.

Er starrte weiter in die Luft.

»Du hast mir nicht zufällig was mitgebracht?«, fragte er.

»Was zu trinken?« Lissy merkte, wie sie angriffslustig wurde. »Natürlich nicht.«

Lissys Vater wirkte beleidigt, aber Lissy wusste, dass er nur so tat.

»Ich muss mit dir reden«, begann Lissy. »Ernsthaft.«

Das Gesicht ihres Vaters wurde noch mürrischer.

»Wir machen uns große Sorgen«, begann Lissy. »Mama und ich, und die Ärzte auch.«

»Mit denen habe ich schon geredet.«

»Und? Dann weißt du doch Bescheid, oder?«, fragte Lissy.

»So einfach ist das alles nicht! Ich kann nicht …«

»Aber du wirst sonst …« Lissy konnte es einfach nicht sagen. »Und Mama macht sich auch Sorgen«, fügte sie lahm hinzu.

Er drehte sich von ihr weg. Das Gespräch lief nicht gerade so, wie Lissy es sich erhofft hatte.

»Was denkst du dir? Dass du mir was zu sagen hast? Mach dies und tu das?«, fragte er die Wand, die er anstarrte. Die anderen Männer im Zimmer beobachteten sie, auch wenn sie alle so taten, als verfolgten sie die WM-Vorberichte auf den beiden Fernsehern, die von der Decke hingen.

»Alle wollen mir sagen, dass ich aufhören soll zu trinken! Aber das kann ich nicht.« Seine Stimme wurde leiser. »Ich schaffe das nicht!«

»Du wirst ...«, sagte Lissy.

»Ich bin längst gestorben«, unterbrach ihr Vater sie. »An dem Tag, an dem deine Mutter mich rausgeworfen hat.«

»Mama hat dich rausgeworfen, weil du ständig besoffen warst. Sie hatte dir eine Wohnung besorgt und alles!«

Das aufgedunsene Gesicht ihres Vaters wandte sich ihr zu, die Lippen fest aufeinandergepresst.

»Und da hab ich auch nicht aufhören können. Warum sollte ich jetzt noch?«

»Leben, verstehst du!«, fauchte Lissy.

»Na und?«, fragte ihr Vater und schmiss sich auf die Seite, sodass er die Wand anstarren konnte. Lissy betrachtete seinen Hinterkopf, an dem sein Haar lichter wurde.

»Ich komme morgen wieder«, sagte sie.

Vor dem Krankenhaus stellte sie ihr Handy wieder an. Sie hatte zwei Anrufe in Abwesenheit und sie kannte die Nummer nicht.

Zu Hause roch es immer noch nach verkokeltem Papier. Lissy riss die Fenster auf, bevor sie sich auf das Sofa setzte und die Nummer in das Festnetz eintippte. Auf ihrer Handykarte waren nur noch zwei Euro Guthaben und die wollte sie sparen.

»Sager«, meldete sich eine Stimme.

Mist, dachte Lissy.

»Hier ist Lissy, Lissy Winterhart.«

»Kannst du mal hier auf der Wache vorbeikommen?«, fragte die Polizistin. »Dauert nicht lange.«

»Können Sie mich nicht am Telefon fragen?«, schlug Lissy vor. Sie hatte wenig Lust, bis zur Wache zu laufen.

»Nein, dauert wirklich nicht lange.«

Es regnete und Lissy zog sich ihr Kapuzenshirt über, bevor sie die Benderstraße hinaufging.

Die Sager war nicht allein auf der Wache. Neben ihr saß Wolfers und blätterte in einer Akte. Lissy hatte den Verdacht, dass es ihre war. Sie versuchte, die Aufschrift auf dem Deckel zu lesen, aber Wolfers hielt sie so, dass sie nichts erkennen konnte.

»So, wir brauchen erst mal was von dir.« Die Sager schraubte ein Glas auf und nahm ein Wattestäbchen heraus.

»Mach mal kurz den Mund auf.«

Die Sager trug Handschuhe aus Latex, ähnlich denen, die im Altenheim verwendet wurden.

»Was soll das?«, fragte Lissy.

»Reine Routine. Wenn du uns aber keine Speichelprobe geben willst, muss ich das vermerken«, sagte Wolfers und blickte von den Papieren auf.

Lissy öffnete widerwillig den Mund und die Sager machte sich darin mit dem Wattestäbchen zu schaffen, vorsichtiger, als Lissy vermutet hatte. Dann steckte die Polizistin es in das Gläschen und schraubte den Deckel fest zu.

Wolfers steckte es in seine Jacketttasche.

»Wenn du an dem Abend zu Hause warst, kann das ja bestimmt jemand bestätigen«, fing er an und senkte seinen Blick wieder auf die Akte. Inzwischen war Lissy sicher, dass es sich um ihre handelte.

Dem Tier in ihrem Bauch wuchsen Haare, die sich aufstellten. Es bekam große gelbliche Hauer und wollte auf Wolfers losgehen. Oder auf die Sager, die so tat, als würde sie nur diese eine

Seite von Lissy kennen. So war das also. So etwas trauten sie ihr zu.

»Deine Mutter zum Beispiel könnte das doch bestimmt bestätigen. Sie macht einfach ihre Aussage und dann bist du aus dem Schneider.«

Die Sager hatte ihre Handschuhe abgestreift und warf sie in den Mülleimer.

»Das wird schwierig.« Mehr wagte Lissy nicht zu sagen. Das Tier in ihr rannte gegen ihre Bauchdecke.

»Wieso?«, fragte die Sager.

»Sie war die ganze Nacht im Krankenhaus. Meinem Vater geht es nicht gut.«

»Hm«, machte Wolfers.

»Und sonst war auch niemand zu Hause.« Lissy legte die Hand auf ihren Bauch, um ihr Tier zu beruhigen.

»Wofür brauchen Sie überhaupt eine Speichelprobe?«, fragte Lissy. »Gibt es irgendwelche Spuren?«

»Kann ich nichts zu sagen, weißt du. Aber vielleicht …«

»Was?«, fragte Lissy schnell.

»Nichts, nichts.«

»Vielleicht besprichst du dich mit einem Anwalt. Du kennst doch jemanden von der Jugendgerichtshilfe, oder?«

Lissy meinte, dass das Tier, das die ganze Zeit schon rauswollte, der Sager in ihr blödes Gesicht springen musste. Diese schmalen angespannten Lippen, auf denen sie herumkaute. Und dieser Wolfers, dessen Hand jetzt mit dem Gläschen in seiner Tasche spielte.

Lissy drehte sich um und ging. Der Regen war stärker geworden und sie blieb an der Haltestelle stehen, um auf eine Bahn zu warten. Auf einem der Plastiksitze lag eine schwarze Lederjacke. Lissy sah sie sich unauffällig an. Sie sah gut aus, fast noch neu, und sie schien die richtige Größe zu haben.

Lissy schlüpfte hinein. Die Jacke passte, so als würde sie ihr gehören. Lissy spürte das angenehme Gewicht auf den Schultern. Sie kam sich von dem dunklen Leder ein bisschen umarmt vor, wie beschützt. Es roch auch gut, ein bisschen nach einem teuren Damenparfüm. In den beiden Taschen waren nur ein paar Krümel, wie von Tabak, und sonst nichts.

Als die Bahn kam, stieg Lissy ein, die Hände tief in die Taschen der Lederjacke vergraben.

Hulle hatte bereits zwei mit Pfandflaschen gefüllte Plastiktüten in seinem Einkaufswagen, als Lissy am Gerresheimer Rathaus ausstieg. Die Scheele Christiane zog gerade eine weitere Bierflasche aus einer Hecke auf der gegenüberliegenden Straßenseite und winkte damit Hulle zu.

»Na, guter Tag?«, fragte Lissy.

»Oh ja! Und wenn dann gleich die Elfenbeinküste Nordkorea schlägt …« Er wedelte mit einem Papier, das aussah wie ein Kassenzettel, vor Lissys Nase herum.

»Was ist das?«, fragte Lissy und griff danach.

»Mein Wettschein. Wir bringen die Flaschen hier weg, und dann gehen wir runter in die Wettbude.«

»Maximale Auszahlung«, las Lissy laut. »315 Euro.«

»Na, was sagst du jetzt?«, fragte Hulle. Er blinzelte durch den Regenschleier.

»Du bekommst 315 Euro, echt?«, fragte Lissy. »Das ist eine Menge Geld.«

»Ja, ne?« Die mageren Schultern der Scheelen Christiane schienen heute gestraffter. Eine krumme Kajallinie umrandete ihr gesundes Auge. Davon, dass sie gestern noch total verwirrt gewesen war, merkte man heute nichts mehr.

»Wo hast du denn diese Jacke her?«, fragte sie und packte Lissy am Ellenbogen. »Das ist ja richtig gutes Leder! Ziege wahrscheinlich.«

»Gefunden«, meinte Lissy.

»In welchem Geschäft?«, fragte Hulle. »Lissy, du kommst noch in den Knast, wenn du so weitermachst!«

Die Scheele Christiane fummelte mit ihren klauenartigen Händen weiter an ihrem Ellenbogen herum.

»Richtig teuer! Wow!«, machte sie. Komischerweise schien das ihre Laune zu heben.

»Ich hab die wirklich gefunden! An der Haltestelle!«

Hulle schüttelte immer noch den Kopf.

»Wir gehen jetzt runter zum REWE und bringen die Flaschen weg. Kannst ja mitkommen!«, schlug Hulle vor.

Lissy brummte etwas. Eigentlich wollte sie mit Hulle allein sprechen, ohne diese merkwürdig aufgekratzte Christiane.

»Wart ihr heute schon im Krankenhaus?«, fragte sie, als sie neben Hulles Einkaufswagen die Heyestraße hinunterging.

»Hm, Hau geht's ganz gut«, meinte Hulle.

»Er wird's durchziehen«, fügte Christiane hinzu.

»Was?«

»Der geht aufs Trockendock.« Christiane schüttelte den Pony zurück, dann schien ihr einzufallen, dass Lissy ihre leere Augenhöhle sehen konnte, und sie zupfte sich wieder ihre Haare ins Gesicht.

»Hau, hab ich gesagt, wenn ich das geschafft habe, dann kannst du das auch!« Sie griff vorne an den Einkaufswagen und half ihn über einen Bordstein zu manövrieren. »Und ich war richtig drauf, Shore, Pillies, alles!«

»Und mein Vater hat wirklich gesagt, dass er einen Entzug macht, so mit allem?«, fragte Lissy über den Einkaufswagen hinweg.

»Klar, der macht 'ne richtige Therapie.«

Lissy hätte der Scheelen Christiane am liebsten ein paar reingehauen, so wütend war sie plötzlich. Zu ihr selbst und ihrer Mutter – die sich wirklich um ihn sorgten – war ihr Vater frech und weigerte sich, und kaum tauchte diese komische Frau mit diesen Zippelhaaren und den Bleistiftbeinen auf, mit nur einem Auge und stinkenden Klamotten, dann ließ er sich auf einen Entzug ein. Oder Christiane log. Aber dann hätte Hulle was gesagt.

Sie kamen an der Wettbude vorbei. Lissy sah auf die Kunstledersessel, die schwarz lackierten Tische mit den Aschenbechern und die vielen Fernseher an den Wänden. Außer einem Mann, der ganz hinten am Tresen lehnte und Papier ordnete, war niemand zu sehen.

»Hier hol ich heute Nachmittag noch 300 Tacken ab«, sagte Hulle und klopfte freundschaftlich gegen die mit Milchglasfolie verklebte Fensterscheibe.

»Meinst du wirklich?«, fragte Lissy ohne viel Begeisterung.

»Rein rechnerisch gewinnt natürlich immer die Wettbude, da hast du recht.« Hulle grinste. »Man muss sich schon damit beschäftigen, Tabellen lesen und schauen, wer verletzt ist und so. Aber wenn du die letzten Spiele gesehen hättest … Die Elfenbeinküste ist Nordkorea haushoch überlegen.«

Lissy zuckte mit den Schultern. Fußball war das Letzte, was sie interessierte.

Sie blieben unter den hohen Platanen stehen, die auf dem Platz vor dem REWE gepflanzt waren.

»Schau mal, ob der Marktleiter drin ist«, meinte Hulle. »Mit dem habe ich immer Ärger.«

Lissy streifte einmal durch die Regalreihen, sah aber nur eine kleine dunkelhaarige Frau in einem REWE-Kittel, sonst kein Personal. Sie winkte den beiden zu.

Hulle und die Scheele Christiane fütterten den Flaschenautomaten mit allem, was sie den Morgen über gesammelt hatten. Lissy löste den Bon ein. Es waren fast zwölf Euro.

»Na also. Haben wir schon mal den Einsatz für morgen, wenn es mit der Elfenbeinküste heute nicht klappt.«

»Gib mir mal einen Fünfer!«

Widerwillig gab Hulle Christiane den kleinen grauen Schein.

Sie ging von vorne an die Kasse und nahm zwei kleine Jägermeisterfläschchen.

»Glaubst du, dass mein Vater wirklich aufhört zu trinken?«, fragte Lissy. Die Scheele Christiane konnte sie nicht hören.

»Kann sein«, meinte Hulle. »Kann sein.«

Christiane trank das erste Fläschchen sofort auf Ex.

»Und die Sager hat nicht gesagt, warum sie diese Probe haben will?«, fragte Tamara. »Du solltest jetzt wirklich diesen Jung anrufen.«

»Es geht um Nele, das ist doch klar.«

Lissy hatte, weil sie sowieso in der Nähe war, bei ihrer Freundin geklingelt und saß jetzt bei einem Glas Eistee am Küchentisch.

»Was ist denn genau passiert?«, fragte Tamara. »Wieso verdächtigen sie dich überhaupt?«

»Also, ich bin nach dem Spätdienst raus. Da hat Franka angerufen und meinte, mein Vater …«

»Vorher, was hast du denn mit Nele geredet?«

»Ach, Scheiße.«

»Komm, sag schon!«

»Wir haben uns gestritten«, sagte Lissy. »Sie hat Scheiße über Daniel gesagt und da bin ich …«

Tamara wartete. Baby Jane lag in ihrer Wippe und spielte mit ihren Zehen. Ab und zu gluckste sie.

»Sie hat gesagt, dass ich das alles mit Daniel mehr als Spiel sehen soll, und ich bin sauer geworden und hab sie geschubst.«

»Und weiter?«, fragte Tamara.

»Keine Ahnung. Ich meine, es ist doch Scheiße, dass ich mich als Letztes mit ihr gestritten habe, oder?«

»Aber das hat doch mit ihrem Tod nichts zu tun.«

»Nein«, schniefte Lissy. »Und ich bin los zu meinem Vater. Der Krankenwagen war schon da, und sie haben ihn mitgenommen.«

»Und dann bist du auch zum Krankenhaus?«, fragte Tamara.

»Nein, ich bin mit dem Bus in die Ronsdorfer Straße gefahren, um rechtzeitig im Strandgut zu sein, so einem Beachclub.«

»Was wolltest du denn da?«, fragte Tamara verständnislos.

»Das ist es ja«, sagte Lissy. »Ich habe alles falsch gemacht. Ich wollte Daniel sehen, wir waren da verabredet.«

»Hm, ich weiß.«

»Ich hab das echt … er war nicht da, oder ich hab ihn jedenfalls nicht gesehen, weil ich so aufgeregt war. Und dann bin ich wieder zum Krankenhaus, aber die hatten ja keine Besuchszeit mehr. Papa lag nicht mal auf der Intensivstation, da hab ich gedacht, das sei alles nicht so schlimm, und bin nach Hause gefahren.«

»Hm«, machte Tamara und sah zu Baby Jane hinunter. »Und wonach haben die Bullen gefragt?«

»Die Sager meinte, meine Mutter solle einfach bezeugen, dass ich in der Nacht zu Hause war.«

»Und?«

»Sie war bei meinem Vater im Krankenhaus, weil es echt so aussah, als würde er sterben!« Lissy goss sich Eistee nach.

»Oh Mann!«, sagte Tamara. »Dann hast du Probleme.«

»Ich habe den Bullen nicht erzählt, dass ich im Strandgut war. Für sie war es so klar, dass ich nach Hause gehe und Angst um meinen Vater habe.«

»Klar«, sagte Tamara.

»Und jetzt will ich es auch nicht mehr!«, stieß Lissy hervor. »Außerdem war ich gar nicht zu Hause. Ich bin zur Rennbahn, da haben Daniel und ich, also, da waren wir ja nach dem Schwimmbad, beim Gewitter, und alles war so …«

Lissys Lippen zitterten. Sie nahm noch einen Schluck Eistee und spürte, wie ein paar Tropfen aus ihrem Mundwinkel und über ihr Kinn liefen.

»Zu Hause hätte ich noch mehr geheult …«

»Lissy, schon gut.«

»Und während ich da an der Rennbahn herumlaufe, passiert das mit Nele, ich meine, das ist doch …« Lissy biss sich fest auf die Innenseite ihrer Unterlippe.

»Daran bist du aber nicht schuld«, meinte Tamara ruhig.

Lissy blieb eine Zeit lang sitzen, die zittrigen Lippen gegen die Zähne gepresst.

»Sie haben sie neben dem Müllcontainer gefunden«, erzählte Lissy weiter. »Überleg mal, neben dem Müllcontainer!«

»Was weißt du denn noch darüber?«, fragte Tamara.

»Nur, dass es nach der zweiten Nachtwachenrunde gewesen sein muss, zwischen ein und zwei Uhr.«

»Gut«, sagte Tamara. »Sonst noch was?«

»Den Rest finde ich auch noch heraus.«

Lissy stand auf und schlüpfte in ihre Lederjacke. Sie spürte wieder das angenehme Gewicht. Das leichte Parfüm war auch noch zu riechen.

Im Wohnzimmer saß Berg, der Segelfreund seines Vaters, über eine Karte gebeugt. Sein Vater blätterte daneben in dem Prospekt eines Bootsverleihs. Zwei mit Rotwein gefüllte Gläser standen auf dem Tisch.

»Hier, die hier ist zumindest mit Dusche.« Sein Vater hielt einen Prospekt in die Höhe.

»Na komm, wir sind doch keine Mädchen!«, meinte Berg und schüttelte den Kopf. »Ordentlich Segelfläche, darauf kommt's mir an.«

»Ach, und morgens tapsen wir mit Flip-Flops zur Hafendusche, oder was?« Sein Vater grinste.

»Ein Wochenende auf dem Ijsselmeer ist keine Atlantiküberquerung, das schaffst du auch mal ungewaschen«, gab Berg zurück.

Daniel schlich an der Wohnzimmertür vorbei. Er wollte auf keinen Fall, dass Berg ihn sah.

»Ah, Daniel!«, rief sein Vater ihn. »Wie sieht's mit dir aus? Segelst du mit?«

»Nein, keine Lust.«

»Ach, Junge, davon bekommst du den Kopf frei!« Sein Vater sagte das, als wäre es das Wichtigste. Nele war tot, und dieses hohle Gefühl in seinem Kopf, diese Träume, die er jede Nacht hatte, würden sich durch einen Segeltörn über das Ijsselmeer schon verflüchtigen. Niemand fragte sich, ob er das überhaupt wollte, den Kopf frei bekommen.

Zumindest musste er aber ins Wohnzimmer gehen und Berg die Hand geben. Berg und sein Vater kannten sich schon ewig, von ihrem ersten Segelkurs auf dem Unterbacher See.

»Alles klar?«, fragte Berg mitfühlend. Er schien mehr als ein Glas Rotwein getrunken zu haben.

»So weit schon«, sagte Daniel.

»Und du willst wirklich nicht mitkommen? Mal raus aus der

Schwüle hier?« Berg redete weiter, nahm noch einen Schluck Rotwein und leckte sich über seinen Schnurrbart.

Daniel schüttelte weiter abwehrend den Kopf.

»Du könntest uns die Aale abziehen«, versuchte Berg einen Witz.

»Fisch ist noch nie mein Ding gewesen«, sagte Daniel.

»Na dann …«, meinte Berg bedauernd.

»Für Jakub sind die Aale hoffentlich kein Problem«, sagte sein Vater.

»Fährt er mit?« Das überraschte Daniel.

»Klar, wir machen eine richtige Männertour«, sagte sein Vater. »Und er gehört ja praktisch zur Familie.«

»Na dann. Ich geh noch ein bisschen trainieren«, verabschiedete Daniel sich.

Er ging in den Keller, stellte am Crosstrainer die Wattzahl hoch und begann mit dem Aufwärmen.

Lissy hatte im Altenheim angerufen und herausgefunden, dass die Beerdigung am Montag war und sie am Wochenende Sozialstunden machen konnte. Wenn sie so weitermachte, war sie Mitte August damit fertig.

Jetzt wählte sie Justus' Nummer. Sie wusste nicht genau, was sie ihm erzählen sollte, aber mit ihm zu reden tat immer gut. Aber es ging niemand ans Telefon.

Sie machte den Fernseher an und erfuhr in den RTL-Nachrichten, dass Hulle tatsächlich um mehr als dreihundert Euro reicher geworden war. Die Elfenbeinküste hatte gewonnen.

Ihre Mutter kam nach Hause, wie immer müde und mit einer Tüte voller Backwaren, die nicht mehr verkauft worden waren. Sie nahm ihren Kittel ab und warf ihn in die Waschmaschine.

»Hast du noch helle Sachen?«, fragte sie. »Tun mir die Füße weh.« Sie warf sich auf das Sofa und streifte ihre Sandalen ab.

Lissy sah, dass an ihrer rechten Hand zwei Nägel abgebrochen waren. Ihre Mutter folgte ihrem Blick. Sie spreizte die Finger ab und wackelte damit.

»Die anderen Nägel muss ich mir heute auch kurz schneiden. Sonst finden die Kunden das ungepflegt«, sagte sie nachdenklich.

»Papa macht es«, sagte Lissy.

»Hm«, machte ihre Mutter und bewegte weiter ihre Finger.

»Ich dachte, du freust dich.«

»Ich freue mich ja«, sagte ihre Mutter. »Aber siehst du nicht, dass ich todmüde bin?«

Lissy stopfte das T-Shirt mit den Herzchen zum Kittel in die Waschmaschine und ihre weiße Jeans.

»Ich muss was kochen, Fredi kommt gleich.«

Fredi war der Freund der Mutter.

»Kannst du schon mal Kartoffeln schälen? Dann mach ich Hühnchen in Sahnesoße.«

»Klar.«

Ihre Mutter stand langsam auf und tapste mit nackten Füßen in die Küche.

»War der Postbote da? Ich warte auf ein Paket.«

»Keine Ahnung«, log Lissy.

»Da ist auch eine ganz süße Hose für dich drin. Bei den ganzen Überstunden, die ich mache …«

Die Waschmaschine zog Wasser.

Lissys Mutter rührte Hähnchen-Fix und Sahne zusammen. Dann nahm sie drei Geflügelkeulen aus einer Folienverpackung und legte sie in eine Auflaufform.

»Zwölf Stunden war ich in dem verdammten Laden. Die könnten zumachen, wenn ich nicht ständig einspringen würde.«

Sie schüttete die gewürzte Sahne über die Hähnchenteile und schob alles in den Ofen.

»Kann sein, dass die Polizei mit dir sprechen will«, sagte Lissy, als die Waschmaschine wieder leiser wurde.

Ihre Mutter seufzte tief.

»Was ist denn nun schon wieder?«

»Wegen dem Abend, als Papa ins Krankenhaus kam.«

»Und?« Ihre Mutter steckte sich eine Zigarette an.

»Sie wollen wissen, ob ich an dem Abend zu Hause war.«

»Wo sollst du denn sonst gewesen sein?«, fragte ihre Mutter, während sie die Arbeitsfläche abwischte.

»Aber du kannst es nicht bezeugen. Du warst selbst im Krankenhaus, die ganze Nacht!«

Sonja schwieg einen Moment, beide Hände auf die Arbeitsfläche gestützt.

»Was ist los? Warum will die Polizei das wissen?«

Lissy betrachtete Sonjas Hände mit den eingerissenen Nägeln. Sie wusste nicht, wie sie anfangen sollte.

»Nele, eine Pflegerin aus dem Altenheim …«, begann sie. »Es gab wohl einen Unfall oder was Schlimmeres. Sie ist tot«, sagte sie zu den Fingern ihrer Mutter. »An dem Abend. Und die Polizei will wissen, wo ich war, als es passiert ist.«

»Was Schlimmeres? Ist sie umgebracht worden?«, fragte ihre Mutter nach. »Und das wollen sie dir anhängen?«

»Ich weiß es nicht«, sagte Lissy.

Sonja wischte über die Arbeitsfläche. Ihre Bewegungen waren schnell und wütend. Sie rieb über einen Fettfleck, machte den Lappen noch mal nass und kratzte den Spritzer schließlich mit dem Fingernagel weg.

»Ich hab nichts damit zu tun«, sagte Lissy.

»Das weiß ich«, sagte Sonja und warf den Lappen in die Spüle. Sie knuffte Lissy unbeholfen gegen den Oberarm.

»Mit der Polizei werden wir schon fertig. Und heute Abend sagst du nichts davon, hast du verstanden?«, sagte sie und knuffte Lissy noch mal.

Lissy nickte erleichtert.

»Wenn Fredi rauskriegt, dass ich mich noch um deinen Vater kümmere, war's das.«

Lissy nickte auch dazu, obwohl sie das nicht glaubte. Grundsätzlich hielt sie Fredi für viel gutmütiger, als ihre Mutter das von ihm glaubte. Manchmal dachte sie sogar, dass ihre Mutter es ganz gern hätte, wenn Fredi nicht ganz so gutmütig gewesen wäre.

»Ich sag Fredi nichts.«

Abends, als Lissy im Bett lag, ließ das Tier ihr keine Ruhe. Es verließ ihren Bauch, rutschte durch ihre Arme und Beine und zog an ihren Adern, bis Lissy anfing, ihren Bauch zu streicheln, dann ihre Brüste. Ihre Brustnippel richteten sich auf, und sie stellte sich vor, dass ihre Hand Daniel gehörte, dass Daniels Mund auf ihrem Hals lag und dann weiter nach oben rutschte, wo er ihre Ohrläppchen ganz zart berührte und daran saugte. Dann streichelte sie sich an ihren Seiten hinunter, der Spur des ziehenden Tieres folgend, ihre Beckenknochen berührend und dann die stoppelige Gegend reibend. Sie spürte, dass sie zwischen ihren Beinen ganz nass wurde, und sie musste sich immer konzentrierter Daniel vorstellen, seine Hände, seinen Mund, seinen Körper und seinen Schwanz, während sie sich selbst befriedigte.

Danach lag sie wach, mit weit geöffneten Augen, und starrte an die Decke, die manchmal von einem vorbeifahrenden Auto erhellt wurde.

Daniel war nicht bei ihr, und das Tier, das sich eben noch so ziehend und sehnsuchtsvoll durch ihren ganzen Körper geschlängelt hatte, biss sich in ihrem Bauch fest, sodass sie sich zusammenrollte wie ein Embryo und ihr Kissen umarmt hielt. War das Liebe? Dieses traurige Gefühl? Diese Sehnsucht, die sie selbst nie befriedigen konnte, und dieser Geschmack von Trauer in der Kehle?

Kommt, ihr nächtlichen Schwestern!
Wenn ich Angst habe
Oder betrunken bin!
Schwestern, Prinzessinnen!

Die Hitze stand auf den langen Fluren der Station, die Türen der Bewohner waren noch geschlossen und Lissy bemühte sich, den Wagen mit den Frühstückstabletts möglichst leise aus dem Aufzug zu bekommen. Im Schwesternzimmer saß die Nachtwache, die Lissy nicht kannte, mit Schwester Sabine und Florence, einer studentischen Aushilfe. Sie machten die Übergabe.

»Dann ging der Aufzug zum dritten Mal runter«, erzählte die Nachtwache. »Mann, ich war kurz davor, die Polizei zu holen.«

»War denn jemand im Aufzug drin?«, flüsterte Florence.

Während Lissy den Kaffee in Schnabelbecher umfüllte und Quark verrührte, konnte sie hören, wie sie leise miteinander sprachen.

»Nein, das war es ja! Der ist heute Nacht andauernd gefahren, mitten in der Nacht.« Die Nachtwache flüsterte auch.

»Komm, komm. Dieses Wochenende haben doch Petra und Vanessa in den unteren Etagen Dienst. Die werden zusammen Fernsehen geguckt haben«, sagte Schwester Sabine mit ihrer normalen, dunklen Stimme. »Und außerdem …«

»Nein, ich hab die doch angerufen!«, flüsterte die Nachtwache. »Die hatten doch genauso Angst wie ich!«

»Und wieso hast du nicht die Polizei geholt?«, fragte Schwester Sabine.

»Na, weil ich ... ach, ich weiß nicht. Das war total unheimlich.«

»Hast du schon dokumentiert?«, wechselte Schwester Sabine das Thema. »Sonst fahr ich schon mal den Computer hoch.«

»Nein, mach ich morgen, ich hab noch eine Nacht.«

Schwester Sabine kam durch die Verbindungstür in die Stationsküche und drehte die Augen nach oben.

»Die war schon immer total ängstlich.« Sie schüttelte den Kopf. »Einmal hat sie die letzte Runde mit Bratpfanne und Küchenmesser gemacht, weil sie auf dem hinteren Flur so komische Geräusche gehört hatte.«

»Echt?«, fragte Lissy.

»Ja, und als wirklich mal ein Diebstahl war, da hat sie es nicht gemerkt. Die haben die Spinde in den Umkleidekabinen aufgebrochen, als Techniker angezogen sind sie in den Keller ...« Schwester Sabine zog die Augenbrauen zusammen. »Das sollte ich nicht gerade dir erzählen, oder?«

»Wann war das denn?«, fragte Lissy.

»Jahre her, und jetzt hat sie einfach nur Schiss.«

Lissy begann damit, Brotscheiben mit Butter zu bestreichen und nach den Karteikarten, die auf den Tabletts lagen, zu belegen. Wurst, Käse oder Marmelade, dazu Kaffee mit Milch, Milch und Zucker oder Tee.

Frau Sticker, die Blinde, mochte es überhaupt nicht, im Aufenthaltsraum zu sitzen. Dort war zu viel Lärm, sodass sie sich schlecht orientieren konnte. Lissy reichte ihr das Frühstück in ihrem kleinen Zimmer an. Die Alte lutschte auf ihrem Brotstück herum und hielt die Augen geschlossen.

»Noch einen Schluck Kaffee?«, fragte Lissy.

Das Lutschen hörte auf und Frau Sticker nickte kurz mit dem Kopf. Lissy nahm die Schnabeltasse und kippte ihr ein wenig Kaffee in den Mund.

»Hat Schwester Nele frei? Die müsste doch eigentlich da sein«, fragte Frau Sticker, die Augen immer noch geschlossen.

»Nele kommt nicht mehr«, sagte Lissy.

»Ist sie das Mädchen? Das in der Aktuellen Stunde war?« Sie meinte die Nachrichten im WDR.

»Warum?«, fragte Lissy zurück.

»Ich bin blind, nicht doof!«, sagte Frau Sticker. »Hab mir schon gedacht, dass es hier passiert ist.«

»Was denn? Was war denn in der Aktuellen Stunde?«

»Gib mir den Kaffee!« Sie hielt ihre kleine Hand in Richtung des Schnabelbechers. Lissy führte die Hand und half ihr, den Becher zu kippen.

»Das tut gut. Morgens frischer Bohnenkaffee«, sagte Frau Sticker, als sie getrunken hatte.

»Was denken Sie denn, was passiert ist?«, fragte Lissy.

»Was ist im Quark? Ist der mit Banane?«

»Nein, mit Erdbeermarmelade«, sagte Lissy geduldig.

»Na ja, sie ist runtergelaufen, mitten in der Nacht, das hat mich schon gewundert.«

»Und dann?«, fragte Lissy.

»So wichtig war das ja nicht.« Sie stellte den Becher neben das Tablett zurück und Lissy fing ihn auf. »Ist ja oft so, dass die Nachtwachen auf eine andere Etage fahren.«

»Hm«, machte Lissy. »Soll ich Ihnen eine Banane holen? Sind noch welche auf Station.«

»Nein, bloß nicht. Dann kann ich wieder nicht aufs Klo.«

»Wann ist Nele denn runtergefahren?«, fragte Lissy. »Vor der zweiten Runde?«

»Ich kann keine Uhr sehen, weißt du doch, Kind.« Sie tastete nach dem Quark und Lissy nahm ihn und rührte die Marmelade unter.

»Ich helfe Ihnen.«

»Aber vor der zweiten Runde war's in jedem Fall. Das Ding im Nachbarzimmer hatte schon gepiept.« Sie meinte die Magensonde von Frau Welser.

Lissy gab ihr ein kleines Löffelchen voll Quark in den Mund.

»Und ihr Telefon hat geklingelt, so tüdellüt, und dann diese komische Melodie, die sie immer hatte.«

»Aber sie ist nicht ans Telefon gegangen?«, fragte Lissy.

»Nein, nein. Sie war im Wäscheraum, und dann ist sie zum Aufzug gegangen.« Sie nahm das nächste Löffelchen voll Quark, das Lissy ihr hinhielt, in den Mund.

»Den ganzen Abend war draußen Radau. Deutschland hatte ja gewonnen.«

»Wissen Sie sonst noch was?«, fragte Lissy. »Oder ist Ihnen was aufgefallen?«

»Also ist das alles hier passiert?«, fragte Frau Sticker.

»Ich darf dazu nichts sagen.«

»Ich weiß sonst nichts mehr. Ich seh ja nichts.«

Die Nachmittagssonne tauchte die kleine Betonfläche, auf der die Müllcontainer standen, in gleißend helles Licht. Vom Beton strahlte die Hitze zurück und Lissy hatte das Gefühl, als würden die Gummisohlen ihrer Zehensandalen schmelzen. Sie ging auf die stinkigen Container zu. Vor der Sache mit Nele hatten hier vier von den dunkelgrünen Plastikbehältern gestanden, jetzt waren nur noch drei da. Der ganz an der Seite fehlte. Wahrscheinlich hatte die Polizei einen mitgenommen, den, an dem Nele gelegen hatte.

Lissy nahm ihr Handy und fotografierte damit die Container, von Nahem, von der Seite, von vorne. Sie wusste noch nicht, was sie mit den Fotos tun sollte.

Sie ging weiter zur Haltestelle. Heute war das Achtelfinale Deutschland gegen England, und überall hingen deutsche Fahnen im heißen windstillen Nachmittag.

Im Kiosk an der Ecke kauften ein paar Männer, die mit einem Bollerwagen unterwegs waren, Chips. Auf der gegenüberliegenden Straßenseite stand Franka unter einer der Linden, die die Straße säumten, und fotografierte die Szene.

Lissy wäre sie nicht aufgefallen, wenn sie ihr nicht zugewunken hätte.

»Immer noch für das Projekt unterwegs?«, fragte Lissy.

»Die Männer sind klasse. Eben haben sie sich schon richtig in Positur gestellt und sich knipsen lassen.«

Franka suchte das Foto auf ihrem Handy und zeigte es Lissy.

»Was soll das eigentlich werden? Ich dachte, es geht um Heinrich Heine?« Lissy hatte sich den Namen gemerkt, wusste aber nicht so richtig, wer das überhaupt war. »Und die Fotos sind doch auch total unscharf.«

»Das sind ja alles Vorarbeiten.« Franka tippte einen Namen für das letzte Foto ein. »Und eine vernünftige Kamera habe ich eben nicht.«

»Vielleicht weiß ich jemanden, der dir eine leihen kann.« Lissy dachte an Justus. Der hatte massenweise technischen Schnickschnack.

»Das wär wirklich gut. Wenn ich es dann unscharf haben will, könnte ich es immer noch bearbeiten.«

»Ich frage ihn mal.«

»Aber vielleicht ist ja heute auch schon Schluss.« Franka zuckte mit den Schultern.

»Meinst du?«, fragte Lissy.

»Hulle hat hundert Euro auf Deutschland gesetzt. Und er hat bis jetzt immer gewonnen. Hat er jedenfalls erzählt.« Franka steckte das Handy weg. »Ich fahr jetzt in die Heyestraße, zum Wettbüro.«

»Du hast doch nicht etwa Hulle Geld gegeben, damit er für dich setzt?«, fragte Lissy.

»Doch.« Franka wurde ein bisschen rot.

»Wie viel?«, fragte Lissy. Sie rechnete mit einem Betrag zwischen zwei und fünf Euro.

»Siebenundsechzig Euro. Alles, was ich hatte.« Franka wurde noch röter. »Ich weiß, dass du von dem ganzen Heine-Zeug nichts hältst, aber ich wünsch mir so sehr, nach Paris zu fahren. Dort hat er seine besten Sachen geschrieben.«

»Okay, ich komm mit«, sagte Lissy.« Das will ich sehen, wie du Geld mit der deutschen Mannschaft gewinnst.« Alles war besser, als allein zu Hause zu sein.

Das rot umrandete Schild am Eingang des Wettbüros verbot den Eintritt für Minderjährige, aber der ganze Raum war voller Jungs in Lissys Alter, die das Spiel auf der Großbildleinwand ansehen wollten. Es waren auffällig wenige Deutsche darunter, die ihre Wettscheine umklammerten und auf die Vorberichte schauten. Die meisten Besucher waren Italiener. In diesem Teil von Gerresheim wohnten einfach viele Italiener, noch aus der Zeit, bevor die Glashütte stillgelegt worden war.

Hulle saß ganz allein an einem Tisch und nickte den beiden Mädchen zu.

»Schweinsteiger und Boateng spielen. Und Klose ist auch wieder dabei«, informierte er sie.

Lissy zuckte mit den Schultern, aber Franka schien das zu freuen.

Dann wurden die Nationalhymnen gespielt. Die wenigen Deutschen im Wettbüro standen bei der deutschen Hymne auf. Franka knipste sie verstohlen.

Auf dem großen Bildschirm schüttelten die Schiedsrichter den Mannschaftskapitänen die Hände. Dann war Anstoß. Lissy ließ sich in einen kleinen Sessel zurückfallen. Die Deutschen in ihren weißen Trikots rannten mehrmals mit dem Ball auf das englische Tor zu.

»Das sieht gut aus, oder?«, fragte Lissy Hulle.

»Jaja«, machte er nur. Er rauchte eine dünne Selbstgedrehte nach der anderen. Der Wettschein lag vor ihm, und ab und zu starrte er nervös darauf.

Dann hatte der deutsche Tormann den Ball, schoss ihn über das ganze Feld und einer in einem weißen Trikot schubste den Ball ins gegnerische Tor.

Alle schrien auf. Hulle strich über seinen Schein. Eins zu null für Deutschland.

Wo schaute Daniel dieses Spiel? Lissy stellte sich vor, sie könnte ihn bei einem Tor umarmen, so wie es andere hier selbstverständlich taten. Sie könnten sich noch einmal küssen, überwältigt vor Freude über das deutsche Tor. Lissy war so in ihre Tagträume versunken, dass sie das nächste Tor erst mitbekam, als gejubelt wurde. Die Zeitlupe konnte sie auch nicht sehen, weil alle vor dem Bildschirm herumliefen.

Kurz darauf liefen die Engländer auf das deutsche Tor zu und schossen den Ball rein. Keiner sagte etwas.

Dann war wieder Anstoß, es ging ein bisschen hin und her, bis die Engländer vor dem deutschen Tor auftauchten und den Ball an die Latte schossen. Der Ball klatschte hinter die weiße Linie und der deutsche Torwart fischte ihn raus.

Im Wettbüro grölten alle, weil kein Tor gegeben wurde.

»Das schaffen nur die Deutschen!«, rief einer der Italiener und lachte. »Das war ein Tor!«

»Na und?«, schrie einer im weißen Fan-Trikot zurück. »Tor ist, wenn's der Schiri sieht!«

Hulle zog an seiner Zigarette, doch die war ausgegangen.

Etwas später kam der Pfiff zur Halbzeit. Hulle ging vor die Tür, um ein Bier zu trinken.

»Hoffentlich geht es so weiter«, meinte Franka. Sie holte den Wettschein hervor, den Hulle ihr gegeben hatte, und strich ihn glatt.

»Hoffentlich«, wiederholte Lissy geistesabwesend. Sie dachte schon wieder an Daniel. Sie wollte an Daniel denken, weil sie sonst an Nele denken musste, an das, was Schwester Sabine gesagt hatte, und an die Container auf dem Hof, neben denen Nele gelegen hatte.

»Es gibt einen Zug, wenn man den früh genug bucht, kann man für sechzig Euro hin- und zurückfahren. Und wenn ich im Sommer fahre, kann ich ein Bett in einem Studentenwohnheim haben. Das ist auch nicht teuer.«

»Hast du denn überhaupt keine Angst, allein nach Paris zu fahren?«, fragte Lissy.

»Ich dachte, du würdest vielleicht mitfahren?«, fragte Franka leise. »Sonst erlaubt meine Mama das bestimmt nicht.«

»Hast du sie denn schon gefragt?«, wollte Lissy wissen.

»Sie ist dagegen. Aber wenn du mitfährst …«

»Hm«, machte Lissy. Sie war noch nie im Ausland gewesen. Sie sprach auch kein Französisch.

»Denk doch mal drüber nach.«

»Okay«, sagte Lissy. »Ich mach's.«

Die zweite Halbzeit begann und die Engländer bedrängten das deutsche Tor. Hulle setzte sich wieder in seinen Sessel. Er roch nach dem Schnaps, den er schnell gekippt hatte.

»Mann, Mann, Mann. Wir schwimmen aber ganz schön dahinten«, brummte er. Den Wettschein hielt er an seinen Mund gedrückt.

Und dann kamen die Deutschen nach einem englischen Freistoß an den Ball, liefen wie junge Hunde damit zum englischen Tor und schossen ihn rein.

Wieder wurde geschrien und sich umarmt. Anscheinend hatten auch die Italiener auf Deutschland gesetzt.

Nach dem Anstoß kamen die Engländer kaum noch aus der eigenen Hälfte heraus, Deutschland machte ein weiteres Tor und dann war das Spiel aus.

Hulle nahm Frankas Wettschein und ging nach hinten zur Kasse. Er kam mit mehreren großen Scheinen wieder und zählte vor der Tür Franka fast hundertfünfzig Euro in die Hand.

Die Rosen, die Daniel für Nele gekauft hatte, dufteten in seinem Zimmer, sodass ihm fast übel wurde. Er lag auf dem Bett, spürte, wie seine Galle, vermischt mit dem Eiweißdrink, den er eben genommen hatte, immer wieder hochkam und er würgen musste.

»Daniel, bist du da?« Seine Mutter klopfte an die Tür.

»Komm rein.«

Seine Mutter war schon lange nicht mehr in seinem Zimmer gewesen, jedenfalls nicht, wenn sie wusste, dass er in seinem Bett lag und fernsah.

Sie lächelte ihn unsicher an und setzte sich auf das Bett. Ihre Hand legte sich wie selbstverständlich auf sein Knie.

»Wer spielt?«, fragte sie mit einem Blick auf das Fußballspiel. Er hatte den Ton abgestellt.

»Keine Ahnung«, machte er. »Ich schau gar nicht hin.«

»Denkst du an sie?«, fragte sie, aber sie musste gar nicht fragen. »Die Rosen sind wirklich wunderschön«, fügte sie hinzu.

Sie sah eine Zeit lang auf das hellgrüne Spielfeld, das auf dem Bildschirm gezeigt wurde. Er musste daran denken, wie sie früher neben ihm gesessen und versucht hatte, ihm bei den Hausaufgaben zu helfen. Er hatte folgsam alles abgemalt, was sie ihm vorschrieb, manchmal die Zunge vor Anstrengung in den Mundwinkel geschoben.

Sie hatte geweint, als klar wurde, dass es einfach nicht ging. Er verstand es nicht, und er machte jeden Fehler, der möglich war, verwechselte jeden Buchstaben, den es zu verwechseln gab.

Später hatte sie wieder geweint, als die offizielle Diagnose gestellt wurde, nach den ganzen Tests. Er hatte mündliche Prüfungen machen können, alles lief irgendwie. Alles kam in Ordnung.

Er spürte ihre Hand, die immer noch auf seinem Knie lag.

»Du hast sie geliebt, nicht wahr?«, fragte sie.

»Ja.«

»Und sie hat mit anderen rumgemacht, hm?«, fragte sie.

»Das weißt du doch. Ich hab mich aber auch nicht zurückgehalten.«

»Ich weiß.« Sie tätschelte sein Knie.

»Hast du was mit dem Unfall zu tun?«, fragte sie so, als würden sie sich ganz normal weiter unterhalten.

Daniel schwieg.

»Entschuldige«, sagte seine Mutter. »Natürlich nicht.«

Flügel zu Flügel,
Erde zu Erde,
Staub zu Staub,
Tot.

Die Schwestern standen etwas abseits und nickten Lissy zu. Sie stellte sich neben Schwester Sabine, die in ihrem schwarzen Sommerkleid ganz ungewohnt aussah. Lissy trug ihre schwarze Hose und die Lederjacke und schwitzte darin.

Sie sah Daniel, der weit vorne neben einer Frau stand, die die gleiche Haarfarbe wie Nele hatte. Sie bewegte sich auch so ähnlich, und Lissy nahm an, dass sie Neles Mutter war.

Ein paar Mädchen in Neles Alter standen weiter links. Alle waren in Schwarz und hatten ihre Haare zurückgekämmt. Lissy versuchte, sich ihre Gesichter zu merken.

Sie sah sich weiter um, während der Sarg aus der Kapelle geholt wurde. Sie wusste fast nichts über Nele, außer dass ihr durchtrainierter, gebräunter Körper jetzt in dieser Holzkiste lag.

Die Sonne legte sich heiß auf die Schultern, die in dunkle Jacken und Sommermäntel gehüllt waren, und auf die Gräber um sie herum. Lissy drückte ihre Hand auf ihren Bauch. Es war, als würde sie innen bluten.

Sie blickte weiter über die Gräber, und dort standen Berg und Wolfers. Sie glaubte, dass Berg sie musterte, und sie sah schnell weg. Er sollte sie so nicht sehen.

Daniel war jetzt am Grab. In seinem dunklen Anzug sah er fremd aus, groß und erwachsen. Er hatte einen riesigen Strauß Rosen, weiße mit roten Blütenrändern, und die warf er in das Loch, in das der Sarg gesenkt worden war.

»Schlimm«, sagte Schwester Sabine leise. »Das ist einfach nur schlimm.«

»Weiß die Polizei etwas Neues?«, flüsterte Lissy. »Sie stehen dahinten.«

»Scht!«, machte Sabine. Sie gab ihr ein Taschentuch. »Putz dir das Gesicht ab!«

Daniel weinte auch, und die Frau, die wohl Neles Mutter war, nahm ihn in den Arm. Sie selbst weinte nicht, sondern starrte geradeaus, zwischen den hohen Tannen hindurch, in den Himmel, aus dem die Sonne brannte.

»Sie sieht aus wie auf Haldol!«, flüsterte Schwester Oxana mit ihrem russischen Akzent.

»Wahrscheinlich kann sie es sonst nicht ertragen«, wisperte Schwester Sabine zurück. »Ich möchte dich mal sehen, wenn dein Kind stirbt!«

Oxana machte ein Gesicht, als sei sie von Sabine geohrfeigt worden.

Lissy beobachtete, wie Daniels große Gestalt einknickte und er sein Gesicht in die Haare der Frau drückte. Sein Rücken schien zu zucken.

Lissys Tier drängte sich vorne an ihre Rippen. Sie legte ihre Hand auf ihr verschwitztes T-Shirt. Es tat weh.

Obwohl die Pflegerinnen sie drängten, mit zum Beerdigungskaffee zu kommen, ging Lissy über die Gerresheimer Höhen auf den Hügelkamm, wo die Fichten und Buchen aufhörten. Die Sonne brannte hart auf die Felder voller gelbem Korn, den hohen Mais und auf den geteerten Weg.

Das Tier, das immer wieder in ihr nagte, seit Nele tot war, suchte sich eine neue Stelle und fraß jetzt nahe an ihrem rechten Beckenknochen. Sie konnte die Hand darauflegen, sie konnte die Stelle reiben und quetschen, es hörte einfach nicht auf.

Die Sonne flimmerte auf dem rissigen Teer, und sie schwitzte und ging schwitzend weiter, obwohl sie gar nicht wusste, wohin.

Vielleicht würde das Tier sie irgendwann ausgehöhlt haben, dachte sie, als sie stehen blieb und tief Luft holen musste, um nicht aufzuschreien. Sie tat noch ein paar Schritte, doch ihr war schwindelig, die Sonne und dieses rohe schmerzende Fleisch, das sie meinte, in sich zu haben, und das zu bluten schien, das war alles zu viel. Sie setzte sich an den Rand eines Weizenfeldes, vorsichtig, weil es so schmerzte, das Becken zu bewegen, und streckte sich dann aus. Über ihr war nur Blau, ein unendlich tiefes Blau. Sie starrte hinein, ohne zu blinzeln, ohne sich überhaupt noch zu bewegen, denn jede Bewegung konnte einen neuen Biss des Tieres bedeuten, auf den sie nicht vorbereitet war. Steine bohrten sich in ihren Rücken, sie roch den staubigen Duft des Korns und des Bodens unter ihr, und wenn sie jetzt auf ihren Bauch drückte, meinte sie, das kleine wilde Tier gefangen zu haben.

Hab keine Angst, dachte sie zu dem Tierchen hin, doch sie spürte, dass es für sie unerreichbar war und ein Eigenleben in ihr führte, sich von ihrer Angst, ihrer Wut und ihrer Sehnsucht ernährte und vielleicht niemals satt und zufrieden sein würde.

Sie wusste nicht, wie lange sie dort gelegen hatte, aber es kam ihr irgendwann albern vor, auf einer kleinen unbequemen Böschung zu liegen und in den Himmel zu schauen, deshalb richtete sie sich vorsichtig auf und klopfte sich die schwarze Hose ab.

»Lissy?«, fragte ihre Mutter, als sie die Wohnungstür aufschloss. »Kommst du mal?« Der Zigarettenstopfer stand vor ihr auf dem Wohnzimmertisch, wo sie bereits zwei Zehnerreihen von weißen Stäbchen aufgebaut hatte.

Lissy nahm ein Glas Leitungswasser aus der Küche und setzte sich ihrer Mutter gegenüber. Die Stirn ihrer Mutter war glatt und sie schien weder ein Päckchen zu vermissen noch ihr Zeugnis gefunden zu haben.

»Also«, sagte ihre Mutter und sah sie an. »Das Krankenhaus hat eben angerufen. Sie haben einen Engpass, eine Überbelegung.«

»Aha.« Lissy trank einen Schluck.

»Jedenfalls braucht dein Vater für zwei Tage ein Bett zum Schlafen.« Sie steckte sich eine Zigarette in den Mund und sah Lissy kurz und lauernd an. »Wenn er entgiftet auf der Straße herumhängt, mit Hulle, Lumpi und dieser Christiane …«

Sie stieß heftig Rauch aus.

»Ich finde, wir sollten ihm eine Chance geben. Es sind ja auch nur zwei Nächte.«

»Er kann hier wohnen?«, fragte Lissy. »In unserer Wohnung?«

»Bis er in die Landesklinik wechseln kann, zu einer Therapie. Bis Mittwoch.« Lissys Mutter zog noch einmal kräftig an der Zigarette. »In deinem Zimmer. Ich dachte, für zwei Tage … Als er eingeliefert wurde, habe ich angegeben, dass er hier wohnt.

Die hätten ihn doch niemals entgiftet, wenn ich gesagt hätte, dass er nur ein obdachloser Penner ist.«

»Das ist okay, klar.« Lissy bemühte sich, nicht verwundert zu klingen.

»Wir können ja zwei Tage hier schlafen.« Sie klopfte auf das Wohnzimmersofa, auf dem noch ihre Bettdecke lag. Sie rauchte weiter, einen Zug nach dem anderen. »Und kein Wort zu Fredi. Ich erzähle ihm, dass ich viele Überstunden machen muss, okay?«

»Klar, kein Problem.«

»Und dein Vater darf nicht ans Telefon gehen! Wenn Fredi anruft und dein Vater ist am Apparat, dann …«

»Ja«, sagte Lissy.

»Du musst ein bisschen auf ihn aufpassen, wenn ich auf der Arbeit bin. Versprich mir das.«

»Klar«, sagte Lissy. »Ich pass schon auf.«

»Ich hoffe, ich kann mich auf dich verlassen.«

»Das krieg ich schon hin!«

»Gut, dann ruf ich jetzt an und sage denen vom Krankenhaus, dass er kommen kann.«

»Liebst du ihn noch?«, wagte Lissy zu fragen. »Ich meine …«

»Ich kann ihn nicht verrecken lassen, das ist alles.« Der Mund ihrer Mutter wurde zu einem schmalen Strich.

Lissy stopfte alles, was in ihrem Zimmer herumlag, in ihren Schrank. Dann staubsaugte sie und bezog ihr Bett neu. Auf ihrem wackeligen Schreibtisch lag Schreibkram von Franka. Den schob sie zusammen und legte einen Zettel darauf: »Hände weg! Heine-Projekt von Franka!« Ihren Computer würde ihr Vater in Ruhe lassen.

Sie nahm das Ladegerät vom Handy, den kleinen Strandstuhl, in dem ihr Handy lag, wenn sie zu Hause war, ihren Fön, ihre Nagellackfläschchen, die Bodylotion, die immer neben dem Bett stand, und ihr altes T-Shirt, das sie als Schlafanzug benutzte, und trug alles ins Wohnzimmer.

Dann setzte sie sich neben ihre Mutter, die gerade das Regionalfernsehen anschaute. Es ging um einen Kraken, der im Oberhausener Sealife die WM-Ergebnisse der deutschen Mannschaft voraussagte.

»Was für ein Schwachsinn«, meinte ihre Mutter und schaltete weiter.

»Lass mal! Da arbeite ich doch!«, rief Lissy aus, als das Altenheim, von Weitem aufgenommen, ins Bild rückte. »Da! Das ist doch in Flingern!«

»… die Polizei geht mittlerweile von Fremdeinwirkung aus. Die Bewohner des Altenheimes sind erschüttert.«

Ins Bild kam ein älterer Herr, der im Wohnbereich lebte. Lissy kannte ihn vom Sehen.

»Wir haben Angst«, sagte er. »Wer passt denn auf uns auf?«

Dann schüttelte er mehrmals den Kopf.

»Die Polizei in Düsseldorf weiß immer noch nicht, ob die junge Altenpflegerin etwa einen Dieb überraschte, der sich im Altenheim einschleichen wollte, oder ob sie freiwillig ihre Station verließ«, sprach eine Stimme, während die Müllcontainer gezeigt wurden. Es klingelte und Lissys Mutter ging, um die Tür zu öffnen.

»Wir fahren nun verstärkt Streife in Flingern, besonders im Bereich um das Altenheim herum«, erklärte nun Berg in ein Mikrofon. »Aber wir sind weiterhin auf Hinweise der Bevölkerung angewiesen. Wer in der Nacht vom 23. zum 24. Juni in der näheren Umgebung etwas Ungewöhnliches beobachtet hat, sollte sich unbedingt melden.«

Der Bericht endete und Lissy hörte die Schritte ihres Vaters. Kurz darauf war er in der Wohnung; in sauberer Kleidung, die Haare geschnitten und rasiert. Er hatte Blumen für seine Exfrau mitgebracht, Margeriten und kleine rosa Röschen.

Lissy konnte sich nicht mehr daran erinnern, wann sie ihn zum letzten Mal nüchtern erlebt hatte, aber jetzt war er es.

Er setzte sich, während ihre Mutter eine Vase für die Blumen suchte. »Und?«, fragte er. »Wie geht's dir?«

»Gut, so weit.«

Er schob die Zigaretten auf dem Tisch hin und her, dann hob er den Kopf und versuchte zu lächeln.

»Mir geht's auch gut«, sagte er. »Wie das eben so ist.«

Lissy hätte gerne gefragt, wie die Scheele Christiane ihn dazu gebracht hatte, eine Therapie in der Landesklinik zu machen, aber sie traute sich nicht. Er schob weiter an den Zigaretten herum. Ihre Mutter kam zurück und stellte ein großes Glas mit den Blumen auf den Tisch.

»Tja«, machte sie.

»Tja«, machte auch ihr Vater.

Die Luft um sie herum war schwer und warm und sie wussten nichts zu sagen.

»Dann koch ich mal was, oder?«, fragte ihre Mutter.

»Ja, das wär schön.«

Lissy trocknete gerade die Töpfe ab, die ihre Mutter nie in die Spülmaschine stellte, als ihr Handy klingelte.

Es war Daniel, der mit verschnupfter Stimme sprach.

»Ich will dich sehen«, sagte er. »Ich bin gerade erst nach Hause gekommen, alles ist so …«

»Soll ich kommen?«, fragte Lissy, und das Tier, das in den letzten Stunden ein wenig vor sich hin genagt hatte, machte einen hohen Satz und zitterte vor Aufregung.

»Das wär schön«, sagte Daniel und Lissy riss ihre Lederjacke vom Haken und lief zur Bushaltestelle.

Daniel machte ihr die Tür auf. Im Erdgeschoss lief ein Fernseher, aber er führte sie in sein Zimmer und, noch bevor die Tür ganz ins Schloss fiel, umarmte er sie und begann, an ihrem verschwitzten T-Shirt zu zerren.

»Warte mal«, flüsterte Lissy, während er sie langsam rückwärts auf sein Bett bugsierte. »Warte! Wir müssen mal über Nele reden.«

Sie spürte, wie Daniels Muskeln unter seiner warmen Haut lockerer wurden.

»Warum?«, flüsterte er in ihren Nacken. »Ich will jetzt nicht an Nele denken. Ich weiß, das hört sich schlimm an, aber wenn ich nur an Nele denke …«

»Ja«, sagte Lissy. »Ich bin auch traurig.« Sie setzte sich auf die Bettkante. »Aber ich … ich glaube, die Polizei verdächtigt mich. Sie haben mich befragt und haben auch eine Speichelprobe von mir genommen.«

»Hm«, machte Daniel. »Aber du hast doch nichts damit zu tun, oder? Weißt du irgendwas?«

»Nein, aber ich will es herausfinden!« Sie spürte Daniels Blick auf ihrer Wange, drehte den Kopf und sah ihn an.

»Und du kannst mir helfen, oder?«

Er lächelte sie an und sie sah seine unregelmäßigen Zähne, die ihr so gut gefielen.

»Klar, ich helfe dir. Was soll ich denn tun?«, fragte er. Seine Hand rutschte unter ihr T-Shirt und streichelte ihren Rücken. Er fummelte an ihrem BH, bis er sich öffnete.

»Ich will auch wissen, was mit Nele passiert ist«, sagte er. »Ich träume jede Nacht davon.«

»Was träumst du denn?«, fragte Lissy, als sie sich umarmten und nebeneinander auf dem Bett lagen.

»Ich träume, wie Nele auf dem Motorrad fährt. Aber es ist nicht Nele, es ist ein Schatten und ich kann sie nur im Rückspiegel sehen. Jedes Mal wenn ich mich umdrehe, ist sie nicht da.«

Er zog ihr das T-Shirt aus.

»Ich weiß, es ist irre. Aber ich möchte mit dir schlafen«, sagte er leise.

Lissy streifte ihren BH ab und zog ihre Hose aus.

Er legte seinen Kopf auf ihren Bauch und schien in sie hineinzulauschen, dorthin, wo das schmerzende Tier sich eingerollt hatte. Er begann sie zu küssen, ihren Nabel, ihre Brüste und ihren Hals. Dann schlüpfte er schnell aus seinen Sachen und legte sich auf sie.

»Das ist so schön mit dir!«, flüsterte er dabei. »Du bist so sexy.«

Lissy streichelte seinen Rücken mit den starken Muskeln.

Komm, Nacht, komm!
Begrab mich unter dir!
Unter deinen grossen schwarzen Flügeln
will ich schlafen!

Lissy wachte davon auf, dass in der Küche Möbel gerückt wurden. Sie war gestern Nacht spät nach Hause gekommen, und noch ganz in dem Gefühl von Daniels Berührungen, Küssen und seinem drängenden Rhythmus gefangen, hatte sie sich im Dunkeln ausgezogen und sich neben ihre leise schnarchende Mutter gelegt.

Die Schwüle des Sommers war durch das gekippte Fenster gekrochen, und jetzt, unter der dünnen Decke und mit dem kratzigen Stoff des Sofas im Rücken, streckte sie sich und wiederholte im Kopf alles, was Daniel und sie zusammen getan hatten.

In der Küche polterte etwas, und eine zischende Stimme mahnte: »Leise, Lissy schläft doch noch!«

»Dann pass gefälligst besser auf!« Das war Hulles Stimme. Was tat der hier?

Sie stand auf. Im Flur stolperte sie fast über zwei große Farbeimer, und der Hochschrank, der sonst über der Spüle in der Küche hing, lag quer im Weg. Sie kletterte darüber und hörte gleichzeitig, wie etwas klirrte und ihr Vater laut fluchte. In der

Küche standen er und Hulle um die umgeworfenen Blumen herum. Das Wasser aus dem großen Glas lief über die Fliesen bis zum zweiten Oberschrank, den sie wohl ebenfalls abgehängt hatten.

»Was macht ihr hier?«, fragte Lissy. »Weiß Mama das?«

»Das wird eine Überraschung«, sagte ihr Vater. »Gestern meinte Sonja doch, hier müsse mal wieder gestrichen werden.«

»Aber doch nicht von dir! Du bist doch krank!«

»Heute Mittag sind wir längst fertig, echt!«

Das Geschirr aus den Oberschränken stapelte sich auf dem Tisch in der Mitte des Raumes und war mit einer Plastikplane abgedeckt. In der Kaffeemaschine, die auf dem Boden stand, war noch ein Rest Kaffee. Lissy suchte sich eine Tasse unter der Plastikfolie und goss sich den kalten Kaffee ein.

»Und die Farben? Und diese Pinsel?« Sie hielt einen eingeschweißten Pinsel hoch. »Wo habt ihr das her?«

»Komm, Lissy, dein Vater will damit Danke schön sagen!«, meinte Hulle. »Und da konnte ich nicht … Ist echte Superfarbe, richtige Handwerkerqualität. Da müssen wir nur einmal drüberstreichen.«

»Das ist doch Scheiße!«, fauchte Lissy ihn an. »Und du hilfst ihm noch dabei! Hast du ihm das Geld gegeben?«

»Geliehen!«, sagte ihr Vater. »Das Geld ist nur geliehen.«

»Dir ist aber schon klar …«

»Immer musst du alles besser wissen! Was glaubst du eigentlich, wer du bist?«

»Du bist krank, du kannst keine Küche renovieren! Du solltest dich ausruhen, von mir aus Fernsehen gucken oder so was!«

»Sag mir nicht, was ich machen soll!«, brüllte ihr Vater zurück. Er ging einen Schritt auf sie zu und trat dabei auf die Margeriten. »Du liegst hier faul bis mittags im Bett! Was ist mit deiner Schule? Musst du da nicht hin?«

»Das hat dich in den letzten Jahren doch auch nicht interessiert!«, schrie Lissy zurück.

»Du bist immer noch meine Tochter!«

»Du hast sie nicht mehr alle! Was soll das heißen: deine Tochter? Du warst doch immer nur besoffen und …«

»Lissy, ist gut!« Hulle nahm sie am Arm und hielt sie fest.

»Nichts ist gut, überhaupt nichts! Der soll nicht hierherkommen und so ein Chaos veranstalten!«

Ihr Vater drehte ihr seinen steifen Rücken zu. An seinem Rücken konnte sie sehen, dass er wütend war.

»Mir doch egal, was ihr hier macht! Ich muss jedenfalls zum Dienst«, fauchte Lissy. Dann ging sie sich anziehen.

Ein Gewitter stand über Flingern und drückte sich bis in den Keller des Altenheims hinein. Sogar hier war es heiß und stickig. Der Schweiß klebte alles an ihr fest. Sie wischte sich die Feuchtigkeit aus den Achseln und sprühte sich eine weitere Portion Deo auf, bevor sie ihr frisches T-Shirt überzog.

Lissy nahm einen kleinen Schraubendreher, den sie mal als Trostpreis an einer Schießbude bekommen hatte, und drehte die kleinen Schräubchen der Halterung von Neles Spind auf. Sie beeilte sich, obwohl sie sich sicher war, dass um diese Zeit niemand in die Umkleide kommen würde. Der Frühdienst war weg und der Spätdienst schon auf den Stationen. Vorsichtig löste sie die Halterung, in dem Neles Bügelschloss steckte.

Im Spind war gar nichts, keine Latexhandschuhe, keine Birkenstocks, kein weißer Kittel. Es sah vielmehr so aus, als hätte jemand vor ihr den Schrank aufgemacht und alles mitgenommen. Lissy bastelte die Schrauben der Halterung wieder in ihre kleinen Löcher. Sie musste auf die Station.

Im Aufzug war es noch stickiger. Oben waren alle Vorhänge zugezogen, alle Fenster standen offen und der dunkle Stoff hing glatt herunter, von keinem Luftzug bewegt. In der Ferne donnerte es.

Sie ging zum Stationszimmer. Oxana hatte Dienst, zusammen mit Florence, der Studentin. Die beiden hatten wohl über etwas gesprochen, was Lissy nicht mitbekommen sollte, denn sie schwiegen und sahen sie unfreundlich an.

»Soll ich mit dem Kaffee-Verteilen anfangen?«, fragte Lissy. »Der Kuchen steht schon ...«

»Das macht Florence«, sagte Oxana und stand auf. »Du sollst zur Dienstleitung.«

»Warum?«

»Sie hat angerufen, vor fünf Minuten.« Das schien für Oxana genug an Begründung zu sein.

Frau Schramm saß in ihrem kleinen Büro hinter der Rezeption. Auf dem Schreibtisch sorgte ein Ventilator dafür, dass sich die Papiere, die überall herumlagen, leicht bewegten. Frau Schramm selbst stand am offenen Fenster und rauchte eine Zigarette. Man konnte auf den Innenhof sehen, der im dunklen Licht des herannahenden Gewitters lag.

»Guten Tag«, sagte Lissy. Sie musterte das schmale Gesicht der kleinen Frau. Die feinen Härchen am Haaransatz waren verschwitzt und klebten an ihrer Stirn.

»Du musst hier warten.« Die Stimme war unfreundlich und Lissys Tier begann in ihrem Bauch unruhig zu werden und hin und her zu laufen.

»Auf was?«, fragte sie angriffslustig.

»Warte einfach hier«, sagte Frau Schramm. »Setz dich ruhig.«

Hinter Lissy betrat der Herr Merl, der ihre Stundenzettel am Monatsende abzeichnen sollte, das Zimmer. Er blieb hinter Lissy stehen. Lissy setzte sich nicht. Frau Schramm zündete sich eine neue Zigarette an.

»Worauf warten wir?«, fragte Lissy noch mal nach, obwohl sie wusste, dass das sinnlos war. Sie sah auf den Ventilator, der sich hin und her drehte, mal mit dem Luftzug einen blauen Aktendeckel, mal ein paar Papiere auf dem Drucker anblies, und so in die Höhe hob.

Dann hörte sie Schritte auf dem kleinen Flur hinter der Rezeption, mehrere Personen, die trotz der Hitze feste Schuhe trugen. Es war die Polizei, genau wie Lissy gedacht hatte. Sie waren in Zivil, und Lissy kannte sie nicht, aber sie wiesen sich bei Frau Schramm aus und musterten Lissy. Beide waren dick und groß, hatten kurz geschorene Haare und braun gebrannte Haut. Der größere schien etwas jünger zu sein, aber Lissy konnte es nicht genau sagen. Ihre Blicke glitten über sie, als sei sie ein Möbelstück, das sie abtransportieren mussten.

»Gut!«, stieß Frau Schramm hervor und wischte sich über die feuchte Stirn. Sie griff nach ihrer Zigarettenschachtel, überlegte es sich dann aber anders.

»Dann kommen sie mal mit«, sagte Herr Merl. »Die Bänder haben wir an der Rezeption.«

Lissy ging mit ihnen nach draußen, nachdem einer der beiden eine Plastiktüte von Merl bekommen hatte. Die heiße Luft schlug ihr ins Gesicht.

»Du steigst hier ein!«, sagte der Kleinere, als er die Tür zum Wagen öffnete. Er wollte Lissys Kopf packen, um ihn nach unten zu drücken, er roch nach Männerschweiß.

Bevor Lissy nachdenken konnte, noch bevor sie wusste, dass sie das tat, reckte sich das Tier in ihr nach oben und biss den Bullen in die Hand.

»Scheiße!«, brüllte er laut, mehr vor Überraschung als vor Schmerz.

Der andere sprang sofort in ihren Rücken, riss ihren Arm nach hinten, sodass ein Stich, scharf wie ein Messer, in ihre Schulter drang. Er drückte sie gegen die Wagentür und ihr Kiefer schlug gegen das Autodach.

»Keine Mätzchen, Fräulein!«, sagte er, während er ihr die Hände mit Plastikbändern fesselte. »Ab dafür!«

»Was soll das? Wieso …« Das Plastik schnitt hart in ihr Fleisch. Sie hatte noch nie erlebt, dass die Bullen damit so schnell bei der Hand waren. Und sie war schon mehrmals zur Wache gebracht worden.

»Klappe halten!«

Eine Polizistin mit Schweißflecken unter den Armen hob Lissys Rock und tastete an ihrem BH herum. Sie nahm ihr alles ab, Handy, Geld, ihre Schlüssel.

»Hier geht's rein!«, sagte sie dann und schloss eine schwere grau lackierte Eisentür auf.

»Aber warum denn?«, fragte Lissy und versuchte, so etwas wie Blickkontakt herzustellen.

»Wir holen dich«, sagte die Polizistin. »Los, rein da!«

Die Zelle war wenig breiter als die Tür und hatte kein Fenster. An der Decke brannte eine Neonröhre. Eine Kloschüssel stand in der Ecke, daneben eine Pritsche, auf der eine alte schmuddelige Decke lag. Der Boden war hellgelb gefliest.

Lissy trat einen Schritt nach vorne und die Tür hinter ihr knallte zu. Das Fensterchen in der Tür wurde aufgeschoben.

»Hallo?«, machte Lissy und kam sich dumm dabei vor. »Was soll das?«

»Dann haben wir dich besser unter Kontrolle«, sagte die Polizistin. Ihr Gesicht schaute durch die Gitterstäbe des Fensterchens. Sie hatte lange blond gesträhnte Haare und ausgezupfte Augenbrauen, die als dunkle Pünktchen nachwuchsen. Sie war nicht viel älter als Lissy.

»Geht es um Nele?«

Die Polizistin ging einfach weg.

Lissy setzte sich auf die Pritsche und nahm den Kopf zwischen die Hände. Sie spürte, wie das Tier in ihr wuchs, wie es ein raues Fell und Hauer wie ein Wildschweineber bekam. Es grunzte, röhrte, schrie, stieß von innen gegen die Rippen, so als wären sie ein Gefängnis. Lissy presste ihre Beine gegen ihren Oberkörper, hielt die Knie mit den Händen fest und grunzte leise in den schweißigen Geruch, der von ihren Beinen aufstieg.

Mit einem Ruck stand sie auf und hämmerte gegen die Tür.

»Kommen Sie zurück!«, schrie sie. »Sie müssen Herrn Jung anrufen, meinen Bewährungshelfer!«

Niemand kam. Sie klopfte weiter und schrie nach der Polizistin. Das Schreien tat ihr gut.

»Hallo!«, schrie sie. »Komm zurück, komm her!«

Sie holte Anlauf und sprang gegen die Eisentür. Es schepperte, das war sehr befriedigend und das Tier röhrte in ihrem Hals. Sie sprang noch mal, schrie dabei, trat fest zu und die Tür federte ihre Kraft zurück bis in ihre Wirbelsäule.

»Komm her, du dumme Kuh!«, brüllte sie durch die Gitterstäbe. »Komm zurück!« Sie brüllte weiter und weiter, nun brauchte sie keine Wörter mehr, sie schrie einfach, sogar noch, als sie das Gesicht der Polizistin sah und die Schlüssel im Schloss hörte.

»Haben Sie Jung angerufen?«, fragte Lissy laut. »Oder meine Anwältin, Frau Özman.« Hinter der Polizistin stand der kleinere der Bullen, die sie abgeholt hatten.

»Handschellen«, sagte er.

Lissy schnaufte und schwitzte, ihr T-Shirt klebte an ihrem Rücken. Sie hätte gerne weitergebrüllt, aber sie streckte ihre Hände aus und ließ sich das Metall um die Handgelenke legen.

Sie brachten sie zu zweit, die Polizistin hielt sie dabei am Ellenbogen, in ein kleines Zimmer am Ende des Flures. Auch hier gab es kein Fenster, nur der Geruch nach alter verbrauchter Luft hing über einem kleinen Tisch und drei Stühlen. Auf einen der Sitze war eine Videokamera gerichtet, und auf diesen wurde Lissy gedrückt.

Berg trat durch die Tür und nahm ihr gegenüber Platz.

»Okay …« Er räusperte sich. »Name?«

»Elisabeth Winterhart«, sagte Lissy. Er fragte sie nach ihrem Geburtsdatum, ihrem Wohnort, der Straße, in der sie wohnte.

Danach wechselte er einen Blick mit der Polizistin.

»Erzähl uns, was an dem Nachmittag und Abend, an dem Nele Hoffmann gestorben ist, passiert ist.«

»Ich war im Altenheim und hatte Spätdienst …«

»Arbeitest du da?«, unterbrach Berg. Er strich sich über seinen Schnurrbart.

»Sozialstunden.« Lissy sah ihm ins Gesicht, weil sie ihm das schon einmal erzählt hatte. Was sollte das alles?

Er blätterte in seiner Akte und nickte.

»Weiter!«, sagte er nur.

»Nele war in der Umkleide. Wir haben uns kurz unterhalten, dann bin ich nach Hause gegangen.«

»Worüber habt ihr gesprochen?«, fragte Berg.

»Nichts Besonderes«, log Lissy. Sie spürte, wie das Metall in ihre Handgelenke schnitt, wenn sie versuchte, ihre Hände zu bewegen.

»Denk noch mal nach!« Berg klappte die Akte zu. »War da nicht doch was? Was Wichtiges, vielleicht?«

Lissy schwieg.

»Habt ihr euch gestritten?«, fragte Berg.

»Nein«, log Lissy.

»Dann zum nächsten Punkt ... Hast du heute den Spind von Nele Hoffmann aufgebrochen?«

Lissy schwieg wieder.

»Die Umkleidekabinen werden videoüberwacht, wusstest du das?«, fragte Berg.

Lissy schwieg noch immer.

»Die Belegschaft hat sich dafür starkgemacht, nachdem es dort einen Einbruch gab.« Sein Bullengesicht zeigte so etwas wie ein Grinsen.

»Also, fangen wir noch mal von vorne an. Worüber hast du mit Nele Hoffmann gestritten?«

Lissy betrachtete die roten Stellen, die sie an den Handgelenken bekam.

»Über Daniel«, sagte sie nach einer Weile.

»Komm, jetzt lass dir nicht alles aus der Nase ziehen!« Das war Wolfers. Anscheinend hatte er irgendwo draußen zugehört. Er legte eine weitere dicke Akte auf den Tisch und schwang sich auf den zweiten Stuhl.

»Nele meinte ... ich weiß gar nicht mehr so genau, also, dass ich das mit Daniel nicht so ernst nehmen sollte.«

»Ist Daniel Feigel dein Freund?«, wurde Lissy gefragt.

»Oder der Freund von Nele?«

»Ich weiß nicht«, sagte Lissy.

»Aber ihr habt euch gestritten? Wegen Daniel Feigel?«

»Ja«, sagte Lissy.

»Und du bist handgreiflich geworden?«

»Ich hab sie geschubst, sonst nichts.«

Berg blätterte in der zweiten Akte, zeigte Wolfers ein Papier und dieser nickte.

»Und dann bist du abends wiedergekommen, hast sie angerufen, damit sie herunterkommt …«

»Nein«, sagte Lissy. »Es war gelogen, dass ich zu Hause war. Ich war oben an der Rennbahn, weil ich …« Sie spürte, wie der kalte Schweiß ihren Rücken heruntertropfte.

»Aber du hast sie angerufen, sie sieht deine Nummer auf dem Display ihres Handys, sie verlässt daraufhin die Station und keine Stunde später ist sie tot.« Wolfers sagte das bedauernd. »Wir denken gar nicht unbedingt, dass du das geplant hast …«

»Nein, sie ist nicht ans Telefon gegangen und mehr weiß ich nicht«, sagte Lissy. »Nele war meine Freundin. Und ich möchte jetzt mit meinem Bewährungshelfer sprechen. Jung ist sein Name. Ich möchte ihn anrufen.«

»Also, noch mal von vorne. Nele Hoffmann und du, ihr habt euch gegen neunzehn Uhr dreißig gestritten, wegen Daniel, oder?«

Lissy sah an den Bullen vorbei.

»Und dann?«

»Dein Vater ist an diesem Abend ins Krankenhaus gekommen, oder?«

»Dein Vater ist obdachlos, nicht wahr?«, wurde sie von Wolfers gefragt.

»Warst du wütend?« Das kam von Berg.

»Hast du vielleicht so etwas wie Trauer gefühlt?«

Lissy musste schlucken, sah aber weiter geradeaus.

»Ich möchte mit meinem Bewährungshelfer reden oder mit meiner Anwältin. Haben Sie vielleicht ihre Nummer?«

Im Fernsehen war es immer so, dass die Polizei diesem Wunsch nachkommen musste. Berg grinste und nahm einen Schluck aus seiner Colaflasche.

»Wo ist mein Bewährungshelfer? Ich möchte mit Herrn Jung sprechen.«

»Das kann ich mir vorstellen, dass du das gerne möchtest«, sagte er. »Kannst du dir vorstellen, dass Nele Hoffmann gerne leben würde? Hm, kannst du das?«

Sie brachten sie in die Zelle zurück, nachdem sie eine Zeit lang schweigend herumgesessen hatten. Diesmal nahmen sie ihr die Handschellen nicht ab.

Lissy setzte sich auf die Pritsche und hielt den Kopf zwischen den Händen, die Kette der Handschellen spannte sich an ihrem Kinn. Sie hatte keine Uhr und ohne Tageslicht konnte sie nicht sagen, wie lange sie schon hier war. Sie schätzte, eine Stunde, vielleicht auch zwei. Es musste Nachmittag sein, und ihre Mutter würde sich überhaupt noch keine Gedanken machen, wo sie blieb. Außerdem war sie wahrscheinlich mit ihrem Vater, Hulle und dem Chaos in der Küche beschäftigt.

Oder sie lag auf dem Sofa und ruhte sich ein bisschen aus. Oder sie freute sich – falls ihr Vater und Hulle es tatsächlich fertiggebracht hatten, die Küche zu streichen –, und wischte die Schränke aus oder spülte Geschirr, das sie nicht so oft benutzte, bevor sie es wieder in den Schrank räumte. Sie würde denken, dass Lissy bei ihren Sozialstunden war. Alle würden das denken, auch ihr Vater, Hulle und Franka, wenn sie käme, um den Computer zu benutzen.

Sich nähernde Schritte unterbrachen Lissys Überlegungen. Sie stand auf und ging zu dem kleinen Fensterchen an der Eisentür.

»Wie ich dieses Gesocks leid bin«, sagte die Stimme von Berg. »Die hat genug auf dem Kerbholz, glauben Sie mir.«

»Pack schlägt sich, Pack verträgt sich«, meinte die Polizistin. Ob das zustimmend gemeint war, konnte Lissy nicht erkennen.

»Da seien Sie sich sicher. Und ist ja auch kein Wunder, Vater obdachlos, und die Mutter? Aktenkundig wegen Scheckkartenbetrugs, schnell wechselnde Sexualkontakte, könnte ich mir vorstellen … Woher soll so ein junger Mensch denn wissen, was richtig und was falsch ist?«

Sie blieben vor dem Fensterchen stehen. Der Bulle erwiderte Lissys Blick durch die Stäbe ohne einen Hauch von Scham. Es war ihm anscheinend völlig egal, dass Lissy ihm zugehört hatte.

Sie brachten sie wieder in das Zimmer mit der Videokamera und drückten sie auf den Stuhl.

»Zunächst einmal, wir konnten weder deinen Bewährungshelfer noch deine Anwältin erreichen.« Er lächelte in die Kamera. »Vielleicht willst du uns nun nochmals den gesamten dreiundzwanzigsten Juni schildern?«

Lissy schüttelte den Kopf.

»Nein, möchte ich nicht.«

Die Tür hinter Lissy ging noch mal auf und Wolfers steckte seinen Kopf herein.

»Kommst du mal kurz?«, fragte er Berg.

»Entschuldige mich«, sagte Berg und kräuselte die Lippen unter seinem dichten Schnäuzer. »Ich bin sofort wieder da.«

Lissy betrachtete kurz die Kamera, die wie eine schwarze Pupille auf sie gerichtet war. Dann zog sie mit ihren gefesselten Händen die Akte näher an sich heran und blätterte darin herum.

Ziemlich weit vorne steckten Fotos. Das erste betrachtete Lissy lange: Ein gekrümmter Körper, im Schatten unter einem Müllcontainer liegend. Um den Kopf herum ein dunkler Fleck. Auf dem nächsten war Nele besser zu sehen. Sie hatte den Mund halb offen und die Augen waren unheimlich nach oben gedreht. Lissy nahm sich schnell das nächste vor. Es zeigte das Gestänge an der Seite des Containers, mit dem getrockneten Blut von

Nele. Auf dem vierten sah Lissy Neles totes Gesicht, die blonden Haare dunkel verklebt, und an Wangen und Hals hatte Nele kleine Wunden, wie eine perverse Zeichnung. Lissy blickte ins Kameraauge. Ihr war klar, dass das hier aufgezeichnet wurde. Trotzdem nahm sie sich das letzte Foto vor. Es zeigte einen einzelnen Birkenstockschuh. Es war nicht der mit dem Piratenaufkleber. Es war der andere.

Mit gefesselten Händen ließen sich die Blätter der Akte nur schwer umblättern. In einer Klarsichtfolie steckte ein Zeitungsausschnitt. Sie erkannte ihn wieder, ihre Mutter hatte ihn ausgeschnitten. Es war die Schlagzeile von damals, als sie Franka wiedergefunden hatte.

Lissy betrachtete ihr eigenes Gesicht auf dem kleinen Foto, als sich hinter ihr die Tür öffnete. Berg und die Polizistin kamen herein.

Berg grinste, und Lissy wusste plötzlich, dass er mit Absicht diese Akte hiergelassen hatte. Er wollte sie weichkochen. Er wollte, dass sie die tote Nele gesehen hatte.

»Und? Ist dir in der Zwischenzeit eingefallen, was genau in Neles Todesnacht passiert ist.«

Er schob langsam die Akte zusammen und blickte sie forschend an, so als wollte er sehen, ob die Fotos irgendeinen Eindruck auf Lissy machten.

»Es war alles so, wie ich gesagt habe.«

»Das erschwert die Sache natürlich. Ich glaube, es ist wichtig, dass du dich hier keinesfalls als Beschuldigte siehst.« Er sprach wieder zur Kamera. »Du bist eine der letzten Personen, die Nele Hoffmann lebend gesehen hat, und wir erhoffen uns von deiner Zeugenaussage nur, dass sie Licht ins Dunkel bringen kann.«

»Ich bin nicht beschuldigt?«, platzte Lissy heraus. Diese nach oben gedrehten Augen, diese merkwürdigen kleinen Verletzungen in Neles weicher Haut! Wie konnte er nun in die Kamera hineinschauspielern? »Sie sagen doch, dass ich nicht zwischen richtig und falsch unterscheiden kann, oder?«

Berg grinste. Er hatte auch gewollt, dass sie das, was er über ihren Vater und ihre Mutter gesagt hatte, mitbekam.

»Nun, bei deiner …«

»Und außerdem schicken Sie die Sager los, damit sie eine Speichelprobe von mir nimmt. Das bedeutet doch, dass sie irgendetwas an Nele gefunden haben, das von mir stammen könnte, oder?«

Durch die Handschellen wurde Lissy klar, wie viel sie sonst zum Reden die Hände benutzte. Und während sie den Mund zuklappte und auf die roten Ränder schaute, die die runden Metallringe hinterließen, meinte sie plötzlich zu wissen, welche Spur von ihr Nele bei sich getragen hatte. An Neles Armband mussten Abschürfungen von Lissys Arm sein. Sie vermied es, auf den fast verheilten Kratzer zu sehen, sondern starrte stattdessen dem Bullen in die Augen. Der Trick dabei war, jedenfalls hatte sie das mal gehört, dass man nicht genau in die Augen starrte, sondern auf die Nasenwurzel. Der Bulle blieb allerdings unbeeindruckt.

»Du möchtest also nicht mit uns zusammenarbeiten? Ist das richtig?«, fragte er.

»Ich habe mit Neles Tod nichts zu tun.«

»Dann schildere uns einfach, was an diesem Abend passiert ist!«, sagte die Polizistin. »Und dann kannst du gehen.«

Berg warf seiner Kollegin einen genervten Blick zu.

»Nach dem Spätdienst …«

»… und dem Streit mit Nele Hoffmann …«, fügte Berg hinzu.

»… bekam ich einen Anruf von Franka Witt, einer Freundin. Mein Vater war an der Bushaltestelle zusammengebrochen und

Franka hatte den Rettungswagen gerufen.« Lissy dachte nach. »Sie können das bestimmt überprüfen.«

»Haben wir schon«, grinste der Bulle. »Das hast du uns beim letzten Mal auch erzählt.«

»Jedenfalls bin ich dann … also, ich wollte unbedingt Daniel sehen, wir waren verabredet, und deshalb bin ich ins Strandgut gefahren. Dort habe ich Daniel nicht gefunden.«

»Moment mal, dein Vater kollabiert …« Berg schüttelte den Kopf. »… und du hast eine Verabredung? Warum hast du ihm nicht abgesagt?«

»Jedenfalls habe ich ihn dort nicht gesehen, obwohl er gesagt hat, dass er da gewesen sei …«, überging Lissy die Frage.

»Er war auch da. Er hat sogar Zeugen.«

»Ich habe kurz mit einem Freund von Daniel gesprochen. Philipp, der kann das bezeugen.«

»Aber Daniel hast du dort nicht gesehen?«, fragte der Bulle.

»Philipp, und wie weiter?«

»Weiß ich nicht, ich kenne den kaum. Er trägt so einen dicken Brilli im Ohr.«

Berg blätterte verschiedene Papiere durch.

»Also, wir haben hier die Aussage von einem Philipp. Aber der erwähnt dich nicht.«

»Ich habe nur kurz mit ihm geredet.«

»Weiter, bitte.«

»Dann bin ich nach Hause gefahren, nein, zuerst ins Krankenhaus, und dort hat man mich nicht zu meinem Vater gelassen, und zu Hause habe ich versucht, Nele zu erreichen. Und dann bin ich noch mal raus, spazieren gegangen.«

»Spazieren gegangen?«, fragte Berg.

»Ich war ganz durcheinander.«

Lissy hörte sich selbst reden und fand das, was sie an diesem Abend getan hatte, auch nicht mehr besonders logisch.

»Wo gehst du denn spazieren, wenn du ganz durcheinander bist?«, fragte der Bulle.

»Ich war an der Rennbahn.«

Der Bulle schnaubte und schlug die Mappe zu.

»Na, dann hat dich zur Tatzeit ja bestimmt niemand gesehen, oder?«

»Nein«, sagte Lissy. »Ich glaube nicht.«

»Ich auch nicht! Und außerdem würde mich jetzt interessieren, warum du uns das alles nicht beim ersten Mal erzählt hast.«

Lissy zuckte mit den Schultern.

»Ich war so durcheinander, wegen Nele.«

Berg und die Polizistin blickten sich an und schüttelten die Köpfe, dann standen sie fast zeitgleich auf und verließen den Raum. Diesmal nahm Berg die Akten mit. Nach einer Weile kam die Polizistin zurück und brachte Lissy wieder in die kleine Zelle.

Lissy legte sich so auf die Pritsche, dass ihr Kopf möglichst weit weg von der stinkigen Kloschüssel war. Als sie zum Spätdienst gegangen war, hatten ihr Vater und Hulle gerade angefangen, die erste Wand zu streichen. Ihre Mutter würde gegen drei nach Hause kommen und wütend werden, wenn sie die ausgeräumte Küche sah. Sie würde auf Lissy warten und versuchen, sie auf dem Handy zu erreichen. Das lag bei ihren anderen Sachen irgendwo hier auf der Wache, also würde ihre Mutter noch wütender werden. Würde sie im Altenheim anrufen? Vielleicht. Würde ihr Frau Schramm oder sonst jemand sagen, dass die Polizei sie mitgenommen hatte? Vielleicht. Ziemlich sicher sogar. Würde das Altenheim Jung anrufen, der sie dorthin vermittelt hatte, um sich zu beschweren? Eher unwahrscheinlich, aber nicht unmöglich. Und würde Jung dann Frau Özman Bescheid sagen? Belastete sie sich, wenn sie schwieg und nur nach ihrer Anwältin verlangte?

Sie ging diese Fragen im Kopf immer und immer wieder durch, um nicht an Daniel zu denken. Genauer gesagt, um nicht an Sex mit ihm zu denken.

Wie viele Stunden waren seit ihrer Verhaftung vergangen? Wie lange durfte die Polizei sie festhalten, ohne ihrer Mutter Bescheid zu geben? Konnte sie sie, obwohl sie erst siebzehn war, über Nacht hierbehalten?

Und vor allem, was war in dieser Nacht wirklich passiert? Frau Sticker hatte gesagt, dass Nele kurz nach einem Anruf auf ihrem Handy die Station verlassen hatte. Warum? Sie selbst hatte Nele angerufen, ja. Wieso ging Nele daraufhin zu den Müllcontainern? Das ergab überhaupt keinen Sinn.

Lissy rieb sich die schmerzenden Handgelenke.

Sie ging zur Tür und spähte durch das kleine Gitter. Niemand war zu sehen. Sie legte die Stirn an die eiserne Tür.

Die Polizei wusste von ihrem Streit mit Nele, sie hatten an Neles Armband Hautpartikel von ihr gefunden, und ihre Aussage über den Abend, an dem Nele starb, war ziemlich widersprüchlich gewesen. Sie wussten, dass sie den Spind von Nele aufgebrochen hatte. Sie hatten ihre lange Akte gelesen: Diebstahl, Raub, Körperverletzung. Aber sonst hatten sie nichts. Lissy ging zurück zu ihrer Pritsche und legte sich hin. Der verdrehte Blick der toten Nele ging ihr nicht aus dem Kopf. Sie machte die Augen zu, und das Neonlicht, das auf sie herabstrahlte, ließ ihre Lider, auf die sie von innen sah, blutrot leuchten.

Daniel fuhr auf den Platz hinter dem neuen Einkaufszentrum an der Erkrather Straße und parkte seine Maschine neben einem alten Fiat. Er nahm den Helm ab. Sogar am heutigen Nachmittag war er froh, die Maschine zu haben. Er strich über den warmen Tank und musste lächeln. Philipp war nirgendwo zu sehen. Wahrscheinlich wartete er schon bei den Spielkonsolen, wie er gesagt hatte.

In den Elektroladen ging es mit dem Aufzug, dessen Seitenwände verspiegelt waren. Daniel fuhr sich mit der Hand durch das platt gedrückte Haar. Verrückt, was wir immer noch tun, obwohl es nicht mehr wichtig ist. Oder nicht mehr wichtig sein sollte, dachte er. Er ging näher an den Spiegel und musterte sich. Er sah gut aus.

Der Elektromarkt war ganz in Blau gehalten. Schilder und blinkende Lichter machten auf Sonderangebote aufmerksam. Die Abteilung für Computerspiele war vergleichsweise klein. Philipp spielte an einer Konsole. Er hatte die Sonnenbrille in seine gegelten Haare geschoben und bemühte sich, mit seinem Auto möglichst schnell durch enge Kurven zu fahren.

»Komm, steig ein.« Er reichte Daniel ein Game Pad.

»Sag, was du willst«, sagte Daniel.

»Ach komm, ein schnelles Spielchen!«

Daniel nahm das Game Pad in die Hand. Sie starteten das Spiel neu und Daniels Wagen kam schneller vom Fleck, doch Philipp zog neben ihn.

»Ich hatte an fünfhundert gedacht«, sagte Philipp und touchierte dabei Daniels Auto. »Für den Anfang.«

»Aha«, machte Daniel. Er fuhr schnell in eine lang gezogene Rechtskurve, geriet aber in den Kies und musste abbremsen.

»Und wofür?«

»Ach komm, wofür? Ich kann auch noch mal zu den Bullen gehen.«

Daniel war wieder an Philipps Auto dran. Er beschleunigte.

»Keine Ahnung, wovon du redest.«

Philipp ließ sein Auto langsamer werden, sodass er neben Daniel fuhr.

»Hör auf zu lügen, das kannst du sowieso nicht.« Mit einem Schlenker zog er voll in Daniels Auto rein. Auf dem Bildschirm wurde der Unfall mit einer Explosion gezeigt.

»Nächste Woche, gleiche Zeit, gleiches Rennen«, sagte er. »Du hängst ganz schön tief in der Scheiße.«

»Aber du glaubst doch nicht …?« Daniels Daumen strich auf dem Controller hin und her.

»Scheißegal, was ich glaube, ich bin dein Alibi.«

»Und Nele? Macht dir das gar nichts aus? Ich meine …« Er starrte auf die Schuhspitzen von Philipp.

»Sie ist tot, oder?«, sagte er leise in Daniels Ohr.

»Aber ich war es nicht, wirklich!«

»Vielleicht glaube ich dir das sogar.« Damit haute Philipp ab.

Es mussten Stunden vergangen sein, jedenfalls kam es Lissy so vor. Sie hatte sich auf den Bauch gedreht, um nicht die ganze Zeit in das grelle Neonlicht zu starren, doch ihre Handschellen waren dabei im Weg gewesen. Schließlich lag sie auf der Seite und starrte an die Wand. Im Kopf versuchte sie immer noch, alles zusammenzutragen, was sie über Neles Tod wusste, aber sosehr sie sich auch anstrengte, sie fand keinen neuen Gedanken, keine neue Idee. Sie musste an Daniel denken, daran, dass er ihr helfen wollte, und an seine warme Haut und daran, wie er sie im Arm hielt. Mehr als alles andere wollte sie bei Daniel sein. Sie versuchte sich zu erinnern, ob sie jemals in einen anderen Typen so verliebt gewesen war, aber bei den anderen hatte sie nie dieses Gefühl gehabt, das Daniel in ihr ausgelöst hatte. Vielleicht ging es anderen mit Drogen so, mit Alkohol, der süchtig machte, so wie sie süchtig nach Daniel war, ihn wiedersehen wollte. Sie wollte ihn anfassen, ihn riechen, seine Hände fühlen. Sie war gerade ein bisschen eingedöst, den schmierigen Gestank der dünnen Schaumstoffmatratze in der Nase, als sie wieder Schritte auf dem Flur hörte.

Die Polizistin hatte einen Kollegen mitgebracht, auch er trug Uniform und stellte sich sichernd hinter sie. Sie nahmen Lissys Ellenbogen, legten ihr Handy, Geld und Schlüssel vor und schlossen dann ihre Handschellen auf.

»Kann ich gehen?«, fragte Lissy, während sie ihre Schlüssel verstaute.

Die Polizistin nickte. Sie füllte ein Formular aus.

»Und das ist alles?«, fragte Lissy.

»Das Altenheim wird vielleicht Anzeige erstatten.«

»Wegen einem leeren Spind? Geht's noch?«, fragte Lissy.

»Du hast den aufgebrochen, oder etwa nicht?«, erwiderte der Polizist und machte ein genervtes Gesicht.

Lissy sparte sich eine Antwort.

»Hier musst du unterschreiben.« Die Polizistin hielt ihr das Formular hin.

Sie trat hinaus. Auf ihrem Handy war es kurz nach acht. Nach den Stunden in der Zelle, in der es nach Pisse gerochen hatte, legte sich die warme Abendluft sacht um sie. Lissy blickte noch mal auf das Polizeipräsidium hinter sich. Es war ein großer brauner Klotz mit vielen Fenstern, die stumpf im späten Licht lagen. Das große Gebäude beschattete die Haltestelle, von der aus sie nach Hause fuhr.

Daniel blinkte und bog in den Weg zum Ufer des Unterbacher Sees ein. Die meisten Badegäste verließen das Strandbad, und weiter hinten, wo die Segelschule lag, hingen Laternen zwischen den Bäumen. Heute war große Vorbesprechung für die Sommertour, und Daniel hatte gar nicht hingehen wollen, aber sein Vater bestand darauf. Schließlich könne er sich nicht ewig verkriechen.

Daniel bockte seine Maschine auf und nahm den Helm ab. Der Geruch von gebratenem Fleisch zog zu ihm herüber, dazu Fetzen von Gesprächen und Gläserklirren. Er kam sich vor, als trüge er ein Mal auf der Stirn und gehörte nicht zu ihnen. Genau wie in der Schule, als klar wurde, dass er zur Sonderschule musste, als klar wurde, dass er niemals Abitur machen, studieren oder den Laden seines Vaters übernehmen würde. Er war zu dumm, das hatte ihm sein Vater gesagt. Genau in diesen Worten, und wieso sollte er den ganzen anderen Schmus glauben, den sein Vater erzählte, wenn Daniel ein Turnier gewonnen hatte. Er war jahrelang Turniere geritten, erfolgreich sogar, und das hatte alles nichts genützt. In Wirklichkeit war er eine Enttäuschung für seinen Vater. Er machte ein paar Schritte auf die Segelschule zu und meinte, Jakubs Stimme aus den anderen Stimmen herauszuhören. Jakub hatte alles richtig gemacht, dieser kleine Schleimer.

Daniel trat in das gelbe Licht der Laternen, begrüßte ein paar Leute, mit denen er vor Jahren mal einen Kurs gemacht hatte. Sogar in der Segelschule hatten sie gemerkt, dass er dumm war, die Buchstaben vertauschte und deshalb alle Prüfungen mündlich machen musste.

Berg stand mit dem Rücken zu ihm und unterhielt sich mit seinem Vater.

»Glaub mir, wir haben die Richtige«, sagte Berg gerade. »Es reicht noch nicht für den Haftrichter, aber das kommt noch.«

Sein Vater nickte.

»Manchmal bin ich es so leid, im Dreck zu wühlen.« Bergs rundem Rücken war die Müdigkeit anzusehen.

Daniel tat so, als würde er nicht lauschen, aber Berg hatte sich umgedreht und ihn entdeckt, straffte sich und wechselte das Thema.

»Da freut man sich richtig, wenn man so einen Kerl wie den hier sieht«, sagte er und knuffte Daniel. »Tut mir so leid mit deiner Freundin. Aber wir haben schon eine heiße Spur«, fügte er mit veränderter Stimme hinzu.

»Echt?«, fragte Daniel und hoffte, Berg würde weiterreden.

»Mehr darf ich nicht verraten.«

Daniel stand noch etwas herum, trank eine Cola und wartete, dass die Besprechung anfing. Sein Vater und Berg waren die Wortführer, hatten alles schon lange geplant, der Termin war festgelegt, die Kosten ausgerechnet, je nachdem, wie viele mitsegelten. Und überhaupt, das meiste wurde so gemacht wie immer. Daniel wartete nur darauf, dass er fahren konnte. Er gehörte einfach nicht zu ihnen, er gehörte nirgendwo mehr hin.

Lissy nahm den Bus, um am Altenheim vorbeizufahren. Ihr guter roter Rock und das T-Shirt mit den Herzchen lagen schließlich noch in ihrem Spind. Und egal, was es für Palaver gab, sie wollte auf keinen Fall auf die Sachen verzichten.

Sie nahm den Weg an den Containern vorbei. Es waren wieder vier und der vierte war neu und glänzte wie lackiert in der Dämmerung. Die kleine Tür daneben, durch die man normalerweise in den Keller kam, war abgeschlossen.

Lissy ging zurück und klingelte an der Hauptpforte.

»Was willst du?«, fragte eine barsche Stimme. Nachts war die

Pforte nicht besetzt, fiel Lissy ein, sondern auf die Sprechanlage der Station eins geschaltet.

»Meine Sachen sind noch im Spind!«, sagte Lissy, so freundlich sie konnte.

»Dann komm morgen wieder. Heute Abend machen wir nicht mehr auf!«

»Bitte!«, machte Lissy, obwohl sie am liebsten laut geflucht hätte, doch die Schwester auf der Station hatte schon aufgehängt.

Sauer ging Lissy zur Bushaltestelle. Sie war nicht in der Stimmung, sich hinzusetzen, sondern trat mit dem Fuß gegen einen halb vollen Karton mit Orangensaft, der neben einer leer gegessenen Chipstüte auf dem Sitz im Haltestellenhäuschen stand. Der Karton kippte um und die Flüssigkeit lief über die Tüte und die Sitze und würde alles verkleben. Lissy trat noch mal danach. Der Karton flog durch die Luft und klatschte gegen die Seitenwand, auf der für eine Soße im African Style geworben wurde. Die Frau auf dem Plakat hatte den Karton ins Gesicht bekommen und jetzt sah es aus, als würde sie heulen. Lissy grinste böse. Sie hätte am liebsten was kaputt gemacht, irgendetwas Großes.

Stattdessen sah sie in der Dämmerung die Scheele Christiane mit ihrem Einkaufswagen auf der gegenüberliegenden Straßenseite entlangzuckeln. Wahrscheinlich suchte sie Hulle und wahrscheinlich mehr noch Lissys Vater.

Lissy lief mit großen Schritten über die Straße, um der Scheelen Christiane … sie wusste nicht mal selbst genau was. Sie wollte jedenfalls nicht mehr, dass diese ekelhafte Einäugige sich ihrem Vater näherte, schon gar nicht, wenn er jetzt nichts mehr trinken sollte. Und von der Straße wegkommen sollte er auch! Die Obdachlose ging schneller, so als würde sie merken, dass Lissy etwas von ihr wollte, aber ohne sich umzudrehen. Lissy lief jetzt rechts hinter ihr, auf der Seite, wo sie kein Auge hatte, und wollte sie so zwingen, sich umzudrehen. Stattdessen ließ Christiane ihren Einkaufswagen stehen und bog um die Ecke. Lissy sprintete hinterher, doch Christiane war verschwunden.

»Diese Missgeburt«, knurrte Lissy, für den Fall, dass die Scheele Christiane sie hören konnte. Sie sah sich noch mal um, vielleicht steckte die Frau in einem der Hauseingänge, aber sie konnte sie nicht entdecken. Sie setzte sich auf eine Treppenstufe vor einer der Türen und sah zu den hohen Altbauten hoch.

Sie musste nur warten, dann würde die Scheele Christiane schon wieder auftauchen und ihren blöden Einkaufswagen holen.

Nach zehn Minuten war ihr das Warten zu lang und außerdem, ihr Vater war bei ihr zu Hause – sie spürte, wie das Tier anfing zu nagen – und würde übermorgen in Therapie gehen. Sie hatte sich um Wichtigeres zu kümmern. Sie würde mit Daniel telefonieren und ihm von ihrem Nachmittag bei der Polizei erzählen. Den ganzen Nachmittag hatte sie in der Zelle an ihn gedacht, und kaum tauchte diese hässliche Halbblinde auf, vergaß sie ihn. Sie ärgerte sich über sich selbst.

Sonja riss die Tür auf und packte sie hart an der Schulter.

»Bist du jetzt völlig bekloppt geworden?«, schrie sie. »Schau dir an, was dein Vater angestellt hat!«

»Wir müssen da morgen noch mal drüber«, sagte Hulle. »Reg dich doch nicht so auf!«

Die Küche sah im künstlichen Licht eher fleckig als weiß aus. Im Flur waren zwei große weiße Fußabdrücke, die von einem Mann zu stammen schienen.

»Morgen noch mal drüber! Klar, morgen noch mal drüber!«,

machte ihre Mutter Hulle nach. »Du kommst hier morgen nicht rein! Du stinkst zu viel!«

Lissy ließ sich auf einen freien Stuhl in der Küche fallen. Auf dem anderen stand ihr Vater, einen Pinsel in der Hand, und tupfte in den Ecken herum.

»Wir bringen alles in Ordnung!«, beruhigte Hulle, ohne darauf einzugehen, dass Lissys Mutter ihn beleidigte.

»Wieso warst du nicht hier?«, fragte ihre Mutter Lissy. »Du weißt doch, wie er ist.«

»Verdammt noch mal, Sonja. Ich bin kein kleines Kind, ja?« Lissys Vater drehte sich auf seinem Stuhl um. »Ich wollte, dass du dich freust, dass du auch was davon hast, wenn du mich schon hier wohnen lässt.« Er kletterte herunter und betrachtete seine Arbeit. Dann grinste er Lissy an. »Wie findest du es denn? Sieht doch viel heller aus, oder?«

Lissy zuckte mit den Schultern. So etwa hatte sie sich ihre Heimkehr vorgestellt.

»Was hast du für komische Streifen da?«, fragte ihr Vater plötzlich. Auch Hulle sah auf ihre Handgelenke.

»Nichts, gar nichts«, log Lissy. »Vielleicht von den Handschuhen im Altenheim.«

Sie stand auf und ging in ihr Zimmer. Ihr Vater hatte das Bett gemacht und Lissy ließ sich daraufplumpsen. In der Küche stritten ihre Eltern weiter. Wie früher. Es war fast, als hätte ihr Vater nicht jahrelang auf der Straße gelebt. Sie hörte, wie die Stimme ihrer Mutter schrill wurde, wie die Antworten ihres Vaters böse brummten.

»Das kommt doch von Handschellen, oder? Großer Gott, Lissy, wo warst du denn?« Hulle setzte sich vorsichtig auf die Bettkante.

»Bei den Bullen. Die haben mich den ganzen Tag eingelocht«, flüsterte Lissy. »Aber sie haben nichts gegen mich in der Hand.«

»Gott, Lissy. Die dürfen dich doch nicht so fesseln, das geht doch nicht.«

»Nicht hier. Lass uns morgen früh reden, sonst flippen die beiden völlig aus.«

»Ich bin gegen sieben Uhr da. Hau erzählen wir, dass wir Frühstück holen.« Er tätschelte etwas ungeschickt ihren Oberarm.

»Hat er etwas getrunken?«, fragte Lissy leise.

»Bestimmt zehn Liter Wasser«, flüsterte Hulle. »Und geraucht wie ein Schlot.«

Lissy hörte, wie Hulle leise die Wohnung verließ.

Lissy machte ihre Zimmertür zu und setzte sich mit dem Rücken dagegen. Sie wählte Daniels Nummer und hörte gleichzeitig, wie ihre Eltern in der Küche ruhiger wurden. Offenbar zogen sie gerade vor den Fernseher um.

Endlich meldete Daniel sich.

»Ich trainiere gerade, ruf mich später noch mal …«

»Ich war heute bei der Polizei«, sagte Lissy. Sie hoffte, dass sie durch den Lärm, den der Fernseher machte, von ihren Eltern nicht zu hören war.

»Was?«, fragte Daniel. Er schnaufte, aber das konnte auch vom Crosstrainer kommen.

»Sie glauben, dass ich etwas mit Neles Tod zu tun habe.«

Daniel schnaufte weiter.

»Hörst du mich?«, fragte sie.

»Ich denke nach, verstehst du?«, fragte Daniel. »Ich muss einen Moment nachdenken!«

Lissy hielt den Atem an. Was gab es da nachzudenken?

»Was haben sie denn in der Hand gegen dich?«, fragte er.

»Nichts! Also gut, ich habe heute Neles Spind aufgebrochen, aber doch nur, weil ich sehen wollte, ob irgendetwas darin ist, was …«

»War denn was drin?« Daniels Stimme klang so kalt, als säße er in der Arktis.

»Nein«, sagte Lissy.

»Klar, da haben die Bullen bestimmt auch schon nachgesehen, oder?«

»Hm«, machte Lissy. »Stimmt schon.«

»Was haben die Bullen denn noch gesagt?«

»Na ja, sie wissen, dass Nele und du … und dass wir uns deswegen gestritten haben.«

»Wieso hast du das denn erzählt?«, fragte er.

In Lissys Bauch krampfte sich alles zusammen. Leise erklärte sie ihm die Videoüberwachung in den Umkleidekabinen.

»Vielleicht sollten wir uns erst mal nicht mehr sehen«, sagte Daniel.

»Wie meinst du das denn?«, fragte Lissy. »Bis die Sache aufgeklärt ist?«

Daniel schwieg, und es war ein langes Schweigen.

»Ich hab dir doch nie was versprochen, oder?«, fragte er irgendwann. Lissy sah zu, wie sich ihre Zehen bewegten, so als gehörten sie nicht zu ihr. Alles in ihrem Zimmer kam ihr plötzlich so bedeutsam vor: Das von ihrem Vater glatt gestrichene Bett, das Fenster, das ein Stück Himmel und ein Stück vom gegenüberliegenden Dach zeigte.

»Nein«, sagte sie irgendwann. »Hast du nicht.«

Lissy drückte auf die Taste, die die Verbindung unterbrach. Sie schob sich mühsam an der Tür hoch, lehnte sich erschöpft dagegen und schloss die Augen. Sie, und das hatte sie noch nie gedacht, deshalb erschrak sie ein bisschen, wollte nicht mehr. Sie konnte nicht mehr. Es tat einfach zu weh.

HIER, BEI EUCH IN DER LUFT,
DA WILL ICH BLEIBEN,
HIER, AN EINEN DACHFIRST GEKLAMMERT.
UND WAS ICH GESEHEN HABE, DAS WILL ICH VERGESSEN.

Die Nacht verbrachte sie mit weit geöffneten Augen neben ihrer schnarchenden Mutter, die grummelnd neben sie gekrochen war und innerhalb einer Minute angefangen hatte zu schlafen.

Das Tier in ihrem Bauch war wach. Es schien seine Zähne an ihren Rippen zu wetzen, es biss sich durch ihren Magen und Darm und nahm ihr mit seinem Hunger den Atem. Sie hörte darauf, wie die Geräusche in ihrer Straße weniger wurden, sah, wie die Straßenlaterne, die ins Wohnzimmer leuchtete, mitten in der Nacht erlosch, und immer noch kroch das Tier in ihr herum und gab keine Ruhe. Gegen vier Uhr schien es draußen heller zu werden, dann fuhr die erste Straßenbahn, und die ersten Autos waren zu hören.

Der Wecker ging und ihre Mutter schlug verschlafen darauf, stand leise auf und ging ins Bad. Kurz darauf hörte Lissy die veränderten Schritte, weil ihre Mutter nun Schuhe trug, und dann klappte leise die Wohnungstür.

Lissy stand auf und ging in die halb renovierte Küche. In der Kaffeemaschine war noch ein warmer Rest. Sie steckte sich dazu eine Zigarette an und sah hinaus in den beginnenden Morgen. Der Himmel hing voller schwerer Wolken, und Lissy spürte, wie es wärmer wurde. Wahrscheinlich gab es heute wieder ein Gewitter. Sie rauchte eine Zigarette und dann noch eine, bis ihr schwindelig und schlecht wurde. Das Tier krümmte sich im Nikotin, deshalb steckte sie sich noch eine dritte an, die sie aber nicht mehr ganz schaffte.

Inzwischen fuhren viele Autos, die Straßenbahn klingelte regelmäßig, wenn sie vom Rathaus aus losfuhr, und Lissy stellte fest, dass das Tier sich etwas beruhigt hatte. Sie sah Hulle in die Straße einbiegen und fühlte sich getröstet. Bestimmt würde er ihr helfen.

»Und jetzt erzähl, bevor Hau aufwacht«, meinte Hulle, als er den ersten Schluck Kaffee genommen hatte.

»Also, ich war im Altenheim und habe Neles Spind aufgebrochen. Ich wollte nichts klauen, ehrlich, ich hab nur gedacht, dass die Polizei vielleicht …« Lissy zuckte mit den Schultern und nahm eine Zigarette vom Wohnzimmertisch.

»Aber die Umkleiden im Altenheim werden videoüberwacht, und deshalb hat die Dienstleitung die Polizei gerufen. Die haben mich mitgenommen …«, erzählte Lissy, was gestern passiert war.

»Aber du bist noch minderjährig. Die hätten deine Mutter benachrichtigen müssen.«

»Gut, dass sie das nicht getan haben«, sagte Lissy.

»Und sie haben dir auch nicht erlaubt, deinen Bewährungshelfer anzurufen?«, fragte Hulle nach.

»Nein, wirklich nicht.«

»Das dürfen die nicht, da bin ich mir ganz sicher.« Hulle

steckte sich ebenfalls eine der Zigaretten an, die Lissys Mutter gestopft hatte, und betrachtete die unregelmäßige Glut an der Spitze.

»Du musst auf jeden Fall deinem Bewährungshelfer Bescheid sagen und am besten auch deiner Rechtsanwältin.« Er blies Rauch aus.

»Aber sie haben doch nichts gegen mich in der Hand! Sie haben mich doch gehen lassen!«

Hulle zuckte mit den Schultern.

»Du hast eine ganz schöne Aversion dagegen, dir helfen zu lassen, was?«

»Rede nicht so, Herr Oberlehrer.«

»Ach, komm, das war ein anderes Leben!«, winkte Hulle ab. »Rede mit deinem Bewährungshelfer, hast du verstanden?«

Lissy drückte ihre Zigarette aus.

»Ich war es nicht! Ich hab mich an dem Abend bestimmt scheiße verhalten, aber ich …«

»Das weiß ich, Lissy!«, sagte Hulle mit Überzeugung.

»Und die eigentliche Frage ist doch, wer es war, oder? Wer lässt Nele neben den Müllcontainern liegen?«

»Hm«, machte Hulle. »Willst du das wirklich rausfinden?«

»Klar«, sagte Lissy. »Was denn sonst?«

Hulle wollte etwas sagen, doch sie hörten Lissys Vater, der müde zum Badezimmer schlurfte.

»Auf Hau können wir nicht zählen; der muss in die Klinik. Und das macht er bestimmt nicht, wenn er weiß, dass du auf Verbrecherjagd bist.«

»Meinst du, er würde sich Sorgen machen?«, fragte Lissy.

Hulle wartete mit seiner Antwort, bis aus dem Badezimmer das Geräusch von laufendem Wasser kam.

»Er kann nicht für dich sorgen, Lissy, weil er krank ist. Aber das heißt nicht, dass er dich nicht liebt.«

Lissy verzog den Mund. Sie wollte Hulle gern glauben.

»So, jetzt kümmern wir uns darum, dass er in die Klinik kommt, und danach machen wir zusammen die Küche fertig«, sagte er.

Die Gebäude der Landesklinik lagen über den Bergrücken verstreut in einem großen Park. Es gab ein kompliziertes Leitsystem, das sie befolgten und das sie an verschiedenen Häusern aus der Gründerzeit mit hohen Decken und großen Fenstern vorbeiführte. Lissy beobachtete eine Frau von etwa dreißig Jahren, die einen Rollator vor sich herschob. Neben ihr ging ein Mann, die Hände auf seinem Hintern verschränkt. Die beiden sprachen kein Wort miteinander, schienen aber trotzdem zueinanderzugehören. Hinter dem Park lagen die Neubauten für die Alkoholiker und sonstigen Suchtkranken.

Ihr Vater wirkte zittrig und müde, als sie mit ihm zusammen die Treppen zur Abteilung für Suchtkrankheiten hinaufgingen. Hinter dem Klinikgelände lag die Rennbahn, aber Lissy verbot sich, daran zu denken. Sie wollte überhaupt nicht mehr an Daniel denken, jedenfalls nicht so.

Ihr Vater wurde von einem Pfleger abgeholt, der Bescheid wusste, und sollte sich nun verabschieden.

Hulle hielt seine Hand hin, und Lissys Vater drückte sie kurz. Dann versuchte er Lissy anzugrinsen, aber sein ganzes Gesicht zitterte, und die Schweißtropfen, die sich auf seiner Oberlippe bildeten, verliefen. Auch seine Stirn und seine Haare waren schweißnass.

»Mach's gut!«, sagte Lissy leise. Dann drückte sie ihren Vater an sich. Das hatte sie schon seit Jahren nicht mehr gemacht. Er roch scharf nach Schweiß und irgendwie medizinisch.

»Grüß Christiane von mir, wenn du sie siehst. Sag ihr, dass ich sie …« Doch er brach ab und schüttelte nur den Kopf.

»Also, dann kommen Sie mal mit. Ist ja erst mal nur für eine Woche.« Der Pfleger wollte den Abschied nicht weiter hinauszögern.

»Wie, eine Woche?«, fragte Lissy.

»In der ersten Woche gibt es keinen Kontakt. Das würde die Therapie gefährden.«

Der Pfleger drängte sich mit seinem Klemmbrett zwischen Lissy und ihren Vater, so als wollte er weiteres Gerede vermeiden, und zeigte ihm den Weg auf seine Station.

Das Letzte, was Lissy von ihm sah, war seine dunkle Gestalt, die sich schlurfend von ihr wegbewegte, so als sei ihm alles recht. Lissy starrte hinter ihm her. Er bog zusammen mit dem Pfleger um die Ecke und da sah er noch einmal zurück und hob schwach die Hand. Lissy winkte ihm zu. Er wollte wohl noch länger stehen bleiben, doch der Pfleger nahm ihn am Ellenbogen und drückte ihn vor sich her.

»Tja«, sagte Hulle. »Dann hoffen wir mal das Beste.«

»Was soll das mit der Scheelen Christiane? Sind die beiden zusammen?«, fragte Lissy.

»Keine Ahnung, kann schon sein«, erwiderte Hulle.

Sie gingen nebeneinander die Benderstraße hinunter. Es war noch kühl und leichter Nieselregen fiel. Hier oben gab es viele Neubauten, die großzügig und mit schön bepflanzten Balkonen angelegt waren. Frisch gepflanzte Bäumchen streckten sich dem Nieselregen entgegen. Daneben waren kleine Geschäfte mit allerhand Krimskrams und kleine Restaurants. Es sah alles wohlhabend aus.

»Was macht sie eigentlich immer in Flingern? Ich sehe sie da andauernd.« Lissy wollte nicht auf diese modernen, teuren Wohnungen starren, deshalb fragte sie weiter nach der Scheelen

Christiane. Die Leute hatten Autos vor der Tür auf extra angelegten Parkflächen. Und wer konnte es sich leisten, Geschenkpapier für fünf Euro den Bogen zu kaufen, wie sie auf einem Preisschild in einer der Boutiquen sah?

»Sie hat mal in Flingern gewohnt, da kennt sie sich halt aus.«

»Aha«, machte Lissy. »Und in Gerresheim kennt sie sich jetzt auch aus?«

»Ach, Lissy, Christiane hatte auch kein leichtes Leben.«

»Jetzt komm mir nicht so!«, fauchte Lissy.

»Gönn es den beiden doch einfach. Wer weiß, was ist, wenn dein Vater anfangen soll, nüchtern zu leben.«

»Hm«, machte Lissy mürrisch.

»Und du hast ihr einen ganz schönen Schrecken eingejagt!«

Lissy kickte gegen den Ständer des Blumenladens, an dem sie gerade vorbeigingen.

»Lass sie in Ruhe, ja?« Hulle zog sie an sich heran.

»Hat sie dir das erzählt?«, fragte Lissy.

»Du seist hinter ihr her gewesen, ja. Völlig grundlos.«

»Ach, Scheiße.«

»Mach was Sinnvolles. Ruf deinen Bewährungshelfer an. Eine neue Stelle für deine Sozialstunden brauchst du ja auch.«

»Ja!«, sagte Lissy mit Nachdruck.

»Und jetzt bringen wir die Küche in Ordnung.«

Fünfhundert Euro waren gar nicht so viel, wie er gedacht hatte. Zehn Scheine, die der Bankautomat vor ihm ausfächerte. Sie wippten einen Moment auf und ab, bevor er die Hand ausstreckte und sie sorgfältig zusammenfaltete. Sein Vater würde es nicht merken, seine Mutter auch nicht. Es war sein eigenes Geld und niemanden ging das alles etwas an, außer ihn. Und Philipp.

Es war noch früh am Morgen, und er fuhr über die breite waldgesäumte Straße am Unterbacher See, drehte die Maschine hoch, ließ sie richtig schnurren, die Tachonadel zitterte ein bisschen, bevor er abbremste, weil die ersten Häuser in Sicht kamen. Aber da waren nur ein paar Autos, und um die schwang er sich herum, schaltete zurück, um über die Rampe an den Bahngleisen zu kommen, und bog in die Torfbruchstraße ein.

Das war das Einzige, dachte er. Darum ging es ihm in Wirklichkeit. Geschwindigkeit, ein Gefühl, als hätte er Flügel und müsste diese nur ausbreiten und könne losfliegen. Früher war das mit den Ponys so gewesen. Kurz vor dem Sprung hatte er gespürt, dass er fliegen konnte. Sein Pony, Neles Pony, die Turniere am Wochenende, der Geruch der Pferde und der Boden, der zitterte, wenn er richtig schnell galoppierte. Darum war es immer gegangen, um dieses Gefühl, hoch in der Luft zu sein, schnell zu sein, diese fremde Kraft unter sich zu spüren und loszulassen.

Er fuhr jetzt Richtung Werkstatt, wollte noch ein paar Minuten nicht an die Arbeit denken, doch das funktionierte nicht. Wahrscheinlich warteten sie schon auf ihn, mit Auftragszetteln und Anweisungen. Er bremste, spürte, wie die Maschine unter ihm bollerte, und fuhr auf den Parkplatz. Jakubs Auto stand schon da, wie immer war die Sonderlackierung poliert und die Morgensonne brach sich darin.

Es war ihm wieder, als trüge er das Mal auf der Stirn.

Lissy erreichte Jung unter seiner Büronummer. Sie saß in der frisch gestrichenen Küche und sah zu, wie Hulle die Farbrolle und die Pinsel auswusch, während Jung am anderen Ende der Leitung erst mal schwieg.

»Sind Sie noch dran?«, fragte Lissy nach einer Weile.

»Wie kann man sich selbst immer und immer wieder ein Bein stellen?«, fragte Jung. »Wie kannst du denn einen Spind aufbrechen? Was sollte das?«

Jetzt sagte Lissy lange nichts. Jung wusste es schon.

»Ich meine, das ist ja ein ganz klarer Verstoß gegen die Bewährungsauflagen. Wenn das Altenheim Anzeige erstattet, hast du echt Probleme.«

»Ich hab nicht nachgedacht. Und außerdem war ich gestern mehrere Stunden bei der Polizei und wurde ...«

»Das weiß ich schon. Was glaubst du denn, woher ich das mit dem Spind weiß, Fräulein Schlaumeier?«, unterbrach ihr Bewährungshelfer.

»Aber Hulle meinte, es sei illegal, mich ohne meine Mutter, Sie oder meine Rechtsanwältin zu verhören.«

»Wahrscheinlich.« Jung sagte es so, als sei das nicht so wichtig. »Kannst du dir vorstellen ... ach, was rede ich überhaupt? Wieso gebe ich mir ausgerechnet mit dir so viel Mühe?« Jung zog an einer seiner selbst gedrehten Zigaretten. Durch den Hörer ergab das ein schmatzendes Geräusch.

»Aber ...« Lissy sah auf Hulle, der gerade begann, einen der Oberschränke abzuwischen.

»Nichts aber. Es wird gegen dich ermittelt, Körperverletzung mit Todesfolge, und es sieht bei deiner Akte nicht gerade gut aus!«

»Was in meiner Akte steht, ist doch scheißegal! Ich habe das nicht getan, verdammt. Verdammte Scheiße! Es können doch nicht alle so tun, als sei ich eine Mörderin, nur weil ich so eine Akte hab!«

Hulle stand da, den Lappen, an dem altes Fett klebte, in der Hand, und hörte ihr zu.

Lissy drückte das Gespräch weg und warf den Hörer durch

die Luft. Er knallte gegen die Spüle und blieb tutend dort liegen, als hätte er Schmerzen.

»Was soll das alles? Verdammt!«

Hulle hob den Hörer auf und legte ihn auf die Ladestation. Sofort begann er wieder zu klingeln.

»Was wollen Sie denn? Glauben Sie auch, dass ich …«

»Was ist denn jetzt los?«, fragte Franka am anderen Ende der Leitung. »Kann ich an deinen Computer?«

»Klar«, sagte Lissy. »Ich dachte, es sei mein Bewährungshelfer.«

Zusammen mit Franka, die etwas später da war, half Lissy, die Schränke aufzuhängen. Sie steckten verstaubtes Geschirr in die Spülmaschine, wischten Farbspritzer vom Türrahmen und zum Schluss putzten sie den PVC-Boden.

»Sieht doch klasse aus, oder?«, fragte Hulle. »Da wird sich Sonja heute Abend freuen.«

Die Küche wirkte wirklich viel heller und aufgeräumter. Im Flur standen zwei große Müllsäcke, bis obenhin voll mit altem Kram, den sie schon ewig nicht mehr benutzten.

»Jetzt muss ich aber dringend ins Wettbüro! Hat sich gestern richtig gelohnt für mich.« Hulle nahm einen der Säcke und schulterte ihn. Damit erinnerte er Lissy mehr denn je an einen Weihnachtsmann, der obdachlos geworden war.

»Hier ist Lissy.« Sie wartete atemlos darauf, was Daniel sagen würde.

»Ich bin auf der Arbeit, ruf doch später an.«

Zumindest wollte er mit ihr reden, dachte Lissy schnell.

»Wann denn?«, fragte Lissy. Und dann: »Oder können wir uns treffen?«

»Nein, weiß nicht.«

»Ich möchte mit dir reden, bitte.« Lissy hörte einen flehenden Ton in ihrer Stimme. »Nur noch mal reden!«

Am anderen Ende der Leitung blieb es still.

»Was soll das bringen?«, fragte Daniel.

»Wegen der Polizei«, sagte Lissy schnell. »Und wegen Nele.«

Daniel überlegte weiter, und Lissy hörte durch den Hörer, wie in der Werkstatt etwas gehämmert wurde.

»Also gut«, sagte Daniel. »Ich kann dich am Gerresheimer Rathaus abholen. Da, wo wir uns schon mal getroffen haben.«

»Ja«, sagte Lissy und schnappte dabei nach Luft. »Wann?«

»Sagen wir, gegen sechs?«

»Okay!«

Sie legte auf ging zurück in ihr Zimmer. Franka bearbeitete Fotos von ihrem Handy auf dem Computer.

Sie waren ziemlich unscharf und darüber schob sie ein Textfeld hin und her.

»Der Knecht singt gern ein Freiheitslied/ Des Abends in der Schenke:/ das fördert die Verdauungskraft/ Und würzet die Getränke«, las Lissy laut vor.

Undeutlich waren dahinter Menschen in weißen Trikots zu sehen, Deutschlandfahnen schwenkend. Franka gab sich Mühe, das Textfeld anzupassen.

»Und?«, fragte Lissy. »Läuft's einigermaßen?«

Franka brummte etwas Unverständliches und suchte weiter in ihrem Bilderordner.

Aus der WM-Gruppenphase hatte sie auch Fotos, auf denen andere Fans zu sehen waren: italienische, die unten an der Heyestraße enttäuscht die Schultern hängen ließen, zwei Mädchen in Frankreichtrikots an einer weiteren Bushaltestelle, japanische Kinder mit weißer Schminke und einem großen roten Punkt auf der Stirn, die vor einem japanischen Buchladen strahlend in die Kamera winkten.

»Ich dachte, du brauchst nur deutsche Fans?«, sagte Lissy, um irgendetwas zu sagen. Sie überlegte, was sie anziehen würde.

Auch ein kleines Grüppchen griechischer Fans war auf einem Foto zu sehen. Sie standen abends an der griechischen Frittenbude in Flingern. Es schien nach einem Spiel zu sein, denn die griechische Wirtin zog ein langes Gesicht und schüttete einen Putzeimer in den Gulli aus, angestrahlt von der Straßenlaterne. Daneben stand ein Motorrad, das Lissy in diesem schlechten Licht zu erkennen glaubte.

»Was sind das für Fotos? Wann hast du die gemacht?«, fragte Lissy. Das Tier in ihr rührte sich.

»Keine Ahnung. Warte mal ... Griechenland hat am Zweiundzwanzigsten gespielt. Und hat gegen Argentinien zwei zu null verloren. Da wollte ich noch was über die Fans von Verlierern machen, klappt aber nicht so gut mit Heine.«

»Am Zweiundzwanzigsten?«

»Ja, müsste so sein.«

Am Tag, bevor Nele starb, war Daniel noch am Altenheim gewesen. Was hatte er von Nele gewollt?

»Und um wie viel Uhr?«

»Die Pommesbude machte gerade zu. So gegen zwölf Uhr, kann auch später gewesen sein.«

»Was machst du denn nachts an einer Imbissbude in Flingern?«, fragte Lissy. »Da weiß Birgit aber nichts von, oder?«

Franka verzog ihr Gesicht zu einem kleinen stolzen Grinsen.

Lissy zog die Maus zu sich heran und vergrößerte den Ausschnitt neben der Laterne. Sie war sich nicht ganz sicher, denn jetzt wurde das Foto sehr unscharf. Der Abend, bevor Nele starb. Was bedeutete das?

Er gab ihr ein Küsschen auf die Wange und Lissy musste sich zusammennehmen, um Daniel nicht zu packen und ihre Lippen auf seine zu pressen. Doch dann dachte sie an das Foto und ihr Bauch schmerzte wieder.

»Hallo«, sagte sie und ließ ihn los.

Er zeigte seine unregelmäßige Zahnreihe und wieder durchfuhr Lissy das Verlangen, das so schmerzhaft war.

»Worüber wolltest du reden?«, fragte Daniel. »Was war denn noch mit den Bullen?«

»Ich will nicht, dass es aus ist. Ich meine, wir haben uns doch gut verstanden.« Sie merkte selbst, dass das nicht die richtige Taktik war. Sie hätte sich rarmachen müssen, ihn vorsichtig anlocken, kleine Zeichen setzen und sich zurückziehen, eben das ganze Programm. Stattdessen rannte sie hinter ihm her.

»Bitte nicht!«, sagte sie trotzdem. »Überleg es dir noch mal!«

Daniels Mund klappte zu, und er sah Lissy ausdruckslos an.

»Ich weiß nicht ... ich meine, wir haben doch keine Beziehung oder so!«

»Aber ...«

Hulle, Lumpi und die Scheele Christiane kamen über das Kopfsteinpflaster der Fußgängerzone. Christiane schob ihren Einkaufswagen und hatte Mühe wegen der holprigen Steine. Lissy sah von ihnen zu Daniel, dann wieder zu den drei Obdachlosen. Sie dachte daran, wie sie mit Daniels Familie am Abendbrottisch gesessen und sich geschämt hatte. Wie Daniels Familie mit dem Besteck geklappert hatte, während sie von ihrem Brot abbiss. Wie sie an ihr vorbeigesehen hatten.

»Zu einer Beziehung gehört doch mehr. Ich meine, man unternimmt was zusammen, macht Pläne und so ...«, erklärte ihr Daniel, aber sie hörte gar nicht richtig hin. »Man ist verliebt, aber ich bin nicht verliebt, jedenfalls nicht in dich!«

»Ist es, weil ich...«, überlegte sie halblaut.

»Das hat nichts mit dir zu tun, echt«, machte Daniel weiter. »Wir passen einfach nicht zusammen.«

»Im Bett aber schon, oder?«, fragte Lissy zurück. »Da passten wir doch prima zusammen.« Lissy sah in Daniels Gesicht und zwang sich zu einem Lächeln.

»Komm, steig mal vom Motorrad. Ich zeig dir was!«, forderte sie ihn auf.

»Was denn?«

»Na komm, ich will nur, dass du was siehst!«

Widerwillig bockte Daniel seine Maschine auf. Mit einem fragenden Blick wandte er sich wieder an Lissy. Sie nahm seinen Arm und ging den Obdachlosen entgegen. Hulle lächelte, als er sie sah, aber die Scheele Christiane und besonders Lumpi waren so knallvoll, dass sie Lissy gar nicht erkannten. Daniel wollte wegschauen und Lumpi ausweichen, der wie eine Maschine geradeaus marschierte, doch Lissy hielt auf Hulle zu und begrüßte ihn mit Namen.

»Und das ist Christiane! Lumpi, den richtigen Namen weiß ich nicht.« Daniel starrte auf die betrunkene Frau. »Freunde meines Vaters.«

»Das ist Daniel, aber dem bin ich nicht gut genug.« Lissy grinste Daniel böse an.

»Hallo!«, sagte Daniel, so als hätte Lissy den letzten Halbsatz nicht gesagt.

Dann sah er, dass Christiane nur ein Auge hatte, und machte einen Schritt rückwärts.

»Das wolltest du doch, als du nach meinen Vorstrafen gefragt hast, oder?«, fragte sie ihn. »Mal so richtiges Gesindel kennenlernen.«

»Du spinnst!«, sagte Daniel und schüttelte den Kopf.

»Nur mal ficken, bevor du dich wieder mit deinesgleichen abgibst«, setzte Lissy hinzu. Es war ihr egal, ob die Obdachlosen das hörten. Sie wurde laut. »Und das geht ja auch ganz leicht, was?«

Sie ließ Daniel stehen, wo er war, bei den drei Pennern, und drehte sich um. Nach ein paar Schritten lief sie los, so schnell, dass Daniel sie kaum einholen konnte. Sie war erstaunt, wie viel sie plötzlich wahrnahm, wie sie die einzelnen Steine im Kopfsteinpflaster sehen konnte, wie deutlich sie die in der Ferne klingelnde Straßenbahn hörte, die Gesichter der Menschen, an denen sie vorbeilief.

Sie hatte alles versaut, Nele, Daniel, alles. Und sie hatte Daniel nicht mal gefragt, was er an dem Abend, bevor Nele starb, bei dem griechischen Imbiss gemacht hatte. Gegenüber vom Altenheim!

An einem Abend fuhr er mit ihr zur Rennbahn, am nächsten traf er sich mit Nele. Deshalb hatte sie das mit dem Spiel gesagt. Und dann war Nele tot? Wie passte das zusammen? Und außerdem – sie stoppte in ihrem Lauf –, was war mit diesem Philipp?

Sie bog nachdenklich von der Heyestraße ab und klingelte bei Tamara.

»Puh, ich dachte schon, die Tante vom Jugendamt hätte was vergessen!«, sagte Tamara als Erstes.

»Wie, kommt die auch abends?«

»Keine Ahnung, sie war heute über zwei Stunden hier und hat geguckt, wie ich mit Baby Jane umgehe.«

»Und?«

»Na, dann pass mal auf.«

Baby Jane saß in ihrer Wippe und lächelte, als sie Lissy sah. Tamara zog sie aus den Gurten, die ihre Beine festhielten, und stellte sie auf den Boden. Sie hielt ihr Baby an beiden Händen fest. »Kann sein, dass sie zu müde dafür ist! Aber eben hat sie's gemacht!«

Die kleinen Beinchen von Baby Jane streckten sich, als sie den Boden fühlten, dann machte sie einen Schritt, dann noch einen, nur mit den Zehen den Boden berührend.

»Siehst du?«, fragte Tamara stolz. Sie hielt Baby Jane fest, die jetzt ihre Beinchen anzog. Tamara nahm sie auf den Arm.

»Ist doch süß, oder?«

»In einem Monat läuft sie ganz allein rum!«, meinte Lissy. »Dann hast du nichts mehr zu tun.«

»Na ja. Wahrscheinlich muss ich die ganze Zeit hinterherlaufen.« Aber Tamaras Gesicht glühte vor Freude.

»Gib sie mir mal!«, sagte Lissy und nahm das Baby auf den Schoß. Sie wippte es mit ihren Beinen, während sie Tamaras prüfenden Blick auf sich spürte.

»Und mit dir ist alles klar?«, fragte ihre Freundin.

»Nein, überhaupt nicht.« Und dann erzählte Lissy von ihrem Nachmittag bei der Polizei und von ihrem Vater, der in der Landesklinik war, und von Daniel.

»Der ist aber ein ziemliches Arschloch, oder?«, meinte Tamara.

»Nein, ich meine, ich hätte ja auch fragen können.«

»Was fragen?«

»Ob er es ernst meint mit mir, oder so.«

Tamara schnaubte.

»Ich meine …«

»Hör doch auf. Der hätte dir doch niemals gesagt, dass er nur ein bisschen ficken will, aber bloß keine Beziehung. Wer sagt denn so was?«

»Er hat es mir ja gesagt!« Lissy wippte Baby Jane heftiger, sodass diese ihren Schnuller fallen ließ.

»Aber ein bisschen spät, oder?« Tamara nahm den Schnuller,

steckte ihn sich selbst in den Mund, um ihn sauber zu machen, stand aber dann auf und spülte ihn unter dem Wasserhahn ab.

»Die Frau vom Jugendamt hat gesagt, dass ich den Schnuller immer abwaschen soll«, sagte sie erklärend. »Das Wichtigste ist doch, rauszufinden, wer Nele umgebracht hat, oder?«

Lissy schwieg. Tamara gab Baby Jane ihren Schnuller zurück, doch die drückte mit der Zunge dagegen und wollte ihn nicht im Mund haben.

»Vielleicht sollte ich mal diesen Philipp fragen?«, sagte Lissy. »Was meinst du?«

»Ich meine, dass das ein guter Anfang ist«, sagte Tamara und hielt Baby Jane geduldig den Schnuller hin. »Und außerdem solltest du mehr über Nele herausfinden.«

Baby Jane saugte den Schnuller in ihren Mund und machte ein zufriedenes Gesicht.

Mit einem kleinen Schwamm und Methanol säuberte Daniel die Vorderleuchte seines Motorrades. Manchmal tat es gut, einfache Dinge zu tun, das Motorrad zu putzen, die Schraubenschlüssel zu sortieren, die öligen Lappen wegzuwerfen. Es war Abend, kein Spiel heute, und über der Garage lag eine friedliche Sommerstimmung, so als sei gar nichts passiert. Er kratzte mit dem Daumennagel an einer Fliegenleiche, die sich in dem Schlitz zwischen dem Glas und dem Chrom der Leuchte eingeklemmt hatte. Er mochte den Geruch des Putzmittels für die lackierten Teile, des Alkohols, mit dem er die Lampen gesäubert hatte, und des Motorrads selbst: warmes Motoröl und Benzin.

Er schnippte die winzigen schwarzen Teilchen des Insekts weg. Dann fuhr er mit einem Fensterleder über die Stelle. Das Chrom glänzte.

Nele hatte oft darüber gelacht, mit welcher Sorgfalt er sein Motorrad pflegte, sogar noch mehr als seine Haare und seine Muskeln. Er wollte nicht an Nele denken. Wurde sie denn wieder lebendig, wenn er an sie dachte? Es tat nur weh. Und an Lissy und Berg wollte er schon gar nicht denken.

Mit dem speziellen Putzschwamm für die Plastikteile wischte er über die Handgriffe, die Tachofassung und die Leitungen, die wie schwarze Antennen aus den Handgriffen herauswuchsen und sich an der Gabel trafen. Danach polierte er auch hier das Chrom, bis es glänzte. Sogar die Fußrasten polierte er. Dann schwang er sich auf die Maschine, schubste sie von ihrem Ständer und balancierte sie in die Garage zurück. Er sortierte seine unterschiedlichen Putzmittel in die große Plastikkiste, wusch Schwämme, Lappen und Pinsel aus und löschte das Licht. Für einen Moment stand er im Dunkeln, und er fühlte, wie sich eine große Leere über ihn senkte, finster und so weit wie die Nacht selbst.

Eure dunklen Schwingen
heben sich im Licht,
nehmt mich mit
und die Erinnerung.

Nele hatte ganz in der Nähe von Daniel gewohnt, nur ein paar Querstraßen weiter, in einem gelb gestrichenen Mehrfamilienhaus in Vennhausen. Lissy hatte die Adresse aus der Todesanzeige, die sie von den Internetseiten der Rheinischen Post herausgesucht hatte. Vor dem Haus wuchsen gelbe Ringelblumen und eine Blumensorte mit großen roten Blüten, die Lissy nicht kannte. Ein rot gepflasterter Weg führte zur Haustür, die mit viel dunklem Holz verkleidet war. Ein getrockneter Kranz hing daran, mit gelben und orangefarbenen Bändern umflochten, die schlapp in der warmen Luft hingen. Auf dem Klingelschild standen sechs Namen.

Lissy drückte die Plastiktüte mit Neles Bikini enger an sich und klingelte. Sie hörte einen Summton und stieß die Tür auf. Im Treppenhaus war es schummrig. Sie stieg die Treppen empor.

»Hier wohnen Katharina, Klaus und Nele Hoffmann« war in krakeliger Kinderschrift auf einem selbst getöpferten Schild an einer der Wohnungstüren im ersten Stock zu lesen. Lissy überlegte, ob vielleicht Nele dieses Schild in der Schule gemacht hatte.

Hinter der Wohnungstür waren Schritte zu hören.

Das Tier in Lissys Körper sprang auf und ab.

»Wer ist da?«, rief jemand durch die geschlossene Tür. Es war eine Frauenstimme.

»Ich bin eine Freundin von Nele. Aus dem Altenheim!«, rief Lissy.

»Was willst du denn?«, wurde sie gefragt.

»Ich bringe Neles Bikini zurück.«

Auf der anderen Seite der Tür herrschte Schweigen, aber Lissy wusste, dass die Frau noch da war.

Sie hob den Arm, um noch einmal zu klingeln, aber das kam ihr blöd vor.

»Ich lasse den Bikini hier«, rief sie stattdessen und legte die Plastiktüte auf die Fußmatte. Sie blieb noch einen Moment vor der Tür stehen, dann ging sie langsam die Treppe wieder hinunter.

Sie hörte, wie die Tür geöffnet wurde, und drehte sich um.

Die Frau, die Daniel auf der Beerdigung im Arm gehalten hatte, bückte sich und hob die Plastiktüte auf. Sie trug nur ein Nachthemd und hatte nackte Füße.

»Frau Hoffmann?«, fragte Lissy und machte einen Schritt auf sie zu. »Ich bin Lissy, eine Freundin von Nele.«

Der rosa Nagellack auf den Zehen war abgesplittert. Lissy wagte nicht, den Kopf zu heben und Frau Hoffmann anzusehen.

Sie sah, wie die nackten Füße einen Schritt zur Seite machten, und betrat die Wohnung. Alle Jalousien waren heruntergezogen, und auf dem Küchentisch stand ein Teller mit einem nicht gegessenen Abendessen. Die Nudeln sahen gelblich und hart aus.

Frau Hoffmann stand für einen Moment in ihrer Küche, als hätte sie vergessen, dass Lissy bei ihr war. Dann drehte sie sich zu Lissy um. Die Tüte mit dem Bikini hielt sie vor ihre Brust gedrückt.

»Es tut mir leid«, sagte Lissy zu ihr.

Die Frau nickte, so als hätte sie die Worte in der letzten Zeit zu oft gehört.

Lissy nahm den Teller mit dem kalten Essen und stellte ihn in die Spüle.

An den Kühlschrank waren mit Magneten verschiedene Fotos gepappt. Eine Kinderzeichnung eines roten Pferdchens hing über dem Küchentisch. Daneben ein Foto eines Pferdes, das eine jüngere Nele am Zügel hielt.

»Das ist Lasko, ihr Pony«, sagte Neles Mutter. »Wir mussten ihn letztes Jahr einschläfern lassen.«

Lissy betrachtete das Foto weiter. Das Gesicht von Neles Mutter konnte sie einfach nicht ansehen.

»Nettes Pony. Ich hab mir auch immer eins gewünscht«, sagte Lissy.

»Da waren wir noch im alten Stall. Später sind wir mit dem Pony in den Reitpark Eller umgezogen. Das ganze Training, die ganzen Turniere … da brauchten wir eine Reithalle.«

Neles Mutter schien sich in Erinnerungen zu verlieren.

»Sie ist zweimal Stadtmeisterin geworden, im Springen. Das war wirklich eine schöne Zeit.«

Lissy betrachtete die anderen Fotos auf dem Kühlschrank. Nele, wie sie der Kamera ein weißes Papier, wahrscheinlich ein Zeugnis, entgegenhielt. Ein anderes, weiter unten, zeigte die junge Nele in schwarzer Jacke und weißer Reithose, der Kamera eine goldene Rosette entgegenstreckend, wie man sie bei Reitturnieren bekam. Hinter ihr stand ein jüngerer Daniel und hielt ein dunkles Pferd am Zügel.

»Nele war ja richtig erfolgreich«, sagte Lissy.

»Das war eine schöne Zeit. Jedes Wochenende ein Turnier, und der Lasko konnte springen, der konnte wirklich springen.«

»Und Daniel?«, fragte Lissy. Sie war aufgestanden und tippte auf das Foto.

»Die kannten sich aus dem Reitverein. Das war wirklich eine schöne Zeit.« Auch die Mutter war aufgestanden. Sie nahm das Foto vom Kühlschrank und betrachtete es genauer.

Dann wandte sie sich an Lissy.

»Morgens fange ich an, ihr ein Brot zu machen, damit sie was isst, bevor sie zum Dienst geht. Abends stelle ich manchmal drei Teller auf den Tisch.« Sie heftete das Foto wieder an den Kühlschrank. »Und dann fällt mir wieder ein, dass sie nicht mehr da ist.«

»Ja«, sagte Lissy. »Das verstehe ich.«

»Willst du eine Tasse Kaffee? Oder einen Saft?«

Aber Lissy schüttelte den Kopf.

Franka schnitt an ihren Fotos herum. Sie hatte einige ausgedruckt, auf normalem Papier, und hatte sie auf dem Boden in Lissys Zimmer ausgebreitet.

»Hört sich schlimm an«, sagte sie, nachdem Lissy ihr von Neles Mutter erzählt hatte.

»War es auch.«

»Was ist eigentlich mit dem, den du wegen einer besseren Kamera fragen wollest?«, fragte Franka. »Ich weiß ja, dass du genug Stress hast, aber heute Nachmittag ist das Spiel gegen Argentinien, und da wäre es schon …«

»Heute?«, fragte Lissy interessiert. »Dann rufe ich Justus gleich mal an.«

Justus meldete sich an seinem Handy, sofort nach dem ersten Klingeln.

»Hallo«, sagte Lissy. »Sag mal, hast du einen guten Fotoapparat, den ich mir ausleihen könnte?«, fragte sie gleich.

»Ich hab schon eine ganz gute Kamera. Wofür brauchst du die denn?«, fragte Justus. »Ist eine Spiegelreflex, die macht ganz gute Bilder.«

»Und die könntest du mir leihen?«

»Hat das was mit deiner toten Freundin zu tun?«, forschte Justus nach.

»Nein, nicht direkt. Franka macht so ein Projekt für die Schule, über Heinrich Heine und die WM. Aber sie wird gut drauf aufpassen.«

»Ist okay. Ich bräuchte sie nur zurück, bevor ich in Urlaub fahre.«

»Vielleicht könnte Franka sie auch abholen?« Lissy sah Franka dabei fragend an. »Warte, ich geb sie dir mal.«

Lissy öffnete ihren Kleiderschrank, während Franka lang und breit über ihr Projekt redete. Justus schien interessierte Fragen zu stellen.

Lissy durchwühlte die Klamotten, die sie schnell in den Schrank gestopft hatte, bevor ihr Vater kam, bis sie die schwarz-rot-goldene Blumenkette platt gesessen in einer Hosentasche fand.

»Also, willst du mitkommen?«, fragte Franka und klang geschmeichelt.

Justus redete etwas länger.

»Wir gehen ins Strandgut und schauen uns dort das Spiel an!«, redete Lissy dazwischen. »In der Ronsdorfer Straße. Er soll in die Ronsdorfer kommen.«

»Also, Lissy sagt, dass sie ins Strandgut will«, sagte Franka. »Aber wenn Deutschland Argentinien schlägt, können wir auch gern mal am Rathaus gucken.«

Justus redete wieder.

»Keine Ahnung, was sie im Strandgut will. Aber ich glaube, es hat mit ihrer toten Freundin zu tun.«

Sie trafen sich an der Ecke Ronsdorfer und Erkrather Straße und gingen den restlichen Weg zu Fuß. Irgendwie war Lissy froh, dass Justus dabei war. Wenn sie Daniel im Strandgut trafen – und sie hoffte, dass er dort sein würde –, dann würde sie einfach so tun als wäre Justus ihr neuer Freund, und Daniel nicht beachten.

Franka dagegen sah nicht gerade wie ein Fußballfan aus. Sie trug zwei verwaschene T-Shirts übereinander, obwohl es sehr schwül war, und dazu eine schwarze Jeans, in der sie ziemlich schwitzen musste. Justus sah gut aus, wie immer. Er unterhielt sich mit Franka.

»Wir müssten unbedingt mal so eine Heine-Tour durch Düsseldorf machen und die ganzen Straßen und Plätze fotografieren, die er in seinen Texten erwähnt.«

»Du liest auch Heine?«, fragte Franka.

»Ja, ein bisschen«, schränkte Justus ein. »Vieles versteht man ja heute nicht mehr einfach so, die ganzen Anspielungen in seinen Artikeln. Und wir haben in der Schule mal was dazu gemacht.« Er grinste. »Ich bin auf dem Heine-Gymnasium, da ist das ja eigentlich klar.«

»Echt? Ich möchte auch so gern die Schule wechseln …«

Sie standen inzwischen vor dem Beachclub und sahen sich nach geeigneten Plätzen um. Das Strandgut war ziemlich voll. Fast alle trugen irgendwelche Fan-T-Shirts und Hosen. Die meisten Mädchen waren schwarz-rot-gold geschminkt oder trugen die deutsche Flagge als Aufkleber auf den Wangenknochen. Die drei stapften durch den warmen, tiefen Sand.

Justus erklärte seine Kamera und Franka machte ein paar Aufnahmen.

»Am besten stelle ich mich hinter einen der Fernseher«, meinte sie.

»Du hast mir ja gar nicht erzählt, dass sie so erwachsen ist«, sagte Justus zu Lissy, als Franka sie nicht mehr hören konnte. »Ich dachte immer, sie sei ein verängstigtes Kind.«

Lissy hörte ihm nicht besonders gut zu, sondern blickte sich suchend in der Menge um.

»Franka? Klar, das meint man zuerst, besonders wenn man ihre Geschichte kennt, aber glaub mir, die beißt sich durch.«

»Und was genau suchst du hier?«, wechselte Justus das Thema.

Im selben Moment entdeckte Lissy Philipp. Er hatte seine Freundin dabei. Chris, mit dem er auch im Schwimmbad gewesen war, stand weiter hinten am Tresen und versuchte, ein Bier zu kaufen.

»Komm mit!«, sagte sie zu Justus. »Mit dem hab ich was zu klären.«

»Was denn?«, fragte Justus. »Der will doch hier und jetzt nur Fußball gucken. Sprich ihn doch an und frag ihn, ob er später kurz Zeit hat.«

Lissy warf Justus einen Blick zu. Sie war noch sauer auf Philipp, der sie so doof hatte stehen lassen.

»Oder frag ihn in der Halbzeitpause.«

»Du hast recht«, sagte Lissy. »Ich krieg eher was raus, wenn ich in der Halbzeit mit ihm rede.«

Philipp schien sie gesehen zu haben und drehte sich aus ihrem Blickfeld. Mühsam arbeitete sich Lissy durch den Sand auf ihn zu. Er ging in Richtung Toiletten und verschwand auf dem Männerklo.

»Geh ihm nach! Frag du ihn für mich!«, sagte Lissy. »Komm, mach schon!«

Justus verzog den Mund.

»Es geht um Nele! Er soll nur mit mir reden. In der Halbzeitpause.«

»Hm«, machte Justus und war nicht besonders überzeugt. Trotzdem drückte er die Tür zum Männerklo auf.

»Was gibt es denn?«, fragte Philipp. Er trug wieder seine goldumrandete Sonnenbrille und versuchte, ein möglichst ausdrucksloses Gesicht zu machen. Es war Halbzeit, Deutschland führte mit zwei zu null und die Leute tranken und überboten sich mit fachkundigen Kommentaren, die sie ihren Zuhörern in die Ohren schrien.

»Es geht um Nele!«, rief Lissy durch den Lärm. »Die Bullen meinen, ich hätte was mit der Sache zu tun.«

»Na und?«, fragte Philipp zurück. »Ich habe der Polizei nur gesagt, was ich weiß.«

»Und was?«, fragte Lissy.

»Das mit Nele und mir war doch nur ein kleiner Flirt. Meine Freundin …«, hier nickte er in die Menge der Fußball-Fans, »… braucht das gar nicht zu wissen.«

»Und an dem Abend, als Nele starb?«, fragte Lissy.

Philipp schob seine Sonnenbrille ein Stück die Nasenwurzel hoch.

»Da waren wir hier, und danach sind wir in die Altstadt. Das war doch das letzte Gruppenspiel.«

»Aha«, sagte Lissy.

»Da kannst du echt jeden fragen. Wir haben so gesoffen, ich war am nächsten Tag auf der Arbeit noch blau.«

»Und Daniel? War der auch mit?«

»Was hab ich denn mit dem zu tun?«

»Aber im Schwimmbad …«

»Das war doch nur wegen Nele. Den kenn ich von früher, aus der Berufsschule, den Spasti.«

»Wieso Spasti?«, fragte sie. Sie wollte nicht, dass andere schlecht über Daniel redeten.

»Ach, ist einfach ein Spasti. Der war aber auch mit, die ganze Zeit.«

Lissy überlegte, wie sie noch länger über Daniel reden konnte, doch die zweite Halbzeit fing an, und Philipp schaute schon, wo Chris und seine Freundin standen.

Das Gewitter kam kurz nach Beginn der zweiten Halbzeit und der Himmel verfinsterte sich. Franka konnte Bilder von vielen Deutschland-Fans machen, die durch den knöcheltiefen Sand liefen, um in den Innenraum vor die Großleinwand zu kommen. Sie selbst blieb im Regen stehen, Justus auch, und Lissy blieb nichts anderes übrig, als sich mit den beiden unter einen der Sonnenschirme zu drücken. Der Wind riss an den künstlichen Palmwedeln, legte Schirme um, fing sich in den bunten Stoffen der Strandliegen und wirbelte ihnen den Sand ins Gesicht. Dann blitzte es, und sofort krachte ein Donner, so als sei das Gewitter genau über ihnen.

Der Schirm, unter dem sie standen, wurde von einer Windbö erfasst und durch die Luft geschleudert. Es krachte noch mal über ihnen, dann kam der Regen, faustgroße Tropfen fielen ihnen in den Nacken, während sie sich unter das Dach der Biertheke drängelten.

»Scheiße«, lachte Franka.

»Aber gute Fotos!« Justus sah sich die Bilder auf dem Display an. »Hier, schau mal!« Er stupste Franka an. Lissy hatte gedacht, dass Franka zusammenzucken würde, wie immer, wenn sie berührt wurde, aber sie beugte sich über Justus' Oberarm und grinste zufrieden.

Sie warteten, hörten die Menschen im dunklen Saal mit der Großleinwand jubeln, denn anscheinend schoss Deutschland noch zwei Tore, und sahen zu, wie der Regen kleine Krater in den Sand schlug.

»Alles erledigt?«, fragte Justus Lissy.

»Ja, irgendwie schon.«

Die Stadt war wie frisch gewaschen und kühl. Lissy war froh, dass sie ihre Lederjacke mitgenommen hatte. Justus und Franka unterhielten sich, als würden sie sich schon jahrelang kennen. Über die Erkrather Straße fuhren einzelne Autos mit schwarz-rot-goldenen Fahnen stadteinwärts, um sich irgendeinem Korso anzuschließen, und hupten. Lissy meinte, in dem nassen Teer wieder den Geruch der Rennbahn erkennen zu können, und spürte das nagende Gefühl in ihrem Bauch. Aber auch die Wolken, die über den Himmel zogen, die tropfenden Bäume, alles erinnerte sie an Daniel. Sie wollte mit ihm reden, wollte sich sogar entschuldigen, weil sie ihn mit den Pennern hatte stehen lassen, wollte alles tun, nur um wieder dieses Gefühl zu haben, das sie nur hatte, wenn sie mit ihm zusammen war, wenn zwischen ihnen alles gut war.

Aber vorher musste sie noch etwas anderes erledigen. Sie sah auf ihr Handy. Wenn sie sich beeilte, konnte sie rechtzeitig am Altenheim sein.

»Ich muss noch wohin«, sagte sie.

»Was denn?«, fragte Justus. »Ich dachte, wir gehen noch was trinken?«

»Macht ihr nur, ich muss …« Sie bog in die nächste Straße ein und machte große Schritte, um rechtzeitig zum Ende des Spätdienstes am Parkplatz des Altenheims zu stehen.

»Lissy.« Schwester Sabines dickes Gesicht legte sich in nachdenkliche Falten. »Was machst du denn hier?« Sie steuerte auf ihr Auto, einen kleinen Opel, zu. Lissy ging neben ihr her.

»Ich muss dich ein paar Sachen fragen.«

»Die Polizei untersucht die Sache. Ich kann dir gar nichts sagen.« Schwester Sabines ärmellose Bluse hing wie ein riesiger Vorhang an ihrem Busen herunter. Ohne ihre Dienstkleidung sah sie noch dicker aus.

»Am Abend, bevor Nele gestorben ist, am Zweiundzwanzigsten, hatte Nele da auch Nachtwache?«, fragte Lissy.

»Dir darf ich gar nichts sagen!«, sagte Schwester Sabine.

»Auf Station kommen gerade mehr Dinge ans Licht, als dir lieb sein kann.«

»Was meinst du?«, fragte Lissy schnell, doch Sabine schüttelte den Kopf. Ihre dicken Wangen spannten sich, als sie die Lippen aufeinanderpresste.

»Dann sag mir wenigstens, ob Nele in der Nacht davor auch Nachtwache hatte!«

Schwester Sabine wollte sich an Lissy vorbeidrücken.

»Kennst du Daniel Feigel, den Freund von Nele?«

Schwester Sabine schnappte nach der Autotür, ohne ein Wort zu sagen.

»Warte noch einen Moment, bitte!«, sagte Lissy. »Ich muss das wissen.«

»Du hängst doch mit drin!« Sie wuchtete ihren schweren Körper auf den Fahrersitz. »Tu doch nicht so!«

»Was meinst du?«, fragte Lissy.

»Ihr habt die alte Frau einfach so sterben lassen. Einfach so!« Sie saß jetzt hinter ihrem Lenkrad und sah mit großen runden Augen zu Lissy auf. Als sie den Kopf schüttelte, zitterten ihre Wangen. »Was glaubst du, was sie für Schmerzen gehabt haben muss?«

»Meinst du Frau Grabowski? Was hat die mit Nele zu tun?« Lissy schrie jetzt fast, doch die Autotür wurde zugeschlagen. Von draußen konnte Lissy sehen, wie Schwester Sabine den Schlüssel herumdrehte. Sie riss die Autotür wieder auf.

»Sag mir doch, was los ist!«, rief Lissy.

Doch der Opel fuhr an und der Türgriff wurde ihr aus der Hand gezogen. An der Einfahrt des Parkplatzes blinkte das Auto und die Fahrertür klappte noch mal auf und wurde energisch geschlossen.

Daniels Vater schaltete den Fernseher aus, auf dem die Nachberichte vom Argentinienspiel liefen. Es war selten, dass er in Daniels Zimmer kam, und wie er jetzt im Schein der Schreibtischlampe dastand, sehr groß und mit einem Gesicht, das im Dunkeln lag, verspürte Daniel wieder das Gefühl, ihm nicht zu genügen.

Daniel setzte sich auf und schaltete das Lämpchen an seinem Bett an.

»Was ist das für eine Geschichte? Mit diesem Mädchen aus Gerresheim?«, fing sein Vater an.

»Nichts, gar nichts.« Daniel zuckte mit den Schultern.

Sein Vater nahm an seinem Schreibtisch Platz und schob den Motorradkalender hin und her.

»Weißt du, dass Berg sie verdächtigt?«, fragte er.

»Ich sehe sie doch gar nicht mehr.« Daniel wurde rot. »Ich meine, das ist …«

»Zumindest war sie zum Abendessen hier, oder? Und ich kann mir vorstellen, was hier« – sein Vater nickte in Richtung seines Betts – »vorher gelaufen ist.«

»Nein, da war nichts. Nur eine Freundin von Nele«, sagte Daniel schnell.

»Sie war wegen Körperverletzung dran und wegen Raub. Glaubst du wirklich, dass Nele solche Freundinnen hatte?«

Daniel gab darauf keine Antwort.

»Sage mir, mit wem du umgehst, und ich sage dir, wer du bist. Das hat mein Vater immer zu mir gesagt.« Sein Vater schob wieder am Motorradkalender herum. »Du bist selbst alt genug, du musst wissen, was du tust«, fügte er hinzu.

Daniel nickte.

»Aber hierher bringst du sie nicht mehr mit.«

»Ich sehe sie überhaupt nicht mehr.«

»Dann ist ja gut.«

Sein Vater erhob sich. Sein Gesicht lag nun wieder im Schatten. Daniel griff nach der Fernbedienung.

»Und das mit Nele tut mir wirklich leid.«

»Ja«, sagte Daniel. Er drückte den Fernseher an. Gleich würde Spanien gegen Uruguay spielen.

»Schau dir das Spiel doch oben an. Zusammen mit uns«, schlug sein Vater vor.

Daniel nickte, obwohl er lieber allein sein wollte.

Da war sie wieder. Sie ging am Altenheim vorbei und brabbelte etwas. Lissy drückte sich in den Eingang des griechischen Imbisses und wartete, dass die Scheele Christiane auf der anderen

Straßenseite weiterging. Heute hatte sie keinen vollgepackten Einkaufswagen dabei, sondern nur eine ausgebeulte Tüte. Als sie vorbeizog, blieb Lissy noch ein paar Augenblicke stehen, dann folgte sie der Obdachlosen. Die Scheele Christiane schien es diesmal nicht besonders eilig zu haben. Sie blieb öfter stehen, schüttelte an ihren Haaren herum und bewegte ihren Mund und ihren freien Arm, so als würde sie mit jemandem reden, den nur sie sehen konnte.

Sie bog in eine Einfahrt ein. Lissy wechselte die Straßenseite und spähte durch das große Tor in den Hinterhof. Hier gab es ein paar Fahrräder, die an den Häuserwänden lehnten, eine umgeknickte Wäschespinne, Mülltonnen und einen rostigen alten Kinderwagen, der zwischen unbepflanzten Kübeln vergessen worden war. Die Scheele Christiane war nicht mehr zu sehen, doch an der Rückseite des Hofes, wo ein kleines Türchen ins Treppenhaus führte, ging ein Streifen Licht an, vom Parterre bis zum Dach leuchteten die Fenster in das Dämmerlicht des Hofes. Lissy trabte an der Wand entlang bis zu dem kleinen Türchen. Es war nicht abgeschlossen und Lissy schlüpfte hinein. Gegenüber von ihr lag die richtige Tür des Hauses, die wahrscheinlich abgeschlossen war. Über die steinernen Stufen, die nach oben führten, hörte sie schlurfende Schritte. Das musste die Scheele Christiane sein. Lissy schlich ihr hinterher und achtete darauf, dass sie dicht an der Wand blieb, sodass Christiane sie nicht sehen konnte, wenn sie zufällig nach unten sah. Sie hörte, dass Schlüssel klimperten, und gleichzeitig ging das Licht im Treppenhaus aus.

Lissy blieb noch einen Moment so stehen, dann ging sie wieder nach unten. Sie hatte wirklich Wichtigeres zu tun, als diese halb verrückte Pennerin auszuspionieren. Wenn sie nicht obdachlos war, sondern irgendwo einen Unterschlupf hatte, gut für sie.

Im Bus nach Gerresheim drängelte sich Daniel wieder in ihren Kopf, während sie aus dem Fenster auf die tropfnassen Linden starrte, die den Weg säumten. Sie rief ihn, während ihre Mutter halb dösend das Abendspiel Spanien gegen Uruguay verfolgte, vom Festnetz aus an, doch er hatte das Handy ausgestellt. Er war weit weg, unerreichbar für sie, und deshalb legte sie sich traurig in ihr Bett, das noch nach ihrem Vater roch.

SCHLAFEN, TRINKEN, SCHLAFEN,
FLIEGT NUR, MEINE PRINZESSCHEN!
ABER LASST MICH
SCHLAFEN, TRINKEN UND BESOFFEN SEIN.

Sie kamen am Sonntagmorgen und klingelten Sturm, Berg, Wolfers und zwei von der Polizeiwache in Gerresheim. Die Sager war auch dabei. Lissys Mutter stand auf und tappte müde an die Tür. Lissy selbst blieb im Bett liegen.

»Zeigen Sie mir den Durchsuchungsbefehl!«, quäkte ihre Mutter. »Das hätten Sie ja wohl auch später ...«

Die Tür zu Lissys Zimmer wurde aufgerissen. Lissy zog die Bettdecke bis an ihr Kinn und starrte auf die Polizisten. Sie konnte nicht aufstehen, denn sie trug nur ein verwaschenes altes T-Shirt und keine Unterhose.

»So, Fräulein!«, sagte Berg. Er hielt ihre Lederjacke in der Hand. »Dann erzähl mal, wo das restliche Geld ist!«

»Was?«, fragte Lissy.

»Was wollen Sie?« Ihre Mutter drängte sich hinter Berg.

»Also, die hier ist schon mal mindestens zweihundert Euro wert!« Wolfers hielt Lissys Lederjacke hoch.

»Die habe ich gefunden!« Lissy versuchte, die Bettdecke um sich zu wickeln. »Wirklich! An der Bushaltestelle!«

Berg gab etwas von sich, was ein Lachen sein konnte. Hinter ihm drängte die Sager in den Raum.

»Ich pass auf sie auf, während sie sich was anzieht!«, sagte die Polizistin. Ihr schmaler Mund schloss sich zu einem Schlitz.

Lissy schlüpfte in die Hose von gestern und zog sich einen BH an. Sie schämte sich vor der Sager für ihre immer noch entzündeten Haarwurzeln im Schambereich.

»Was ist denn los?«, fragte sie trotzdem.

»Auf was für eine Scheiße hast du dich nur eingelassen, hm?«, zischte die Sager leise zurück. »Ich dachte, du wärst …«

»Was denn, verdammt!«, zischte Lissy zurück. »Ich hab wirklich nichts gemacht!«

»Gott, Lissy, du lernst es nie.«

Lissy wollte weiterfragen, doch die Sager riss die Tür auf und einer der Polizisten kramte in der großen blauen Abfalltüte mit den Pinseln, Farbrollen und Eimern.

»Da könnten noch mal hundert Euro zusammenkommen«, meinte Berg. »Oder? Das ist doch gute Markenfarbe.«

»Was wird das hier?«, fragte Lissys Mutter. Sie trug inzwischen ihren alten Bademantel.

»Haben Sie die Farbe bezahlt?«, fragte Berg sie streng.

»Nein, mein Vater und Hulle haben …«

Berg wechselte einen Blick mit der Sager.

»Das sind zwei Obdachlose hier aus dem Stadtteil. Die kaufen wohl kaum Farbe und streichen die Wände an«, sagte diese.

»Dich nehmen wir mit. Dringender Tatverdacht«, sagte Berg zu Lissy. »Am besten, Sie rufen schon mal Lissys Anwältin an. Die wird sonntagmorgens ja nichts Besseres vorhaben.« Er kicherte wie über einen Witz.

Lissy wurde in dieselbe Zelle gebracht wie letztes Mal. Sie setzte sich auf die Pritsche und zog die Beine gegen ihren Oberkörper. Dem Tier, das in ihr wohnte, wuchsen mächtige Hauer und sie wünschte sich nichts mehr, als es loszulassen, es nach oben zu lassen, damit es wüten konnte.

Aber sie musste ruhig bleiben, besonders jetzt, wo sie gar nichts mehr verstand. Sie presste die Oberschenkel gegen ihren Bauch, sodass es wehtat, doch das Tier drängte von innen dagegen und wollte schreien, nichts als laut brüllen.

Sie hörte Schritte auf dem Gang, es schien, als stoppten sie vor ihrer Tür, und sie hatte das unangenehme Gefühl, beobachtet zu werden, ohne den Blick zurückgeben zu können. Sie legte ihren Kopf auf die Knie, bis sie meinte, dass die Schritte weitergingen. Sie musste einfach ruhig bleiben. Am liebsten hätte sie die Tür eingetreten.

Dann – endlich – drehte sich ein Schlüssel im Schloss und die junge Polizistin mit den ausgezupften Augenbrauen brachte sie in den fensterlosen Raum mit der Videokamera.

»Du kannst alles zugeben«, sagte Wolfers. Berg lehnte an der Wand und Lissy musste mit dem Rücken zu ihm sitzen.

»Wir kriegen sowieso alles raus«, sagte Berg hinter ihr. »Und oft ist ein Geständnis das schwächste Glied in einer Beweiskette.«

»Für dich selbst wäre es besser, wenn du uns einfach alles erzählen würdest.« Wolfers Stimme war ganz sanft, so als sei er ernsthaft daran interessiert, ihr zu helfen.

Lissy biss sich auf die Unterlippe.

»Fangen wir mit den Beweismitteln an. Woher kommt diese teure Lederjacke?«, fragte Berg.

»Habe ich Ihnen doch schon gesagt!« Lissy holte tief Luft.

»Dann wiederhole es bitte«, sagte Wolfers.

»Ich habe sie gefunden. Am Tag, als ich die Speichelprobe bei der Sager abgegeben habe.«

»Aha«, machte Wolfers.

»Und diese teuren Farben?«, fragte Berg. »Die hast du wohl im Baumarkt gefunden?«

»Hulle hat sie bezahlt. Er hat beim Wetten gewonnen.«

»Ja klar!« Berg schnaubte. »Und dann hat er euch die Wohnung angestrichen.«

»Wie heißt denn dieser Hulle richtig? Wir könnten ihn ja fragen.« Wolfers legte den Kopf schief und schaute sie an, als würde er zumindest überlegen, ob sie nicht doch die Wahrheit sagte.

Lissy biss sich fester auf die Lippen.

»Ich weiß nicht, wie er richtig heißt. Auf der Straße nennen ihn alle Hulle. Meistens sammelt er Flaschen, wahrscheinlich ist er gerade unterwegs.«

»Er ist obdachlos?«, forschte Wolfers weiter.

»Er war mal Lehrer, und er kann nichts dafür, dass er so abgestürzt ist«, sagte Lissy böse.

»Klar«, machte Berg. Jetzt kam er in Lissys Gesichtsfeld. »Hör mal, Fräulein. Deine Lügen kannst du dir sparen. Wir werden diesen Hulle schon finden, und dann sitzt du in der Scheiße!«

»Er hat mit meinem Vater die Küche renoviert. Weil meine Mutter meinen Vater für ein paar Tage bei uns hat wohnen lassen.« Das Tier mit dem gesträubten Fell saß in ihrem Hals. Sie hätte am liebsten laut geschrien.

»Hattest du schon mal mit Drogen zu tun?«, fragte Wolfers plötzlich. »Mit harten Drogen?«

»Nein«, sagte Lissy wütend.

»Wenn du aber in den Besitz von Drogen kämst, was würdest du dann tun?«

Lissy zuckte mit den Schultern.

»Na, komm. Wem kannst du so was verkaufen? Deinem Hulle ja wohl kaum, oder?« Berg verschwand wieder hinter ihrem Rücken.

»Fragen wir mal anders: Wem hast du sie verkauft?« Er war knapp hinter Lissy stehen geblieben und jetzt legte sich seine Hand, seine schwere Bullenhand, auf ihre Schulter.

Lissy sprang auf und versuchte, sich aus seinem Griff herauszudrehen. Er ließ einen Moment zu spät los. Lissy sah in seinem Gesicht, dass er anders war als die Bullen, die sie sonst kannte. Es machte ihm Spaß, und er war fest davon überzeugt, dass sie es gewesen war. Oder dass sie Gesocks war, wie er gesagt hatte, und deshalb schuldig.

Sie setzte sich wieder auf ihren Stuhl und schüttelte den Kopf. Er stand hinter ihr und sie spürte ihn, als würde er sie berühren.

»Wir könnten ein Screening veranlassen, weißt du?«, sagte Wolfers.

»Was soll das sein?«

»Durch eine Urinprobe können wir feststellen lassen, ob du in der letzten Zeit Drogen konsumierst hast. Und was für welche. Cannabis, Barbiturate, Amphetamine ... die ganze Palette eben.«

»Und wie hängt das mit Nele zusammen?«, fragte Lissy.

Der Blick von Wolfers ging über ihren Kopf hinweg zu Berg hin, die Augenbrauen fragend nach oben gezogen.

»Das ganze Zeug, das sie da aufgezählt haben. Wie hängt das mit Nele zusammen?«, wiederholte Lissy ihre Frage.

»Das solltest du uns vielleicht erzählen.«

»Von mir aus können sie meine Pisse untersuchen, da hab ich kein Problem mit.« Sie zuckte mit den Schultern.

»Gut«, sagte Berg hinter ihrem Rücken. »Es geht allerdings weniger um Konsum als um Drogenhandel. Aber natürlich werden wir ein Screening veranlassen.«

»Kein Problem.«

Die Polizistin mit den gezupften Augenbrauen steckte den Kopf zur Tür herein.

»Eine Rechtsanwältin Özman ist hier«, sagte sie zu Berg. Der verzog den Mund, während Lissys Anwältin den Raum betrat. Sie trug Shorts und ein weites Multifunktions-T-Shirt aus dunkelrotem Stoff und Wandersandalen mit Klettverschlüssen in der gleichen Farbe. Auf dem Rücken hatte sie einen kleinen Rucksack.

»Du musst hier gar nichts sagen!«, sagte sie zu Lissy. »So läuft das nicht!«, fügte sie hinzu und drehte sich zu Berg. »Ich habe extra angerufen und bestellen lassen, dass ich gegen zwölf Uhr hier bin.«

»Hat mir keiner gesagt!«, meinte Berg und seine Mundwinkel verzogen sich weiter nach unten. »Wir sind natürlich auch ziemlich unterbesetzt.«

»Darf ich zunächst mit Lissy allein reden?«

»Sie muss eigentlich nur noch in ein Töpfchen pinkeln und dann kann sie gehen.«

Erleichtert stand Lissy auf. Sie hatte gedacht, sie müsse wieder zurück in die fensterlose Zelle.

»Wozu brauchen Sie eine Urinprobe?«, fragte die Anwältin misstrauisch.

»Drogenscreening«, sagte Berg knapp. »Lissy hat zugestimmt.«

Frau Özman sah Lissy an und schüttelte den Kopf.

»Warum nicht?«, fauchte Lissy sie an. »Seh ich aus, als würde ich Drogen nehmen?«

Lissy mochte das Straßencafé nicht besonders, in dem die Anwältin ihr eine Cola bestellte. Überall saßen Leute um die dreißig mit großen Sonnenbrillen, die frühstückten und dabei Zeitung lasen. Einzelne Wespen umsummten die Marmeladentöpfchen, die auf den Tischen standen, und wurden von Zeitungen weggewedelt. Die Anwältin saß ihr gegenüber zur Straße hin und setzte sich ebenfalls eine Sonnenbrille auf.

»Dann erzähl mir mal, warum die Mordkommission gegen dich ermittelt«, sagte die Özman.

Lissy blinzelte in die Sonne. Die Lederjacke, die als Beweisstück bei der Polizei geblieben war, fehlte ihr.

»Berg sagt, es besteht dringender Tatverdacht«, begann Lissy, obwohl sie gar nicht genau wusste, was das bedeutete. Aber vielleicht wusste Frau Özman es ja. Sie erzählte der Anwältin von dem Speicheltest und den Videoaufnahmen aus den Umkleidekabinen.

»Moment, die machen Videoaufnahmen in den Umkleiden? Das geht aber nicht so einfach.«

»Im Altenheim ist wohl mal eingebrochen worden. Deshalb waren alle, die dort arbeiten, dafür.« Lissy fand nicht, dass das hier das Hauptproblem war.

»Das muss ich prüfen.« Frau Özman zog einen kleinen Block hervor und schrieb was darauf.

»Aber was das alles mit Drogen zu tun hat, weiß ich nicht«, machte Lissy weiter. »Daran waren Berg und Wolfers ziemlich interessiert.«

»Vielleicht war Nele ja abhängig? Oder hatte sonst irgendwie damit zu tun.«

»Das glaub ich nicht«, sagte Lissy. »Nele sah immer so durchtrainiert aus, genau das Gegenteil von einem Junkie.«

»Hm«, machte Frau Özman nachdenklich. »Wenn du wirklich nichts verbrochen hast, Lissy, musst du eigentlich nichts befürchten.«

Lissy nahm einen letzten großen Schluck von ihrer Cola. Sie hätte gerne noch eine gehabt, aber sie wollte die Anwältin nicht danach fragen. Es war schon viel, dass sie sich an einem Sonntag um ihre Sache kümmerte.

»Berg denkt, dass ich es war«, meinte sie. »Er hält mich für Gesocks, jedenfalls hat er das gesagt.«

»Mit seinen Indizien hat er den Haftrichter nicht überzeugen können. Sonst säßest du gar nicht hier.« Die Anwältin zuckte mit den Schultern.

»Aber ich bin noch nicht mal achtzehn! Darf man mich dann überhaupt ohne Prozess einsperren?«

»Wenn du unter dringendem Tatverdacht stehst? Klar.« Die Brillengläser richteten sich auf sie.

Sie schwiegen eine Zeit lang.

»Warst du es denn?«, fragte die Anwältin.

»Nein«, sagte Lissy. »Natürlich nicht.«

Es war später Nachmittag und die deutschen Fähnchen, mit denen die Autos und die Fenster geschmückt waren, hingen schlapp herunter. Lissy fuhr nach Gerresheim, aber sie hatte keine Lust, mit ihrer Mutter zu reden, deshalb ging sie die Dreherstraße hinunter und klingelte bei Tamara.

»Kannst du mal mitkommen?«, fragte sie, nachdem sie sich begrüßt hatten. »Ich möchte gern, dass du dir was ansiehst.«

»Klar, wir müssen sowieso mal raus.« Tamara band Baby Jane ein leichtes Mützchen um und nahm sie auf den Arm. »Wohin geht's denn?«

»Zum Altenheim. Sieh dir mal den Parkplatz an.«

Tamara schloss die Wohnungstür ab und trug Baby Jane die Stufen hinunter. Dann fädelte sie die strampelnden Beine ihres Kindes in die Gurte des Buggys ein. Baby Jane saugte an ihrem Schnuller und fixierte das Gesicht ihrer Mutter dabei ganz konzentriert.

»Da ist es passiert, oder?«, fragte Tamara.

»Ja.«

Sie gingen den ganzen weiten Weg nach Flingern, den Lissy sonst mit dem Bus fuhr, und Lissy erzählte Tamara von ihrem Besuch bei Neles Mutter, dem Verhör am Jürgensplatz und den Fragen nach den Drogen, die Berg gestellt hatte.

»Hm«, machte Tamara nur ab und zu.

Sie bogen in die Straße ein, in der die Zufahrt zum Parkplatz lag.

»Hier ist es«, sagte Lissy. »Sieh mal, dort sind die Müllcontainer.«

Tamara warf nur einen kurzen Blick dorthin. Sie sah hoch zu den Backsteinmauern und den kleinen Fenstern.

»Haben die Bullen eigentlich die ganzen Leute hier befragt?«, wollte sie wissen. »Ob irgendeiner was gesehen hat.«

»Glaub ich schon.«

»Das müssen wir rauskriegen.«

Tamara hielt auf die griechische Imbissbude zu. Dort klappte sie mit der Fußspitze die Bremse des Kinderwagens herunter, nahm Baby Jane und ihre leere Teeflasche heraus und ging durch die Tür.

»Entschuldigen Sie«, meinte sie zu der Frau, die hinter der Theke stand. »Aber könnte ich für mein Kind etwas Wasser bekommen?«

Die Imbissverkäuferin lächelte Baby Jane an, während sie die Babyflasche nahm und den Sauger abschraubte. Ihr Gesicht war verschwitzt, weil hinter ihr Frittenfett brutzelte und sich ein Gyrosspieß vor einem Gasgrill drehte.

Sie reichte Tamara die gefüllte Flasche über die Theke.

»Ist das das Altenheim, in dem das Mädchen umgekommen ist?«, stellte Lissy sich dumm.

Die Frau nickte. »Schlimm«, sagte sie und nickte weiter. Sie schob sich eine feuchte Haarsträhne nach hinten.

»Dann war die Polizei wohl auch bei Ihnen?«, fragte Lissy weiter. »Oder hatten Sie da geschlossen?«

»Ich habe nie zu.« Die Verkäuferin breitete die Arme über der Glastheke aus, in der geschnipseltes Gemüse und kalte Frikadellen lagen, als wollte sie ihre Arbeit vorführen.

»Und die Polizei? Hat die hier alles abgesperrt?«

»Nur den Parkplatz, da, wo es passiert ist. Aber sie sind hier rumgegangen und haben mich gefragt.«

»Und? Haben Sie was gesehen?«, fragte Tamara.

»Nein, nein. Das ist ja auf dem Parkplatz passiert, und außerdem war Autokorso und die Leute haben noch Bier gekauft, um zu feiern.«

»Na ja«, meinte Tamara und schob den Sauger in Baby Janes Mund. »Dann mal vielen Dank.«

»Nein, nein«, machte die Frau. »Dafür nicht.«

»Wenn die Bullen alle hier befragt haben und dich weiter verdächtigen ...«, fing Tamara an, als sie den Imbiss verlassen hatten.

»Dann haben sie keinen gefunden, der irgendwas gesehen hat.«

»Oder sie ...« Tamara zog Baby Jane in ihrem Buggy hoch.

»Was?«

»Vielleicht haben sie jemanden, der ein Mädchen gesehen hat. Ein Mädchen, das dir ähnlich sieht.«

»Wer soll das sein?«, fragte Lissy.

»Wer hätte denn einen Grund?«

Tamara schob den Kinderwagen langsam weiter. Nachdenklich gingen die beiden über den Hellweg. Der dunkle Split, der auf dem Fußgängerweg lag, knirschte unter den Rädern des Buggys.

»Die Freundin von Philipp«, sagte Lissy nach einer Weile.

»Stimmt.«

»Es kann doch sein, dass sie Nele irgendwie herausgelockt hat.« Lissy dachte beim Gehen weiter.

»Dann haben sich die beiden gestritten, eine hat angefangen zu boxen. Nele fällt gegen den Container und Philipps Freundin haut ab.«

»Hm«, machte Tamara. »Aber wieso sollte Nele sich auf ein Treffen mit ihr einlassen? Auch noch mitten in der Nacht?«

»Keine Ahnung.«

»Ruf Daniel an. Vielleicht kennt er sie.«

Lissy spürte, wie das Tier in ihrem Bauch zu zittern anfing.

»Glaubst du wirklich?«

»Klar, vielleicht weiß er sogar, wo diese Freundin wohnt.«

»Wär möglich«, sagte Lissy und sah auf die kleinen Steinchen, über die der Kinderwagen rollte. Nicht mal vor Tamara, ihrer besten Freundin, wollte sie zugeben, wie aufgeregt sie plötzlich war.

»Aber was ist mit den Drogen, nach denen die Bullen mich gefragt haben?«

»Das solltest du auch mal deinen Daniel fragen. Vielleicht weiß er da mehr.«

Hulle und die Scheele Christiane saßen unter der Platane vorm REWE und tranken Bier. Neben Hulle auf der Bank lagen ziemlich viele Zettel. Lissy hielt auf sie zu.

»Komm, ich sag ihm sofort, dass er zum Jürgensplatz muss. Wegen der Farbe.«

»Ich geh lieber nach Hause«, sagte Tamara. »Baby Jane braucht eine neue Windel.«

Die Scheele Christiane wirkte ziemlich besoffen. Sie nickte Lissy dumpf zu und hörte dann für längere Zeit nicht auf zu nicken, so als sei in ihrem Kopf eine Stopptaste nicht eingerastet. Hulles Alkoholpegel war wie immer schwer einzuschätzen. Er lächelte, als er Lissy sah.

»Du musst mich bei den Bullen raushauen«, fing Lissy an. »Du musst denen sagen, dass du die teure Farbe gekauft hast.«

»Heute nicht mehr«, meinte Hulle. »Hat das nicht Zeit bis morgen?«

»Heute wäre besser.«

»Ich kann nicht, Lissy. Ich mach's morgen gleich als Erstes.« Hulle reichte ihr das Wettprogramm. »Wieder gewonnen, ein risky risky bet, aber gewonnen.«

Lissy warf einen kurzen Blick auf das Programm. Die ganzen Kommazahlen und Kringel, die Hulle um einige davon gemalt hatte, sagten ihr nichts.

»Aber morgen gehst du sofort zu den Bullen?«, fragte Lissy. »Das ist ganz wichtig.«

»Der falsche Prinz«, sagte die Scheele Christiane plötzlich, so als sei ihr etwas eingefallen. »Du kennst ihn!«

Hulle lächelte sie an.

»Ist nicht leicht für sie, ohne Hau«, meinte Hulle.

Lissy zuckte mit den Schultern. Sie wäre froh, wenn die Sache zwischen ihrem Vater und dieser Frau endlich zu Ende wäre.

»Noch drei Tage, dann können wir ihn zumindest mal besuchen«, meinte Hulle.

»Ihr beide?«, fragte Lissy. »Glaubst du, das ist eine gute Idee?«

»Warum denn nicht?«, fragte Hulle.

»Ach«, machte Lissy nur.

Sie ging durch den hellen Sommerabend nach Hause und überlegte sich, was sie Daniel sagen sollte.

»Hier ist Lissy!«, sagte sie. »Es tut mir leid!«

Sie stand am Fenster, den Hörer am Ohr, und sah in den Abend hinaus.

»Ja, mir auch!« Daniels Stimme war ganz fremd. Wie kam es nur, dass er mit dieser fremden Stimme sprechen konnte?

»Ich will nur ein paar Sachen wissen! Bitte!«

»Pass mal auf, mich interessiert dein ganzer Kindergartenkram nicht«, sagte er. »Und was du dir alles einbildest …«

»Aber die Polizei! Hör mal, die denken ernsthaft, ich hätte Nele umgebracht! Deshalb musst du mir …«

»Lissy, wenn du nichts damit zu tun hast …«

Sie entdeckte auf dem Fensterbrett winzige Farbspritzer und kratzte mit dem Daumennagel daran herum.

»Kennst du Philipps Freundin?«, fragte sie weiter. »So eine Dunkelhaarige, etwa so groß wie ich. Sie war auch schon mit ihm im Strandgut.«

»Ja, kann sein.« Seine Stimme klang gelangweilt. »Was ist mit ihr?«

»Na ja, die könnte doch eine Rechnung mit Nele offen gehabt haben, oder?« Ein Farbsplitter blieb unter ihrem Daumennagel stecken. Sie entfernte ihn mit dem Nagel des Ringfingers. Dabei fiel ihr auf, dass ihre Nägel schwarze Ränder hatten.

»Hm«, machte er und Lissy meinte, aus diesem kleinen gebrummten Wörtchen Interesse herauszuhören.

»Ich habe mir gedacht, ich könnte sie mal fragen … Vielleicht weißt du ja, wie sie heißt und so?«

Daniel schwieg.

»Und du fährst dann dahin und fragst sie nach Nele?« Seine Stimme wechselte wieder, als er erklärte: »Ich weiß aber nicht, wie sie heißt oder wo sie wohnt.«

Lissy schwieg und betrachtete wieder ihre Nägel. Neles Nägel waren immer gepflegt gewesen, dachte sie.

»Und noch was. Die Polizei hat mich nach Drogen gefragt. Kannst du dir vorstellen, dass Nele irgendwas damit zu tun hatte?«, fragte sie.

»Quatsch, also, das ist jetzt totaler Quatsch.« Daniels Stimme war wieder so fremd wie am Anfang. »Nele und Drogen.«

»Ich meine ja nur, weil die Polizei …«

»Und willst du sonst noch was wissen?«, fragte Daniel ungehalten dazwischen.

»Ja, eigentlich ja!«, hörte Lissy sich selbst sagen. »Was ist passiert? Wieso bist du so zu mir?«

Daniel schwieg.

»Erinnerst du dich, als wir zusammen wegen Nele geweint haben? Oder an den Abend auf der Rennbahn?« Lissy wollte das eigentlich nicht fragen. »Was ist denn danach passiert?«

»Wenn du das selbst nicht weißt …«

»Was ist das denn für eine bescheuerte Antwort?«, fragte Lissy. Die Nägel waren ihr egal. Sie blickte in den hellen Abendhimmel.

»Ich bin einfach nicht verliebt in dich. An dem Abend auf der Rennbahn war das nur, weil Nele mit diesem blöden Philipp rummachen musste. Und danach war das, weil du irgendwie mit Nele zu tun hast. Aber da ist nichts, gar nichts … du bist einfach nicht mein Typ!«, fauchte Daniel. »Hast du das jetzt verstanden?«, fragte er noch mal nach, als Lissy schwieg.

»Du und Nele? Es war immer nur Nele?«

Hoch am Himmel war jetzt ein Schwarm Vögel zu sehen. Sie schwangen sich hin und her, kamen näher, und als sie auf dem gegenüberliegenden Dach landeten, sah Lissy, dass es bloß Tauben waren. Sie saßen auf dem First und pickten gegeneinander. Einige flogen wieder auf und suchten sich einen besseren Platz.

»Bist du noch dran?«, fragte sie Daniel. Ihre Stimme war leiser.

»Jetzt ist alles ganz leer«, sagte Daniel.

»Dann leg ich jetzt mal auf.« Lissy wartete, ob Daniel noch etwas sagen würde, aber am anderen Ende der Leitung blieb es still. Es kamen weitere Tauben, die auf dem Dach landeten. Sie bettete behutsam den Hörer auf die Station.

Das Tier verbiss sich in ihren Rippen, und es tat so weh, dass sie sich krümmen musste, bis der erste Krampf vorbei war. Dann konnte sie sich vorsichtig setzen. Sie sah sich im Wohnzimmer um, sah den wertlosen Plunder, den ihre Mutter bei irgendwelchen Teleshops gekauft hatte, sah das Sofa mit dem zerwühlten Bettzeug, die schmutzigen Fenstergläser, die verstaubten Topfpflanzen. Sie hätte gern geweint, damit dieser Schmerz aufhörte, aber sie konnte nicht.

Freundinnen, Prinzessinnen!
Töpfchen und Kröpfchen!
Gurren, nur gurren
Und nicht gefangen sein,
fliegen können und
fliehen, wie ihr!

Lissy zog sich ihre schwarze Hose an und die Bluse, die sie auch vor Gericht getragen hatte, und blickte in den Spiegel. Sie sah schlimm aus, fand sie. Sie zupfte an den Haaren über ihren Ohren, dann schminkte sie sich sorgfältig die Augen, aber sie wirkte immer noch müde und abgekämpft.

Sie ging zur Bushaltestelle.

»Was machst du hier?«, fragte Franka. »Ich dachte, du hättest dein Abgangszeugnis schon.«

Es war ein müder Montagmorgen. Der Bus, der jetzt seine Türen öffnete, war voller Schulkinder.

»Ich fahr noch mal ins Altenheim. Ich konnte sowieso nicht mehr schlafen.«

»Hm«, machte Franka. »Kommst du Mittwoch wieder mit zum Fußball? Deutschland spielt gegen Spanien.«

»Klar«, sagte Lissy. »Aber wir müssen wieder ins Strandgut. Ich muss da mit jemandem reden.«

»Wieder mit diesem Fiesen?«

»Mit seiner Freundin.« Lissy beobachtete, wie Franka sich eng an einen Sitz drängte, um eine neue Flut von Kindern an sich vorbeizulassen. An der nächsten Haltestelle musste Franka aussteigen.

»Okay, ich ruf Justus an.« Sie ließ allen den Vortritt und stieg als Letzte aus dem Bus.

Lissy dachte noch mal über Philipps Freundin nach. Wieso sollte Nele sich während ihrer Nachtwache mit ihr treffen? Aber wieso war Nele überhaupt von der Station gegangen? Hatte sie jemand angerufen? Das hätte die Polizei gewusst. Sie hatten bestimmt Neles Handy, und die Anrufe, die auf dem Festnetz auf der Station eingegangen waren, waren bestimmt auch längst überprüft. Vielleicht war ihr – unbeantworteter – Anruf tatsächlich der letzte auf Neles Handy. Vielleicht hielt Berg das für ein Zeichen, eine Verabredung?

Sie ging zum Haupteingang hinein und tat so, als wüsste sie genau, wo sie hinwollte. Nicht mal aus den Augenwinkeln sah sie zur Rezeption hin, um die Schwester dort nicht auf sich aufmerksam zu machen. Niemand hielt sie auf. Sie fuhr in den dritten Stock, wo der Frühdienst dabei war, die Bewohner zu waschen.

Der Wäschewagen stand vor der Zimmertür von Herrn Seelmann. Dahinter lag das andere Einzelzimmer, das, in dem Frau Sticker wohnte. Lissy klopfte dort an und trat ein.

Frau Sticker saß bereits in ihrem Sessel und wartete auf ihr Frühstück.

»Frau Sticker?«, fragte Lissy. »Kennen Sie mich noch?«

»Lissy, hallo!« Das Gesicht mit den blinden Augen drehte sich zu ihr. Lissy überlegte, wie sie anfangen sollte, und entschied sich dann für die Wahrheit.

»Ich habe nicht lange Zeit! Die werfen mich raus, sobald sie mich hier finden. Können Sie sich noch an Nele erinnern? An die Nacht, als Nele starb?«

»Das habe ich dir doch schon erzählt. Sie ist runtergegangen, nach der ersten Runde.«

»Ja, aber ist sie …« Lissy überlegte. »Kam das öfter vor? Dass Nele die Station verließ?«

»Manchmal«, Frau Sticker schüttelte den Kopf. »Selten.«

»Bekam sie dann vorher einen Anruf? Oder ging sie einfach so?«, fragte Lissy.

»Früher ging sie manchmal, nachdem sie telefoniert hatte. In letzter Zeit ging sie immer einfach so runter.«

Lissy nickte, und als ihr klar wurde, dass Frau Sticker das nicht sehen konnte, machte sie: »Aha.«

»War die Polizei schon bei Ihnen?«, fragte Lissy. »Oder hier auf Station?«

»Außer mir wohnen hier doch nur Bekloppte. Was sollen die schon sagen?«, fragte Frau Sticker zurück. Bevor Lissy antworten konnte, wurde an die Tür geklopft und Schwester Oxana kam mit dem Frühstückstablett herein.

»Guten Morgen, Frau Sticker!«, sagte Oxana und stellte das Tablett auf den Stuhl. »Gut geschlafen?« Dann warf sie Lissy einen Blick zu und schüttelte langsam den Kopf.

»Ich geh schon! Ich wollte mich nur verabschieden, bevor ich meinen Spind leer mache.« Lissy hörte selbst, wie hilflos sie klang. »Gut, Frau Sticker. Dann auf Wiedersehen!«, sagte sie zu der alten Frau.

»Manchmal hat's auch gehupt, weißt du. Früher öfter, aber auch vor ein paar Tagen. Und dann ist sie immer runtergegangen«, sagte Frau Sticker. Ihre Hand tastete nach dem Teller mit dem Brot.

Lissy ging mit Oxana nach draußen.

»Ich könnte ja sofort die Polizei holen. Wolltest du ihren

Schmuck?«, sagte Oxana mit ihrem osteuropäischen Akzent. Sie wirkte distanziert, so als überlegte sie, ob sich für sie der ganze Ärger lohnen würde.

»Quatsch!«, fauchte Lissy. »Ich will immer noch wissen, wer Nele umgebracht hat. Was soll ich mit dem Schmuck von Frau Sticker?«

Oxana sah ihr mit ihren großen stillen Augen prüfend ins Gesicht, dann zuckte sie mit den Schultern.

»Ich halte mich da raus. Wenn du jetzt gehst und ich schaue gleich nach und der Schmuck von Frau Sticker ist noch da, ist alles in Ordnung.«

»Gut«, sagte Lissy. Sie hatte nicht damit gerechnet, so billig davonzukommen.

Sie ging schnell zum Aufzug – womöglich überlegte es sich Oxana anders und rief bei Frau Schramm an – und fuhr hinunter. Diesmal stellte sie sich an den Tresen und bekam nach kurzem Hin und Her ihren roten Rock zurück. Er steckte in einer Plastiktüte, zusammen mit ihren Zehensandalen.

Konnte das sein? Lissy wartete auf den Bus. Sie versuchte sich daran zu erinnern, was sie überhaupt von Nele wusste. Nichts, außer dass sie nett zu den Bewohnern gewesen war, freundlich, fröhlich. Wie passte das alles zusammen? Und das Hupen, das die blinde Frau Sticker erwähnt hatte? Sie wusste ja, wer das gewesen war. An einem Tag fuhr er mit ihr zur Rennbahn, am nächsten stand er vor dem Altenheim.

Sie seufzte tief. Der Bus kam und nahm sie mit nach Gerresheim. Zuhause hatte der Postbote ein Paket vor die Wohnungstür gestellt. Lissy bückte sich und nahm es mit hinein. In der Wohnung roch es nach kaltem Rauch, weil ihre Mutter vergessen hatte, den Aschenbecher draußen auf das Fensterbrett zu stellen. Lissy öffnete die Fenster und ein kühler Wind bauschte die Gardinen auf.

Sie nahm den Hörer von der Station und überlegte, wen sie anrufen konnte. Ihr fiel nur Tamara ein, aber die ging nicht ans Telefon.

Sie wählte Daniels Nummer, doch bevor das Wählzeichen ertönte, legte sie wieder auf. Was sollte sie Daniel noch fragen? Aber sie musste ihn einfach sehen. Der Computer war noch an, und da suchte sie die Adresse vom Autohaus Feigel heraus und machte sich auf den Weg.

Das Gebäude auf dem Höherweg war ganz neu, mit getönten Scheiben, hinter denen teuer aussehende Autos standen. Seitlich davor, auf dem Parkplatz, war Daniels Motorrad abgestellt. Mit dem Lenker reichte es fast an die Buchsbaumhecke, die das Grundstück begrenzte. Lissy ging an der Hecke entlang. Inzwischen fand sie überhaupt nicht mehr, dass ihr Besuch eine gute Idee war.

Dann sah sie sich den anderen Wagen auf dem Parkplatz genauer an. Gestern im Polizeifahrzeug waren sie hinter genau diesem Auto zum Jürgensplatz gefahren. Sie war sich sicher, dass es der Wagen von Berg war. Die Polizei interessierte sich also auch für Daniel.

Sie ging langsam zurück und überquerte die Straße. Auf der anderen Seite lehnte sie sich an einen der Bäume, die hier die Straße säumten, und wartete. Sie holte ihr Handy hervor und tat so, als würde sie eine SMS schreiben. Nach einiger Zeit kam Berg heraus, aber ohne Daniel. Es war Daniels Vater, der den Bullen zu seinem Auto brachte. Lissy hob ihr Handy und machte ein Foto. Und dann noch eins, als sie sah, dass Daniels Vater und Berg sich auf die Schultern schlugen, so als seien sie gut befreundet.

Sie wartete, bis Berg in sein Auto stieg und wegfuhr, dann lief sie über die Straße und an den gläsernen Wänden der Verkaufsräume vorbei bis zur Werkstatt.

Daniel stand mit dem Rücken zu ihr. Er schien etwas zu tragen, jedenfalls ging er langsam und mit gebeugten Schultern.

Lissy holte ihn mit ein paar schnellen Schritten ein. In seinen Händen trug er metallische Ringe, die glänzten wie in Fett getaucht.

Er drehte sich zu ihr um, und als er sah, wer neben ihm ging, machte er einen Seufzer, der zumindest genervt klang.

»Hallo«, sagte Lissy. »Ich war gerade in der Gegend …«

»Ja klar … hier auf der Automeile, klar.«

»Was wollte Berg denn?«, fragte Lissy.

»Keine Ahnung«, meinte Daniel. Er legte die Metallringe auf einen schmutzigen Lappen und ging zum Waschbecken, um sich die Hände zu waschen.

»Hat er dich nichts gefragt?« Lissy lehnte sich neben dem Waschbecken an die Wand und sah zu, wie Daniel seine Hände mit Waschpaste einschäumte. Sie dachte daran, wie er sie mit diesen Händen berührt hatte, und in ihr zog sich alles zusammen. Sie sah weg, studierte aufmerksam die Flaschen und Tuben, die auf dem kleinen Regalbrett neben dem Waschbecken standen.

»Er war privat hier. Wahrscheinlich ging's um den Segelurlaub.« Daniel drehte den Hahn auf und spülte sich die Hände ab.

»Aha.«

»Sonst noch was?«, fragte er.

Lissy legte ihre Hand auf seinen Oberarm. Er sah auf ihre Finger, dann in ihr Gesicht, oder eher ein bisschen an ihrem Gesicht vorbei. Dann hob er den Arm, und Lissy wollte ihre Hand wegziehen, doch dann spürte sie, wie er sie mit beiden Armen an sich zog, ohne sie mit den nassen Händen zu berühren. Er legte seinen Kopf gegen ihr Haar und blieb für einen Moment so stehen, so schwer gegen Lissy gelehnt, dass sie ihn stützen musste. Sie meinte, dass er ihr Haar küsste und ein Stück von ihrem Ohr.

»Müde«, meinte Lissy zu verstehen, aber er konnte auch etwas anderes gesagt haben.

»Was?«, fragte sie leise.

»Nichts, gar nichts.« Daniel ließ sie los.

»Ist besser so, wie es ist.« Er suchte bereits nach einem Lappen, um sich die Hände abzutrocknen. »Echt.«

Tamara saß neben Baby Jane in der Sandkiste. Sie schichtete feuchten Sand in ein rotes Förmchen, stülpte es um und zog das Förmchen langsam hoch.

»Ba! Ba!«, machte Baby Jane. Sie war mit einer kleinen Schaufel bewaffnet und schlug auf die Sandkuchen, die Tamara für sie backte.

»Komm, lass mich auch mal!«, meinte Lissy. Sie setzte sich zu den beiden an den Rand der Sandkiste und nahm ein grünes Förmchen. Es war ein Schneckenhaus.

»Und, wie läuft's?«, fragte Tamara.

»Ich war im Altenheim, meine Sachen abholen.« Sie erzählte kurz von ihrer Begegnung mit Frau Sticker.

»Er hat also gehupt, und Nele hat schnell mal die Station verlassen. Das wusstest du doch eigentlich, oder?«, fasste Tamara zusammen.

Lissy verzog den Mund und nickte. »Eigentlich schon, von Frankas Foto, ja.«

»Aber an dem Abend, als Nele …«

»War Daniel mit den anderen feiern, in der Altstadt. Ich hab überlegt, ob die beiden jemand beobachtet hat …« Lissy kippte die Schnecke um. »Er hupte auch, und Nele …«

»Ba! Ba!«, machte Baby Jane und klopfte die Sandschnecke zu Brei.

»Hat Frau Sticker denn das Hupen gehört?«

»Sie sagte was von einem Autokorso. Da hupen ja alle. Und sonst hat sie nichts gehört.«

»Guck! Hier kommt ein Kuchen!« Tamara stülpte ihr rotes Förmchen um und ihr Kind schlug begeistert mit der Schaufel drauf. Der Sand spritzte.

»Aber was auch noch komisch ist: Berg und Daniels Vater scheinen sich gut zu kennen«, erzählte Lissy weiter. »Ich war heute Morgen am Autohaus, und Berg war privat da, angeblich wegen eines Segelausflugs.«

»Hm«, machte Tamara und strich nachdenklich den Sand zurück in den Kasten. »Weißt du, ob Hulle bei den Bullen war und das mit der Farbe geklärt hat?«

»Keine Ahnung, aber bestimmt ist er heute im Wettbüro. Mittwoch spielt ja Deutschland gegen Spanien.«

Hulle war weder am Wettbüro noch an der Bank am REWE, wo er neuerdings oft herumhing. Lissy traf ihn am Mäuerchen, einem kleinen Stück von der Stadtmauer, auf der man bequem sitzen konnte.

Er rauchte eine Selbstgedrehte und sah den Autos zu, die über die Kreuzung rollten.

»Warst du bei der Polizei?«, fragte Lissy. Hulle schien schwer angetrunken, so kannte Lissy ihn gar nicht. Eigentlich war er ein Pegeltrinker, jemand, dem der Alkohol kaum anzumerken war, der aber auch nie aufs Trockene laufen durfte. So hatte Hulle es ihr jedenfalls mal erklärt.

Hulle nickte langsam.

»Und, haben sie dir geglaubt?«, fragte Lissy.

»Ich hab einen Fehler gemacht«, nuschelte er. »Einen schweren Fehler.«

»Hast du ihnen nicht gesagt, dass du die Farbe gekauft hast?«, fragte Lissy.

»Einen Fehler!«, nuschelte Hulle wieder.

»Was hast du denn gesagt?«, fragte Lissy.

»Mit der Farbe ist alles in Ordnung«, sagte Hulle. »Aber ich habe …« Dann sah er Lissy an und versuchte sein Weihnachtsmannlächeln.

»Bring mich zum Wettbüro. Weißt du, der alte Hulle ist besoffen, und er muss ja noch setzen, weißt du?« Seine Hand lag schwer auf Lissys Schulter.

»Wieso bist du denn so besoffen, verdammt?«, fauchte Lissy. »Was für einen Fehler hast du gemacht?«

»Die Scheele Christiane.« Hulle sprach den Namen ganz deutlich aus. »Sie haben sie eingesackt. Einfach dabehalten.« Er brummelte noch etwas, das Lissy nicht verstand.

»Und warum?«, fragte Lissy nun weniger interessiert.

»Bring mich zur Wettbude. Ich hab noch über hundert Euro und das ist nicht gut, wenn die in meiner Tasche jucken!« Er versuchte aufzustehen und krallte sich dabei so fest in Lissys Schulter, dass es wehtat.

»Komm, Lissy, ich schaff's nicht allein.«

Lissy machte sich los.

»Du musst nicht wetten …«, wollte Lissy sagen. Sie spürte,

wie das Tier in ihrem Bauch, das den ganzen Tag über ein bisschen an ihren Rippenbögen genagt hatte, zuschnappte und sich einen riesigen Klumpen Fleisch aus ihrem Bauch riss.

»Du bringst mich zum Heulen!«, sagte sie böse. »Verstehst du? Das macht mich total fertig, dass du hier so abgefüllt rumhängst und ich nur die Hälfte verstehe!«

»Lissy! Nicht böse sein!«

»Komm mir nicht so! Du bist nicht besser als mein Vater!«

Hulle machte einen schnaubenden Laut. »Natürlich nicht! Was hast du denn gedacht?«, fragte er.

»Dass ich mich auf dich verlassen kann!« Lissy machte sich los und lief in Riesenschritten bis zu ihrer Haustür. Es tat so verdammt weh. Hinter der Wohnungstür riss sie ihre Hose auf und massierte ihren nackten Bauch. Sie meinte, das Tier knurren und winseln zu hören.

Das Paket vom Morgen war ausgepackt und auf dem Küchentisch stand eine halb zusammengeschraubte Lampe neben einer zerknüllten Bedienungsanleitung. Sonja lag auf dem Sofa im Wohnzimmer. Sie hatte die Augen geschlossen. Am liebsten hätte Lissy die halb fertige Lampe durch das geschlossene Küchenfenster geschleudert.

»Die Türkin hat angerufen«, sagte ihre Mutter, ohne die Augen aufzumachen.

»Meine Anwältin? Was wollte die denn?«

»Keine Ahnung, ruf sie an!«

Lissy suchte die Nummer heraus und ging mit dem Telefon in ihr Zimmer. Frau Özman meldete sich ziemlich schnell.

»Der Drogentest war negativ, das wollte ich dir nur sagen«, berichtete sie, nachdem sie Lissy begrüßt hatte.

»Na also«, sagte Lissy. »Hab ich doch gleich gesagt.«

»Und ich hab mal nachgedacht … Sagt dir der Begriff ›palliative Therapie‹ was? Wurde so etwas in diesem Altenheim gemacht?«

»Was ist das?«, fragte Lissy. »Ich hab da nur die Saftflaschen verteilt und die Leute gefüttert.«

»Na ja. Muss ja nicht sein …« Die Anwältin schien nachzudenken. »Hattest du irgendwie Zugang zu den Medikamenten? Könnte da etwas weggekommen sein?«

Lissy dachte nach. Die Medikamente waren im Stationszimmer eingeschlossen, das wusste sie.

»Also wenn, dann wäre es ziemlich schnell aufgefallen. Es gab nur einen Schlüssel, und den hatte die examinierte Schwester immer bei sich.«

»Hm«, machte Frau Özman. »Vielleicht haben die Bu… hat die Polizei auch eine ganz andere Spur.« Lissy musste über den Versprecher grinsen. »Der negative Test spricht jedenfalls für dich.«

»Finde ich auch«, sagte Lissy.

Als sie den Hörer aufgelegt hatte, fielen ihr sofort Schwester Sabine und die komischen Sachen ein, die sie gesagt hatte. Lissy überlegte, bekam das alles aber nicht mehr so ganz zusammen. Und Schwester Sabine würde ihr bestimmt nichts sagen.

Sie griff zum Hörer und rief Franka an.

»Also, wie hieß das?«, fragte Franka. »Pallavite Therapie?«

»Oder so ähnlich. Versuch's doch einfach mal.«

Franka fand einen längeren Artikel bei Wikipedia und las ihn langsam und sorgfältig durch. Lissy überflog die Wörter. Sie hatte es schon in der Schule gehasst, Fremdwörter in den Computer einzugeben und dann von diesen Lexikontexten nicht allzu viel zu verstehen.

»Es geht ums Sterben, stimmt's? Das hat Schwester Sabine gemeint, dass die arme Frau so schrecklich gestorben ist«, meinte sie, während sie den Text überflog.

»Von palliativer Therapie spricht man, wenn man Medikamente nicht mehr zur Heilung, sondern nur noch zur Schmerzlinderung einsetzt. Die Abhängigkeit des Patienten wird dabei in Kauf genommen«, erklärte Franka weiterlesend. »Als Medikament setzt man vor allem Analgetika ein.«

»Was ist das?«

Franka klickte sich weiter durch die Lexikonseiten.

»Schmerzmittel.«

»Methadon?«, fragte Lissy, die über ihre Schulter mitlas und dabei auf dieses Wort gestoßen war. »Das kriegen doch Junkies, oder?«

Franka studierte die Seiten genauer.

»Im Altenheim wird es wohl eher Morphin gewesen sein, hier steht, dass es oft bei palliativen Therapien verwendet wird.«

»Hm«, machte Lissy und schaute weiter auf die Bildschirmseiten, ohne etwas zu lesen.

»Aber dafür sind spezielle Formulare und so weiter nötig. Einfach so kann das kein Arzt verschreiben.«

Lissy dachte an die Ärztin in dem groß geblümten Sommerkleid, die sie nach dem Tod von Frau Grabowski gesehen hatte. Aber das fiel bestimmt unter die ärztliche Schweigepflicht.

»Ich frag einfach eine Schwester von der Station. Vielleicht weiß …«

»Und wenn die mit drinhängt?«, fragte Franka zurück.

»Ich fahr morgen früh hin und frag Oxana. Die hat kein Examen. Da wird sie auch nie den Schlüssel für die Medikamente gehabt haben.«

»Und die sagt was?«, fragte Franka.

»Das ist das nächste Problem.«

Franka las ihre E-Mails, dann verabschiedete sie sich.

»Hast du denn noch was vor?«, fragte Lissy. »Du könntest doch hier mit uns essen?« Früher war Franka oft zum Essen geblieben.

»Ich treff mich noch mit Justus«, sagte Franka. »Wir gehen ins Kino.«

»Ach so«, machte Lissy. »Dann grüß ihn mal von mir.«

»Aber übermorgen Abend gehen wir Fotos machen, Deutschland gegen Spanien«, schlug Franka vor.

Dunkle Federn, dunkle Träume
stecken in eurem Gefieder,
Angst und Wissen,
vergessen,
fliegen,
Fliehen.

Früh um sechs klingelte der Wecker vom Handy. Lissy hatte einen Traum gehabt, in dem sie hinten auf Daniels Motorrad saß und durch ein großes Feld mit Sonnenblumen fuhr. Und die ganze Zeit hatte sie Angst – nicht vor der Geschwindigkeit, obwohl die Sonnenblumen an ihr vorbeizischten und sie im Traum kaum Luft bekam. Sie hatte Angst vor Daniel, vor Daniels Gesicht unter seinem Helm. Und als die Angst nicht mehr zum Aushalten war, drehte sie seinen Kopf nach hinten, und es war gar nicht Daniel, der das Motorrad fuhr, sondern ein blindes Tier mit riesigen Hauern und einer blutigen Schnauze. Es fuhr weiter mit ihr, genauso schnell, denn es konnte ja sowieso nichts sehen, egal, wohin es sein Gesicht richtete, und dann waren die Sonnenblumen plötzlich verschwunden und sie fuhren über eine Wiese. Am Ende dieser Wiese stand ihr Vater und winkte und bei ihm waren Hulle, Lumpi, der tote Zwei-Neunzehn und die Scheele Christiane.

Lissy drückte auf ihren Bauch, um zu fühlen, ob das Tier noch da war. Es lag gegen ihren Magen gedrückt und ließ sich streicheln.

»Verdammt«, murmelte Lissy schlaftrunken, zog sich die Sachen von gestern an und ging durch den trüben Morgen zur Bushaltestelle.

Im Altenheim brannten die Lichter auf den Fluren, das konnte sie sehen, obwohl es draußen hell war, und sie hatte plötzlich wieder diesen faulig-süßen Heimgeruch in der Nase, besonders den von der Stationsküche, den sie gerochen hatte, wenn sie morgens dorthin kam und jemand den Scheuerlappen nicht zum Trocknen aufgehängt hatte.

Sie wollte Oxana abpassen, bevor sie im Altenheim verschwand, aber nach der Angst von der Nacht traute sie sich nicht bis zu den Containern. So blieb sie am Imbiss stehen, dessen blau-weiße Plastikfähnchen sich zusammengerollt hatten. Im Laden war noch niemand. Ein großer Van fuhr vor dem Altenheim auf den Bordstein und bremste. Oxana saß auf dem Beifahrersitz und ihr stilles Gesicht wirkte müde und verschlossen. Sie stieg aus dem Wagen, gab dem Fahrer einen zerstreuten Kuss und Lissy wollte schon auf sie zugehen, als sie sah, wie Oxana die hintere Tür des Vans öffnete. Sie nahm ein quengelndes Kleinkind aus dem Kindersitz und drückte es fest an sich. Das Kind krallte sich in ihren Haaren fest, so wie Baby Jane das auch machte, und Oxana blieb mit ihrem Kind dort stehen, tröstend auf und ab wippend, wie Lissy das schon oft bei Tamara gesehen hatte.

Lissy hatte plötzlich eine Idee, wie sie mit Oxana reden konnte. Vielleicht war es gar nicht so schlecht, Oxana erst am

Mittag zu befragen. Sie würde ja gegen zwei Dienstschluss haben. Lissy blieb, wo sie war, und sah zu, wie Oxana die Treppen zum Haupteingang hinaufging.

Lissy stellte sich an die Bushaltestelle, zu denen, die zur Arbeit fuhren oder in die Schule, und zog die Schultern hoch. Die Autos, die auf dem Standstreifen parkten, waren voller Taubenscheiße, und oben in den Ästen hörte sie ein gefiedertes Pärchen gurren. Das brachte sie auf eine Idee.

Sie ging bis zu dem Haus, in dem die Scheele Christiane vor ein paar Tagen verschwunden war. Das Tor zum Hinterhof stand offen, und im Treppenhaus des Altbaus war es dunkel. Sie machte kein Licht. Sie stieg, ohne dass jemand sie sah, bis zum Dachgeschoss hoch und blieb vor der kleinen Tür zum Dachboden stehen. Ein einfaches grobes Vorhängeschloss war auf einem der grau gestrichenen Bretter befestigt, aus denen die Tür zusammengezimmert war. Lissy versuchte, mit dem Rand einer Fünf-Cent-Münze oder ihrem Personalausweis die kleinen Schräubchen aufzudrehen, mit denen der Haken des Vorhängeschlosses an der Tür befestigt war. Sie fummelte daran herum, bis sie feststellte, dass das Schloss gar nicht eingerastet war. Vielleicht war das so für die Scheele Christiane einfacher.

Lissy stieß vorsichtig die Tür auf und betrat den Dachboden. Die Sonne schien durch ein kleines Dachfenster ganz am Ende und Staub tanzte in den Strahlen. Unter den riesigen düsteren Dachbalken war es, als wäre alle Hitze des Sommers gespeichert. Und es stank nach altem Schweiß, nach Erbrochenem und Pisse.

Lissy blickte in den riesigen Raum. Ganz hinten in einer Ecke, ganz in der Nähe des Fensters, lag ein alter Schlafsack. Daneben ein paar prall gefüllte Plastiktüten.

Die Scheele Christiane war nicht da.

Lissy machte ein paar Schritte darauf zu. Die Tüten schienen irgendwelche alten Klamotten zu enthalten. Sie waren es, die im ganzen Raum diesen Gestank verbreiteten.

Im Schlafsack fand Lissy eine Haarbürste, eine Dose Niveacreme und eine halb volle Flasche Shampoo. Daneben lag ein einzelner Birkenstock-Schuh. Lissy nahm ihn in die Hand und betrachtete ihn.

Dann trat sie zum Fenster und sah hinaus. Den Hof direkt unter sich konnte sie nicht einsehen, aber den übernächsten. Es war der Hof vom Altenheim. Lissy konnte sogar die Container sehen. Einer glänzte immer noch wie neu.

»Wieso habe ich sie nie gefragt?«, fragte Lissy. »Sie hing doch immer in Flingern rum.«

Tamara hielt Baby Jane fest. Die kleinen Füßchen rutschten über den PVC-Boden.

»Sie hat es gesehen, verdammt noch mal. Und dann hat sie sich den Schuh geholt, diese Vollgestörte.« Lissy wedelte mit dem Birkenstock über den Küchentisch.

Dann betrachtete sie noch mal den Schuh. Sie war sich sicher, dass er Nele gehört hatte. Sie strich leicht über den dunkelblauen Velour. Der kleine silberne Totenkopf, den Nele aufgeklebt hatte, fehlte. Aber die kreisrunde Klebestelle war deutlich zu sehen.

Tamara sagte etwas zu ihr, das sie nicht genau verstand, weil sie so in Gedanken war. Sie dachte an das Foto, das sie in der Akte am Jürgensplatz gesehen hatte. Neles nackter linker Fuß.

»Was?«, fragte sie.

»Geh zur Sager, Lissy! Bring ihr den Schuh und erzähl ihr alles. Vielleicht kann sie dir helfen.« Tamara nahm ihr Baby auf den Arm.

Lissy sah sich den Schuh weiter an.

»Am Morgen, als ich die Scheele Christiane vor dem Krankenhaus getroffen habe ... ich glaube, da hat sie von Nele erzählt. Und ich hab's da einfach nicht gerafft.«

»Hm«, machte Tamara. Baby Jane strampelte mit den Beinen und Tamara machte wieder Laufübungen mit ihr. »Was hat sie denn gesagt?«, fragte sie, während sie sich über Baby Jane beugte.

»Ratten kamen aus der Luft und haben am Fleisch genagt.« Neles weiche Wangen und die kleinen Wunden. Hatten Tauben an ihr gepickt? Lissy stellte den Schuh auf den Küchentisch und betrachtete ihn, als könnte er irgendeinen Hinweis geben.

»Also weißt du nicht, ob sie wirklich etwas gesehen hat?«, fragte Tamara. »Ich meine, ob sie gesehen hat, wie's passiert ist.«

»Nein«, sagte Lissy. »Sie hat später von einem falschen Prinzen geredet. Ich hab gedacht, sie meint meinen Vater. Aber mit dem Schuh, den Tauben und so. Sie hatte dieses Märchenbuch ...«

»Stimmt, das ist aus diesem Märchen.«

»Cinderella«, sagte Lissy. »Ich frag Franka, ob sie das Buch hat. Vielleicht kann sie was mit dem falschen Prinzen anfangen.«

»Vielleicht«, machte Tamara. Sie strich sich eine Strähne aus dem Gesicht.

»Du könntest mir bei etwas anderem helfen, also, wenn du heute Mittag Zeit hast.«

»Um halb vier will die Tante vom Jugendamt hier sein. Aber vorher hab ich Zeit.«

Sie warteten im Duft von Frittenfett vor der Imbissbude, bis Oxana durch den Haupteingang kam.

»Los!«, sagte Lissy und schob den Kinderwagen über die Straße. Oxana schlug den Weg zur Haltestelle ein, und Lissy musste ein paar schnelle Schritte machen, um sie einzuholen.

»Hallo«, machte sie, als sie auf gleicher Höhe mit Oxana war.

»Ach.« Oxana sah erstaunt in den Kinderwagen. Baby Jane warf ihr einen nachdenklichen Blick zu.

»Ist das deins?«, fragte Oxana.

»Meins«, sagte Tamara, die neben Lissy zum Stehen kam.

»Ach so …« Oxana wollte weitergehen, doch sie musste einfach auf das Gesichtchen von Baby Jane schauen.

»Sie heißt Jane«, sagte Tamara stolz.

»Ich pass manchmal auf sie auf.« Lissy lächelte Oxana an.

»Wie läuft es auf der Station?«, forschte sie weiter.

»Nichts Besonderes.« Oxana zuckte mit den Schultern und machte ein paar Schritte in Richtung Bushaltestelle.

Lissy schob Baby Jane neben ihr her. Tamara folgte.

»Schwester Sabine meinte, wir hätten Frau Grabowski … irgendwas mit ganz schlimm sterben lassen«, sagte Lissy, ohne Oxana anzusehen. Vielleicht fühlte sie sich dadurch nicht so bedrängt.

»Weißt du, was man oft macht, wenn nix mehr zu machen ist?«, fragte Oxana. Sie ging etwas langsamer, und ihr Gesicht, das Lissy immer so still vorgekommen war, wurde plötzlich lebendiger. Die Augen rollten schnell in alle Richtungen, so als müsse sie sicher sein, dass niemand außer Lissy etwas von dem, was sie sagte, mitbekam.

»Pallitive Medizin?«, fragte Lissy leise.

»Palliative Medizin«, berichtigte Oxana. »Wir hatten Morphium auf Station, nur für die Schmerzen, weißt du? Und davon sind einige Ampullen weggekommen.«

»Und Nele soll etwas damit zu tun gehabt haben?«, fragte Lissy langsam.

»Zur Kontrolle müssen die leeren Ampullen zurückgelegt werden. Die werden alle aufbewahrt und monatlich von der Ärztin mitgenommen. An den Tagen, an denen Nele Frau Grabowski spritzen sollte, waren Ampullen da, die waren ein bisschen kleiner.« Oxana zuckte mit den Schultern. »Die hat sie wahrscheinlich aus einer Drogerie, irgendwelche Augentropfen. Wenn die Polizei nicht alles untersucht hätte, wären wir nie draufgekommen.«

»Und das kann kein anderer getan haben? Irgendjemand, der Nele was wollte?«

»Wenn die Polizei nicht alles untersucht hätte … uns wär das gar nicht aufgefallen.«

»Aha«, machte Lissy.

»Nele hat die arme Frau Grabowski verrecken lassen wie einen Hund. Und Schwester Sabine glaubt, dass du mit drinhängst.«

»Und du?«, fragte Lissy. »Was glaubst du?«

Oxana starrte in die Richtung, aus der der Bus kam.

»Es fehlen Ampullen seit mindestens Anfang Juni, bevor du überhaupt auf Station warst«, sagte sie langsam. »Schwester Sabine will einfach nicht … na ja, Nele war immer ihr Liebling.«

»Hm«, machte Lissy.

»Und für das, was Nele sich immer alles leisten konnte, hat sie bei uns zu wenig verdient.«

Sie blieben stumm beieinander stehen und alle drei blickten auf Baby Jane, deren große graue Augen ernst zurückschaute.

»Danke«, sagte Lissy mit rauer Stimme.

Sie sahen dem Bus nach, der langsam um die Ecke bog. Lissys Beine fühlten sich plötzlich ganz merkwürdig an, so als könnten sie ihr Gewicht nicht mehr tragen.

»Ich muss mich mal setzen!«, sagte sie und ließ sich schwer auf den Plastiksitz der Bushaltestelle fallen. Die Beine streckte sie vor sich aus und sie beobachtete, dass sie zitterten.

Tamara nahm Baby Jane aus ihrem Wagen und setzte sich neben sie.

»Glaubst du das?«, fragte sie Tamara.

»Wieso sollte sie dich anlügen?«, gab Tamara zurück und wippte Baby Jane auf den Knien.

»Keine Ahnung, vielleicht ist Oxana selbst in die Sache verwickelt …« Aber das schien ihr unwahrscheinlich.

»War Nele dabei, als diese alte Frau gestorben ist? Wie war sie denn da?«, forschte Tamara.

»Ich hab ihr selbst gesagt, dass Frau Grabowski tot ist.« Lissy erinnerte sich an Neles Gesicht. »Sie hat etwas gesagt wie: ›Hat das alte Mädchen es endlich hinter sich‹, oder so.«

»Hm«, machte Tamara. »War vielleicht wirklich erleichternd für sie.«

»Aber so war Nele nicht!«, sagte Lissy heftig.

Tamara sagte nichts dazu und Lissy war froh darüber. Sie lehnte sich mit dem Kopf an Tamaras Schulter und machte die Augen zu. Der ausgetrocknete Rachen und der blinde Blick der alten Frau. Die Fotos von der toten Nele, die sie bei Berg und Wolfers gesehen hatte. Wie hing das alles zusammen?

Baby Jane fing an zu quengeln.

»Komm«, sagte Lissy. »Es geht schon wieder.« Ihre Beine fühlten sich wie immer an und nur das kleine garstige Tier, das in ihrem Bauch wohnte, nagte an ihr herum.

FLUGRATTEN, FREUNDINNEN!
KOMMT IN DER NACHT!
GRAUE VÖGEL DER STADT!
LASST MICH NICHT
ALLEIN!

Die geklaute Blumenkette roch inzwischen irgendwie eklig und Lissy sprühte sie mit Deo voll.

»Das stinkt aber ganz schön!«, sagte Franka, die auf dem Rand der Badewanne hockte, und zog ihre Nase kraus.

»Ohne Deo stinken die Blumen noch mehr!«, gab Lissy zurück. »Wann wollte Justus kommen?«

»Wir treffen uns um sechs an der Haltestelle. Wenn's dir recht ist, fahren wir zur Halbzeit ans Rathaus in die Altstadt und fotografieren da weiter.«

»Klar, ich will nur kurz ins Strandgut.« Lissy hängte sich die Kette um und sah in den Spiegel. Sie war richtig gut geschminkt, mit roten Lippen und dunklem und goldenem Lidschatten um die Augen herum. Vielleicht würden Philipp und seine Freundin da sein, dachte sie probeweise, aber in Wirklichkeit konnte sie nur an Daniel denken. Sie würde ihm einen Blick zuwerfen und sich dann wegdrehen. Das hatte sie sich jedenfalls vorgenommen. Oder sie würde ein kurzes Hallo sagen und sich dann mit Justus unterhalten. Oder sie würde Daniel sogar gar nicht beachten.

Sie legte die Hand auf ihren Bauch und strich darüber. Genau, sie würde so tun, als würde sie ihn nicht kennen, und er würde sie am Arm anfassen und zu sich hindrehen und küssen. Sie dachte daran, wie weich und warm und ganz ohne Drängeln seine Zunge in ihren Mund geschlüpft war, als sie sich geküsst hatten. Ihre Lippen drehten sich nach innen. Vielleicht war das doch zu viel Lippenstift. Sie mochte es eigentlich nicht, mit so viel Lippenstift geküsst zu werden, und vielleicht ging es Daniel genauso.

Sie nahm ein Stück von der Klopapierrolle und wischte sich den Lippenstift wieder ab. Sie tupfte ein bisschen Gloss auf. Das sah besser aus, kussbereiter.

»Du siehst gut aus, echt!«, sagte Franka. »Das reicht doch so.«

Lissy betrachtete ihre kurzen Locken und zupfte daran herum.

»Komm schon!«, machte Franka. »Die starren doch sowieso alle auf den Fernseher.«

Lissy legte die Blumenkette wie ein Diadem in ihre Haare und drehte ihren Kopf zur Seite. Mit ein paar Clips befestigte sie die Plastikblüten. Das war wirklich sehr gut. Sie grinste ihrem Spiegelbild zu. So konnte Daniel sie gar nicht übersehen.

»Los jetzt! Wir verpassen noch den Bus!«

Vor der Tür vom Strandgut gab es Taschenkontrollen, damit niemand mit billig im Supermarkt gekauftem Bier hereinkam. Vor der Tür stand schon eine Menge Leergut. Hulle würde dafür mindestens zehn Euro kriegen, rechnete Lissy aus, während sie sich langsam in der Schlange nach vorn schoben. Sie hörten bereits die lauten Bässe der Anlage, auf der ein Fußball-Hit nach dem anderen lief. Das Strandgut wurde voller als jemals zuvor.

In der Schlange waren weder Philipps Freundin noch Philipp oder Daniel, aber Lissy hoffte, dass sie schon drin waren oder noch kommen würden. Sie musste sie einfach treffen. Und auch wenn das mit dem verschwundenen Morphin ein ganz anderes Licht auf Nele warf, vielleicht konnte sie ja irgendwas herauskriegen. Sie beobachtete, wie vor ihnen zwei Jungs den Inhalt ihres Rucksacks neben die Pfandflaschen stellten. Es waren fünf Bierdosen, noch voll.

Die Schlange schob sich langsam durch den Eingang und drinnen war es so voll, dass man nicht mal die Arme ausbreiten konnte.

Lissy drängelte sich weiter und sah sich nach Franka und Justus um, die hinter ihr warteten. Plötzlich spürte sie eine kleine Hand, die ihren Arm fest umklammerte.

»Verdammt«, flüsterte Franka. »Das geht nicht.«

Lissy bekam einen Stoß gegen die Rippen und hörte auf zu drängeln. Frankas blasses Gesicht sah unter den Sonnenschirmen und Palmen ganz grau aus. Sie hatte Platzangst, wurde Lissy plötzlich klar.

Gleichzeitig entdeckte Lissy Philipp und seinen kleinen gedrungenen Freund Chris. Er stand mit dem Rücken zu ihr an der Theke und hielt einen Geldschein in die Höhe.

»Geht raus!«, sagte sie zu Franka. Sie hoffte, dass auch Justus, der weiter weg im Gedränge steckte, sie hören würde.

»Ich komm in ein paar Minuten nach!«

Justus kämpfte sich mühsam zu ihnen durch und legte seine Hand ganz leicht auf Frankas Schulter, die davon zusammenzuckte.

»Komm!«, meinte Lissy ihn sagen zu hören. »Das ist ja viel zu eng hier!«

Lissy hielt weiter auf die Theke zu. Philipp hatte inzwischen seine Getränke bekommen und gab Chris sein Bier.

»Hallo!«, sagte Lissy. »Hey, Philipp!«

Philipp trug heute Abend keine Sonnenbrille und seine Augen waren blank und dunkel.

»Ach, Scheiße!«, sagte er. »Was willst du denn noch?«

»Ist deine Freundin auch hier?«, fragte Lissy. Sie musste fast schreien, so laut war die Musik.

»Nein, ist sie nicht«, sagte Philipp und verzog den Mund. »Kleine, du nervst allmählich.« Er wollte weggehen, doch das war in dem Gedränge gar nicht so einfach.

»Vielleicht hat sie was mit Neles Tod zu tun!«, rief Lissy laut. »Schon mal überlegt?«

»Du spinnst!«, schrie Philipp zurück. »Du bist total durchgeknallt!«

Die Musik aus den Boxen verstummte so plötzlich, dass es für einen winzigen Moment sehr still war. Dann dröhnten die Stimmen des Expertenteams verzerrt durch die Lautsprecher. Man konnte kein Wort verstehen.

Lissy spürte plötzlich wieder Frankas kleine Hand an ihrem Arm. Sie sollte längst draußen sein.

»Verpiss dich!«, rief Philipp über das Dröhnen hinweg, das aus den Boxen kam.

»Genau!«, echote Chris. »Verpiss dich.«

»Komm«, sagte Franka und zog an ihrem Arm. »Komm schon, hier ist es viel zu voll!«

Lissy verzog ihr Gesicht, so als wollte sie Philipp anspucken, doch dann gab sie nach.

Sie drängelten nach draußen, was noch viel schwieriger war, als hineinzukommen. Die Leute gingen nicht beiseite und Lissy setzte mehrmals ihre Ellenbogen ein, um für sich und Franka Platz zu machen. Inzwischen tönte die spanische Hymne aus den Lautsprechern und alle drückten nach vorn zu den Bildschirmen.

Justus wartete draußen auf sie. Er fotografierte, wie ein paar Deutschland-Fans die vor der Tür abgestellten Bierdosen aufhoben und öffneten. Ein anderer schubste den Sicherheitsmann, der in seine Tasche sehen wollte. Justus hielt die Kamera darauf.

»Komm schon!«, sagte Franka mit einem leichten Zittern in der Stimme. »Ich muss erst mal Luft holen.«

Sie hörten, wie nun die deutsche Hymne angestimmt wurde und wie Leute im Strandgut mitsangen. Die vier, die sich eben noch über die Bierdosen hergemacht hatten, standen plötzlich stramm.

Justus machte ein Foto von ihnen.

»Kommt schon!«, sagte Franka. »Wir fahren in die Stadt.«

An der Ronsdorfer Straße stiegen sie in die 75 und fuhren Richtung Heinrich-Heine-Allee. Die U-Bahn tauchte in ihre Betonröhre ein. Sie setzten sich auf einem Vierersitz gegenüber.

»Was für ein Arschloch«, sagte Franka. Ihre Stimme zitterte immer noch. »Wieso fragst du diesen Philipp überhaupt irgendwas?«

Lissy zuckte mit den Schultern und sah auf die Betonplatten, die am Fenster vorbeizogen. Sie konnte ja schlecht sagen, dass sie eigentlich nur zum Strandgut gekommen war, um Daniel zu sehen. Dass diese Sehnsucht alles andere überlagerte.

»Ich würde dem alles zutrauen, auch dass er selbst …«, bohrte Franka weiter.

»Aber er und Daniel waren an dem Abend in der Altstadt. Er kann's nicht getan haben.«

Sie hielten am Oberbilker Markt. Der unterirdische Bahnsteig lag ganz verlassen da, kein Fahrgast in Sicht, und die Bahn öffnete nicht mal ihre Türen.

Justus und Franka sahen sich lange an. Lissy beobachtete ihre Blicke aus den Augenwinkeln, tat aber weiter verbissen so, als würde sie auf den mit poliertem Granit verkleideten Bahnsteig sehen.

»Hast du mal an Daniel selbst gedacht?«, fragte Franka. »Ich meine, er stand Nele ziemlich nahe.«

»Hör auf!«, sagte Lissy zu der Fensterscheibe. Die Bahn fuhr in die U-Bahn-Station des Hauptbahnhofs ein, und hier stiegen ein paar Leute ein, einige sogar mit Fan-Schals oder Trikots. Eine kleine Frau in einem Spanien-Trikot von David Villa setzte sich auf den Einzelplatz ihnen gegenüber.

»Weißt du, wie's steht?«, fragte sie Lissy. Sie sprach mit einem starken Akzent.

»Eben noch null zu null«, antwortete Justus. » Und wenn ein Tor fällt, wird das in der Bahn auch durchgesagt.«

»Philipp und Daniel geben sich gegenseitig ein Alibi«, machte Franka leiser weiter.

»Schon gut!« Lissy schnaubte laut durch ihre Nasenlöcher aus. »Die nächste ist Heinrich-Heine-Allee. Du wolltest doch noch Bilder machen!«

Die Straßen der Düsseldorfer Altstadt waren voll von Fans, die sich um Fernseher scharten oder auf dem Weg zum Burgplatz waren, wo das große Public Viewing stattfand. Die Fanmeilen waren abgesperrt und auch hier fanden Taschenkontrollen statt. Lissy beobachtete ein paar Pfandflaschensammler bei ihrer Arbeit. Sie waren so gut organisiert, wie Hulle sich das immer erträumte. Zwei sammelten in Klappkisten hinein, und wenn eine Klappkiste voll war, kippten sie das Leergut in einen großen Plastiksack. Einer stand nur da und passte auf die Säcke auf, bis ein weiterer auftauchte und sie in seinen Fahrradanhänger einlud.

»Mach von denen mal ein paar Fotos«, schlug Lissy vor. »Die gehören schließlich auch dazu.«

Das Tier nagte und verbreitete einen gleichmäßigen Schmerz.

Der Traum war aus. Deutschland hatte verloren und im Klubhaus des Segelvereins breitete sich eine gedämpfte Stimmung aus. Daniel betrachtete die älteren Männer, die im Halbdunkel vor der Mattscheibe saßen. Er bemühte sich, enttäuscht oder zumindest irgendwie berührt auszusehen, aber eigentlich war es ihm egal. Wurde Spanien eben Weltmeister oder die Niederlande, was ging es ihn an? Außerdem sah sowieso niemand zu ihm hin.

Berg war hier und das interessierte ihn. Wusste er etwas Neues? Aber Berg saß steif da, verfolgte die Nachbesprechung des Spiels und schien nicht reden zu wollen.

Trotzdem setzte Daniel sich neben ihn, als sein Vater zur Theke ging und die Flasche Aquavit aus dem Regal nahm. An den Nachbartischen machten die ersten Segler sich bereit, nach Hause zu gehen.

»Tja«, machte Daniel in Bergs Richtung. »Aber tolle Mannschaft.«

»Ist nun mal ihr Angstgegner.« Berg zuckte mit den Schultern. »Gibt Schlimmeres.« Und dann, mit einem kurzen Blick auf Daniel, als ihm klar wurde, was er da gesagt hatte, fügte er hinzu: »Entschuldigung.«

Daniel nickte ein bisschen vor sich hin, um zu zeigen, dass er die Entschuldigung annahm. Jetzt konnte er direkt fragen.

»Gibt es was Neues?«

»Das wissen wir noch nicht. Kann sein, dass wir eine Augenzeugin haben.«

Sein Vater kam mit dem Aquavit und zwei vereisten Gläsern wieder.

»Eine Augenzeugin?« Daniel versuchte, seine Stimme interessiert klingen zu lassen, aber nicht zu interessiert. So, wie er sich an eine Kurve herantastete, die er noch nicht kannte.

»Ja, so eine einäugige Pennerin, eine Obdachlose. Wir haben nicht viel rausgekriegt ...« Sein Vater schenkte Berg und sich ein.

»Hol dir doch auch ein Glas«, sagte er großzügig zu Daniel.

Daniel stand auf und ging zum Kühlfach hinter dem Tresen. Das kleine überfrostete Kelchglas klirrte, als er es herausnahm.

Als er sich wieder setzte, schwiegen die Männer und sahen auf den Bildschirm, auf dem jetzt die schönsten Momente der deutschen Mannschaft gezeigt wurden.

»Woher wisst ihr dann, dass es eine Augenzeugin ist?«, fragte Daniel nach. Jetzt kam der schwierigste Punkt einer Kurve, der Scheitel.

»Sie wusste bestimmte Fakten«, sagte Berg und ließ sich dabei den Aquavit über die Zunge rollen. »Die eigentlich nur eine Augenzeugin wissen kann. Mit ihrer Aussage selbst konnten wir erst mal wenig anfangen.«

Berg stellte sein Glas ab und stemmte sich umständlich aus dem tiefen Fernsehsessel hoch. »Aber sie weiß etwas. Wir müssen sie einfach nur weichkochen.«

Daniel nahm einen Schluck von seinem eiskalten Schnaps. Er bemühte sich immer noch ruhig zu bleiben, weder seinem Herzschlag noch seinen zittrigen Händen Beachtung zu schenken. Er musste jetzt, genau wie auf seiner Maschine, das Gas hochhalten und sich so – gleichsam von selbst – auf die gerade Spur treiben lassen.

Er stand auf und putzte sich unauffällig die feuchte Kühle des Schnapsglases an seiner Hose ab, bevor er Bergs Händedruck erwiderte.

»Mama?«, fragte Lissy, aber in der Wohnung war es ganz still. Sie fingerte sich die Clips aus den Haaren und warf die stinkige Kette auf den Küchentisch. Es war etwas passiert, das sah sie jetzt. Die Papiertüte, in der ihre Mutter die übrig gebliebenen Backwaren mit nach Hause brachte, war gerissen, aber Sonja hatte die Brötchen und Teilchen nicht aufgehoben. In einer Puddingschnecke war sogar ein halber Fußabdruck. Das Festnetztelefon lag grün blinkend auf dem Küchentisch. Offenbar war der letzte Anruf nicht richtig beendet worden. Lissy berührte den roten Knopf, dann sah sie nach, wer sie als Letztes angerufen hatte. Es war eine Düsseldorfer Nummer. Sie drückte auf Rückruf. Es klingelte dreimal – und Lissy erschien die Zeit irgendwie verlangsamt, weil sie ihre Bewegungen so deutlich und langsam wahrnahm – dann wurde abgehoben.

»Landeskliniken Grafenberg«, meldete sich eine Stimme.

»Verdammt!«, sagte Lissy leise, dann räusperte sie sich, nannte ihren Namen und fragte nach ihrem Vater. Sie hörte das ungleichmäßige Klicken der Computertastatur auf der anderen Seite der Verbindung.

»Ja, hier haben wir ihn.«

»Stimmt was nicht?«, fragte Lissy. »Ist meine Mutter bei ihm?«

»Hm, also, es sieht nicht gut aus, ehrlich gesagt.« Am Computer wurde weitergeklickt.

»Kann ich noch kommen?«, fragte Lissy. »Ich weiß, es ist keine Besuchszeit, aber vielleicht …«

Eine Zeit lang blieb alles still, nicht mal der übliche Lärm von draußen, die Straßenbahn, die Autos, überhaupt nichts war zu hören.

»Wie alt sind Sie, wenn ich fragen darf?«

»Achtzehn«, log Lissy. Es blieb wieder still, so kam es Lissy jedenfalls vor. Und dann räusperte sich die Stimme und sagte: »Kommen Sie ruhig noch vorbei. Kann sein, dass es nötig ist.«

»Danke«, sagte Lissy langsam. Sie fürchtete sich davor zu verstehen, was das alles bedeutete.

Die Pförtnerloge der Abteilung für Suchtkrankheiten war beleuchtet. Lissy blieb für einen Moment stehen und betrachtete den Weg, der durch niedrige Büsche mäanderte und zu den verschiedenen Häusern hinführte. Sie hielt sich die Hüften. Sie hatte Seitenstechen.

Dann folgte sie dem Weg bis zum Haus F und klingelte an der Nachtpforte. Eine mittelalte Frau, etwas kleiner als sie, kam ihr entgegen.

Lissy stellte sich vor. Die Frau war die Ärztin. Sie gab Lissy feierlich die Hand und rollte die Lippen gegeneinander, so als wüsste sie nicht genau, wo sie anfangen sollte.

»Ja, Herr Winterhart«, seufzte sie dann. »Er war heute Mittag wohl unterwegs ...«

Lissy wollte nachfragen, aber sie bekam keinen Ton hervor.

»Zu Beginn der Therapie hatte ich eigentlich ein gutes Gefühl bei ihm. Er hat auch viel von Ihnen gesprochen. Machte in der Gruppe auch einen guten Eindruck.«

Lissy schaute auf die weiße Wand hinter der Ärztin. Irgendwie versuchte ihr Gehirn, aus den rauen Stellen im Putz etwas zu erkennen, ein Tier oder so etwas.

»Aber heute Morgen war er sehr schweigsam. Nach dem Mittagessen sollte er sich eigentlich etwas ausruhen, und da ist er wohl gegangen. Wir sind ja kein Gefängnis.«

Lissy bemühte sich, der Ärztin zuzuhören, doch ihre Augen wollten sich weiter mit dem Verputz an der Wand hinter ihr beschäftigen. Ganz allmählich verband ihr Gehirn die rissigen Stellen miteinander zu einem grinsenden Tier. Sie konnte sich einfach nicht zwingen, der Ärztin zuzuhören.

»Am Abend wurden wir dann angerufen, weil er ein Hemd aus unserem Fundus trug. Hinten ist der Name der Klinik eingenäht, deshalb. Da war er schon ohne Bewusstsein.«

Lissy riss ihren Blick von der Wand los und schaute der Ärztin ins Gesicht. Dieses runde Gesicht mit den netten Augen zu sehen machte es wahr.

»Ihre Mutter ist bei ihm«, sagte die Ärztin.

Lissy nickte.

Sie gingen schweigend einen hell ausgeleuchteten Flur entlang.

»Hier liegt er.« Die Ärztin blieb stehen.

»Wird er es durchstehen?«, fragte Lissy plötzlich, als sie merkte, dass die Ärztin gehen wollte.

»Kann sein, ja.«

Lissy drückte vorsichtig die Klinke hinunter. Ihre Mutter saß nahe bei ihrem Vater und hielt seine Hand. Ihr Vater stöhnte leise im Schlaf. Lissy wollte ihre Mutter etwas fragen, nur um eine beruhigende Antwort zu bekommen, aber sie wusste plötzlich, dass es so eine Frage nicht gab. Sie holte sich einen Stuhl und setzte sich neben Sonja, die stumm ihren Arm drückte, bevor sie ein verknülltes Tempo hervorzog und sich die Nase putzte.

Das Licht kam aus einer kleinen Neonröhre am Kopfende des Bettes und ließ die tiefen Falten, die bei ihrem Vater zwischen

Nasenflügel und Mundwinkel verliefen, noch tiefer erscheinen. Die Haut über den Wangenknochen glänzte fettig. Die Augäpfel lagen tief in den Höhlen. Die Lider zuckten immer wieder. Sobald ihre Mutter seine Hand losließ, stöhnte er auf. Sein anderer Arm war mittels einer Kanüle an einen Tropf angeschlossen.

»Sie haben ihm starke Schmerzmittel gegeben«, flüsterte Lissys Mutter. »Es tut ihm nichts weh.«

Lissy strich über die Haut am Oberarm ihres Vaters.

»Papa«, wollte sie leise sagen, doch es kam nur ein komisches Quietschen heraus.

Sie saßen die ganze Nacht da und hielten abwechselnd seine Hand. Er blieb ohne Bewusstsein. Am Morgen kam ein Pfleger hinein und bat sie hinaus, um ihren Vater »frisch zu machen«.

»Ich helfe ihnen«, sagte Lissy. »Ich hab das schon mal gemacht.«

Der Pfleger, er hatte noch ganz kleine Augen vor Müdigkeit, zuckte mit den Schultern. Sie wuschen ihren Vater gemeinsam und Lissy machte alles so, wie sie es bei Nele und Schwester Sabine beobachtet hatte, während ihre Mutter dabeistand und sich mehrmals die Nase putzte.

Lissy war überrascht, wie mager und grau der Körper ihres Vaters war, wie verhornt seine Füße und Knie waren. Eine lange Narbe zog sich schräg über seine Rippen.

»Das ist genäht worden«, meinte der Pfleger und wischte mit dem Waschlappen darüber. »Sieht aus wie von einem Messer.«

»Hm«, machte Lissy. Sie wusste nichts darüber.

Zum Schluss zogen sie ihm eine frische Windel an.

Der Pfleger setzte eine neue Natriumchlorid-Infusion und drückte eine kleine Spritze hinein.

»Ist ein Schmerzmittel«, sagte er erklärend zu Lissy.

Er maß den Blutdruck, nahm den Puls und notierte die Daten.

»Wird er wieder gesund?«, fragte Lissys Mutter, während der Pfleger die schmutzige Wäsche in seinem Wagen verstaute. Er sah sie an, und dann schüttelte er langsam den Kopf.

»Ich kann dazu nichts sagen.«

Aber Lissy war klar, was er meinte.

»Sie können einen Kaffee bekommen«, bot der Pfleger an. »Ich sag in der Küche Bescheid.«

Er stöhnte weniger, die Augen zuckten nicht mehr und dann war da plötzlich nichts mehr. Seine Brust bewegte sich nicht mehr, seine Hand, die jetzt in Lissys Hand lag, wurde kühler. Die Falten drückten sich noch tiefer in sein Gesicht. Ihr Vater starb.

Lissy blieb eine Weile sitzen. In ihrem Körper breitete sich eine dunkle Einsamkeit aus, und das Tier, das sie so oft in sich fühlte, schwieg, so als sei es auch tot.

Ihre Mutter schluchzte laut auf. Ein Tropfen hing an ihrer Nase und Lissy gab ihr eine von den Servietten, die in dem Zwischenfach des Nachttisches lagen.

Dann stand sie auf und gab ihrem Vater einen Kuss auf die zerfurchte Wange.

»Gibt mir mal dein Handy!«, sagte sie zu ihrer Mutter. »Ich muss telefonieren.«

Das Handy war in der Handtasche und Lissy musste es sich selbst holen.

Im Stationszimmer saßen der Pfleger und zwei Schwestern beim Frühstück. Sie starrten Lissy einen Moment an und sie wussten Bescheid, bevor Lissy etwas sagen konnte.

Der Pfleger stand auf und drückte Lissy stumm die Hand.

Sie ging weiter den Flur entlang nach draußen und suchte Fredis Nummer.

»Du musst kommen«, sagte Lissy. »Mein Vater ist tot.«

Fredi, der Freund ihrer Mutter, schwieg. Lissy hörte an den Stimmen im Hintergrund, dass Fredi auf einer Baustelle war. Er arbeitete als Dachdecker.

»Wir sind hier in der Landesklinik, bitte komm!«

»Wie geht es Sonja?«, fragte Fredi.

»Mama ist fertig, echt.«

»Ich frag den Polier. Wenn ich mich nicht mehr melde, bin ich unterwegs.« Lissy hörte noch ein leises »Scheiße«, bevor sie auflegte.

Ihre Mutter wartete im Flur auf sie, zusammen mit dem Pfleger.

»Sie können natürlich beantragen, dass das Sozialamt für die Kosten aufkommt«, sagte der Pfleger gerade.

Lissys Mutter nickte langsam.

»Sie müssten allerdings einige Formulare ausfüllen.«

»Jetzt?«, fragte sie. »Das kann ich jetzt nicht.«

»Natürlich. Wir arbeiten mit einem Bestatter zusammen, der wird sich bei Ihnen melden.«

Lissys Mutter nickte langsam. Sie suchte nach einem Taschentuch, hatte aber keins mehr, und der Pfleger gab ihr eins aus seiner Kitteltasche.

»Mein Beileid«, sagte er und drückte ihren Oberarm.

»Komm«, sagte Lissy. »Fredi will kommen, wenn er kann.«

»Hast du ihn angerufen?«, fragte ihre Mutter unsicher.

»Also, wenn er dich wirklich liebt, dann kommt er jetzt, oder?«, sagte Lissy und nahm ihre Mutter am Arm.

»Aber er wird nach deinem Vater fragen! Und wieso wir überhaupt …«

»Das ist totaler Quatsch«, schnitt Lissy ihr das Wort ab. »Er macht sich Sorgen um dich, das ist alles.«

Solange sie etwas tun konnte, solange sie irgendetwas organisieren konnte, musste sie nicht daran denken, dass ihr Vater nie mehr da sein würde.

Fredi kam ihnen in seinem Kombi entgegen, und Lissy quetschte sich zu den Werkzeugen auf den Rücksitz. So fuhren sie in die Wohnung.

Lissy begann zu kochen, während ihre Mutter immer wieder anfing zu weinen und Fredi sie in seinen langen, muskulösen Armen hin und her wiegte, so als sei sie ein kleines Kind.

Franka kam direkt aus der Schule zu ihnen, eigentlich, um ihre Mails zu kontrollieren, doch dann setzte sie sich an den Küchentisch und hörte zu, wie Lissys Mutter leise schluchzte und sich immer wieder fragte, ob sie etwas falsch gemacht habe. Etwas später war auch ihre Mutter Birgit da, die beste Freundin von Lissys Mutter. Sie kochte fertig, was Lissy angefangen hatte, denn Lissy rauchte eine Zigarette und dann noch eine.

Sie aßen zusammen den Makkaroni-Auflauf, und obwohl Lissy sich immer noch traurig fühlte, spürte sie, dass ihr Tier sich nicht mehr wie tot anfühlte, sondern heulte und klagte, während Nudel-Käse-Brocken in ihren Bauch rutschten.

»Und jetzt?«, fragte Franka, als sie in Lissys Zimmer gingen. »Was hast du jetzt vor?«

Lissy hatte sich einen Becher Kaffee mitgenommen und presste beide Hände an das Porzellan.

»Jetzt suchen wir die Scheele Christiane. Erstens ist sie die Freundin von meinem Vater, und außerdem muss ich unbedingt wissen, woher sie Neles Schuh hat.«

»Neles Schuh?«, fragte Franka.

Lissy zog den Schuh aus ihrer Kommodenschublade hervor.

»Das hab ich bei ihr gefunden. Und sie hat auch so komische Andeutungen gemacht.« Lissy überlegte. »Tamara meinte, das würde sie an Cinderella erinnern.«

»Cinderella?«, fragte Franka. »Du meinst Aschenputtel?«

»Ja, genau, Aschenputtel. Was passiert da?«

»Warte, das ist bestimmt in irgendeiner Literatur-Datenbank. Ist von den Brüdern Grimm.« Franka startete den Computer, suchte das Märchen heraus und las es vor.

»Da ist aber nichts von einem falschen Prinzen, oder?«, fragte Lissy noch mal nach.

»Nö, nur falsche Prinzessinnen. Die bösen Stiefschwestern eben.«

»Hm«, machte Lissy unzufrieden und bewegte den Birkenstock in einer Hand auf und ab, so als würde sie ihn wiegen.

»Trotzdem, wir gehen jetzt und suchen Christiane. Alles ist besser, als hier zu sitzen und nichts zu tun.«

»Bist du dir sicher?«, fragte Franka. »Willst du nicht lieber bei deiner Mutter bleiben? Oder ein bisschen schlafen?«

Lissy schüttelte nur stumm den Kopf.

»Dann komm ich mit.«

Draußen war wieder ein glühend heißer Tag und die grelle Nachmittagssonne biss Lissy so stark in den Augen, dass sie tränten.

Diesmal war es nicht so einfach, in den Dachstuhl zu kommen, in dem die Scheele Christiane ihren Kram untergebracht hatte. Das Tor zum Hof war verschlossen und der Anschlag war auf der falschen Seite, sodass Lissy es nicht mit ihrem Ausweis öffnen konnte. An irgendeiner Klingel zu schellen war zu riskant, denn sie mussten ja durchs ganze Treppenhaus und deshalb womöglich an einer Wohnungstür vorbei, in der jemand stand und schaute, wer bei ihm zu Besuch kam.

Endlich trat ein älterer Mann in Jogginghose und Adiletten vor die Tür. Lissy und Franka taten so, als hätten sie geklingelt, und schlüpften an ihm vorbei. Lissy war froh, als das schwere Tor hinter ihr ins Schloss fiel und sie über den Hof zum Hinterhaus laufen und die Stufen nach oben steigen konnten. Das Vorhängeschloss hing lose in seinem Haken. Lissy nahm es ab und stieß die raue Tür zum Dachboden auf.

»Ich glaub, sie ist nicht da«, flüsterte Franka, während sie langsam auf die zusammengetragenen Plastikbündel zugingen.

»Sie schläft«, flüsterte Lissy zurück. Ihre Hand krampfte sich um Neles Birkenstock. Tatsächlich lag – kaum erkennbar zwischen dem ganzen angehäuften Zeug – die Scheele Christiane auf ihrem Schlafsack. Sie lag auf dem Rücken, zugedeckt mit einer blauen Mülltüte. Das Haar war ihr aus der Stirn gerutscht und Lissy musste einfach auf die vernarbten Lider starren, die sich wimpernlos über der leeren Augenhöhle schlossen. Von der Scheelen Christiane ging ein unglaublicher Gestank nach Schweiß und Kot aus.

Lissy beugte sich nach unten und schüttelte sie an der Schulter. »Christiane«, sagte sie. »Christiane, wach auf!«

Aus dem Mund kam ein tiefes Knurren, begleitet von einer starken Fahne.

»Christiane!«, rief Lissy laut. »Bitte, wach auf.«

»Sie ist betrunken«, meinte Franka.

»Na und? Wann ist sie denn nicht betrunken?«, sagte Lissy böse. »Verdammt, jetzt wach endlich auf!« Sie schrie jetzt und ihre Stimme kippte und wurde schrill. »Christiane!«

Die Lider zuckten nicht mal.

Lissy wurde rabiater, schüttelte die Scheele Christiane heftiger, sodass ihr Kopf gegen die Bohlen schlug. Was lag sie besoffen hier herum, während ihr Vater gestorben war?

»Lissy, hör auf damit!«, rief Franka. »Sie kann doch nichts dafür! Sie hat doch für deinen Papa immer nur das Beste gewollt!«

Lissy hielt die Scheele Christiane weiter fest und starrte auf die geschlossenen Augen. Dann legte sie die Pennerin vorsichtig auf ihren schmuddeligen Schlafsack zurück.

»So besoffen kann gar niemand sein, oder?«, fragte Franka vorsichtig.

»Ich weiß nicht«, meinte Lissy. Ihr war zum Heulen zumute. Sie legte Christiane die Hand auf die Stirn.

»Sie schwitzt wie blöd und ist dabei ganz kalt.«

»Meinst du …« Ihre Blicke trafen sich für einen Moment.

»Wir holen einen Krankenwagen, Franka! Hier stimmt was nicht.«

Es war umständlich, dem Notruf zu erklären, wo genau sie sich befanden und dass sie rein zufällig auf einem fremden Dachboden eine ohnmächtige Person gefunden hatten. Die Frau, die den Notruf aufnahm, fragte immer wieder nach, bis Lissy einfach anfing zu heulen und Franka das Handy gab.

Franka versicherte, dass sie unten an der Haustür warten würde, während Lissy bei der leblosen Person blieb.

»Sie kommen«, sagte sie schließlich und gab Lissy ihr Handy zurück. »Ich warte unten auf sie.«

Dann war Lissy mit der Scheelen Christiane allein, die immer noch nicht auf ihren Namen reagierte. Lissy ruckelte an ihrer Schulter, aber sie stieß nur wieder ein tiefes Röcheln aus.

Lissy zog den Schlafsack unter ihr hervor und deckte sie zu, weil sie trotz der sommerlichen Hitze, die sich auf dem Dachboden gestaut hatte, so kaltschweißig wirkte.

»Hau ist tot«, sagte Lissy schließlich in das verschlossene Gesicht. »Hörst du mich? Hau ist tot und Nele ist tot und ich glaube, dass du etwas darüber weißt. Mehr, als du mir gesagt hast.« Sie fühlte noch einmal die Stirn. War sie noch kälter geworden? »Verdammt, Christiane! Mach keinen Scheiß!« Von fern hörte sie das Martinshorn.

Lissy drehte sie auf die Seite. Sie hatte das vor Jahren mal in der Schule gemacht, eine stabile Seitenlage, aber sie wusste nicht mehr genau, wie Arme und Beine anzuwinkeln waren, ob ein Arm unter den Kopf gehörte und ob Christiane wirklich so unnatürlich in der Hüfte gedreht sein musste. Lissy drückte ihr unsanft den Kopf in den Nacken. So verhinderte sie zumindest, dass Christiane erstickte, wenn sie kotzen musste. Hoffte sie.

Endlich hörte sie Stimmen im Treppenhaus, Türen wurden aufgerissen und es wurde aufgeregt herumgeschrien. Dann waren sie oben an der Treppe, feste Männerstiefel traten die kleine Tür zum Dachstuhl auf, und dann konnte Lissy endlich die Rettungssanitäter sehen. Sie schwitzten unter ihren Jacken mit den breiten neongelben Streifen. Der Notarzt kam mit einem Aluminium-Köfferchen hinterher, dahinter Franka.

Einer sagte sofort etwas in ein Funkgerät, was Lissy nicht verstand, dann schob der Notarzt sie weg und fühlte den Puls der Scheelen Christiane.

»Sie kommt mir eiskalt vor«, sagte Lissy zu ihm. Er war ziemlich dick und Schweiß stand auf seiner Oberlippe.

»Toxisch«, sagte er und blickte sich um. »Sieh mal nach, ob du hier irgendwas findest, was sie getrunken haben kann.« Lissy blickte sich in dem leeren Dachstuhl um, dann begannen sie und Franka, die Habseligkeiten der Scheelen Christiane zu durchwühlen. In einer Tüte mit einem vom vielen Benutzen fast abgeriebenen Aldi-Aufdruck fand Franka eine Anderthalb-Liter-Flasche Zitronenlimonade.

Der Notarzt schraubte sie auf und roch daran. Dann gab er sie einem der Rettungssanitäter, der zustimmend brummte.

»Könnte Frostschutzmittel sein«, sagte er. »Okay, bringen wir sie runter!«

Sie hoben Christiane, die bestimmt nicht mal fünfzig Kilo wog, vorsichtig auf die Trage und balancierten mit ihr die Treppen hinunter. Lissy und Franka gingen hinterher. Die meisten Wohnungstüren standen offen und die Leute schauten mit großen Augen auf die vernarbte Höhle im Gesicht der bewusstlosen Pennerin.

»Und jetzt?«, fragte Franka.

Lissy wusste es nicht. Das Einzige, was sie wusste, war, dass sie weitermachen musste, immer weitermachen, sonst würde sie sich auf den nächsten Bordstein setzen und nur noch weinen, bis nichts mehr von ihr da wäre.

»Hulle!«, sagte sie schnell. »Ich muss mit Hulle reden.« Sie wusste nicht mal, worüber genau. Was genau hatte die Scheele Christiane gesagt, als sie sie vor dem evangelischen Krankenhaus getroffen hatte? Vielleicht erinnerte Hulle sich besser. Aber dann musste sie daran denken, wie weinerlich und besoffen er gestern gewesen war.

»Dann komm!« Franka lief voran, und Lissy ging auf, dass Franka das Gleiche machte wie sie: einfach weiter und weiter.

Sie trafen Hulle am Mäuerchen, wo er in seinem Wettprogramm blätterte und mit einem Kuli Kringel um besonders interessante Quoten malte.

Als er Lissy und Franka sah, lächelte er. Er schien nicht mehr als seinen gewöhnlichen Pegel intus zu haben. Lissy hielt einen Moment inne, dann warf sie sich in seine Arme und hielt sich an ihm fest. Sie wühlte mit ihrer Nase in seiner alten Kleidung, sog den Geruch der Straße ein, den Schweiß, den verschütteten Schnaps und die gerauchten Zigaretten.

»Papa ist tot«, sagte sie leise an seinen kratzigen Hals gedrückt. »Mein Papa!« Das Tier drückte sich mit einem hohen Heulen in ihren Rachen und sie weinte lange.

»Und die Scheele Christiane ist vergiftet worden«, fügte Franka langsam hinzu. »Aber sie lebt.«

Hulle schob Lissy so weit von sich, dass er ihr Gesicht sehen konnte.

»Wann?«, fragte er. »Woher wisst ihr das?« Lissy blieb nah bei ihm stehen, während Franka erzählte, wie sie Christiane gefunden hatten.

»Der Notarzt vermutete eine Vergiftung mit Frostschutzmittel«, schloss sie.

»Aber …«, begann Hulle, merkte dann aber, dass er nichts zu sagen wusste.

»Du musst mir helfen, Hulle. Erinnerst du dich daran, was die Scheele Christiane vor dem evangelischen Krankenhaus gesagt hat.«

Hulle rieb sich am Kopf herum.

»Irgendwas mit Ratten, oder?«, sagte er nach kurzer Überlegung. »Und dass sie den Tod gesehen hat.«

Das Motorrad zitterte zwischen seinen Knien, als er über die Auffahrt der A45 jagte. Es war eine lang gezogene Kurve und er brauchte seine ganze Konzentration, um bei seinem schnellen

Tempo die Balance zu halten. Dann war er auf der Beschleunigungsspur, schaltete hoch und riss das Gas auf.

Nele, Nele, Nele, dachte er, obwohl er es nicht wollte, und dann musste er sich wieder konzentrieren, weil er einen BMW überholte. Die Tachonadel schlug auf die 180 und vor ihm lag eine weitere Kurve, lang gezogen, und er legte sich mit seinem ganzen Gewicht hinein. Seine Arme hielten das Lenkrad und er spürte, wie er fast aus der Fahrlinie getragen wurde. Er steuerte sanft dagegen.

Er wusste nicht mehr genau, was er wirklich getan hatte, was er nur geträumt hatte. Er richtete seine Maschine auf und drehte das Gas wieder hoch. Sie beschleunigte folgsam und schnell.

Er liebte diese Maschine.

Gift, dachte er, pures Gift, und da kam schon die nächste Herausforderung. Er ließ den Gasgriff kurz los, dann warf er sich in die nächste Kurve, spürte, wie sein Körper die Maschine kippte und wie seine Hand automatisch am Gasgriff drehte, um die zweite Hälfte der Kurve zu fahren. Dann ging es wieder geradeaus, die weißen Schriftzeichen auf den blauen Schildern blitzten auf und verschwanden und er genoss es.

Da waren Schatten gewesen, dunkle Schatten überall, als Nele dort lag, die Augen geschlossen, und überall das Blut, das schwarz schimmerte. Er hätte da schon etwas tun müssen.

Er fuhr an der nächsten Ausfahrt hinaus und dann wieder auf die Autobahn, in entgegengesetzter Richtung.

Er stellte sich vor, wie diese einäugige Obdachlose dieses zitronige Gift in sich hineinschlürfte, wie dünne Rinnsale aus ihren Mundwinkeln herausliefen und auf ihre schmutzige Kleidung tropften. War das wirklich geschehen? Nein, das hatte er geträumt. Aber er erinnerte sich so gut daran, wie sie an ihrem Pony gezupft hatte, damit er die tote Augenhöhle nicht sah. Er erinnerte sich sogar daran, wie sie ihn erkannt hatte, wie er sie bat, nichts mehr zur Polizei zu sagen.

Er zog über die Autobahn, und er fühlte sich beruhigt, so als hätte Nele selbst, so wie sie es oft getan hatte, den Kopf schief gelegt und ihm gesagt, dass doch alles nur ein Spiel sei.

Aber genau das beunruhigte ihn am allermeisten. Seit Nele tot war, war sie ständig bei ihm. Sie stand neben ihm, als er der Einäugigen das Gift gab und ihr versprach, dass sie ab jetzt immer, täglich, Alkohol von ihm bekommen sollte, immer der gleiche Platz, immer die gleiche Zeit, wenn sie nur nichts der Polizei sagen würde.

Aber Nele stand auch neben ihm, wenn er trainierte, sie stand sogar neben seinem Bett, wenn er schlief. Sie war immer da. Immer. Wie oft hatte er sich genau das gewünscht? Und wie war es Wirklichkeit geworden?

Sie waren in Frankas kleinem Zimmer, einfach weil Lissy nicht zu Hause sein wollte, und Franka machte den Käfig ihres Kaninchens sauber. Lissy hielt Goethe, das Kaninchen, auf dem Schoß und kraulte es hinter den Ohren. Es tat ihr gut, das warme weiche Fell zu berühren.

»Du weißt es doch, Lissy! Geh damit zur Sager! Erzähl ihr alles, was du weißt, und dann überlass es der Polizei.«

Lissy drückte ihre Nase in den Pelz des Kaninchens.

»Das hat Christiane nicht aus irgendeinem Märchen, verstehst du? Der böse Prinz kommt in keinem Märchen, das ich kenne, vor.«

»Du meinst auch, sie hat es gesehen, nicht wahr?«, fragte Lissy in das Fell von Goethe, was sie sowieso schon wusste. Sie musste es nur noch mal von Franka hören.

»Sie hat ihn gesehen. Sie hat Daniel gesehen«, sagte Franka. »Und du weißt das, oder?«

»Ja«, flüsterte Lissy dem Kaninchen zu. Sie streichelte verzweifelt über das Fell.

Im Zimmer wurde es ganz still.

»Komm, wir gehen zur Polizei!«, sagte Franka und nahm ihr Goethe ab. »Wir gehen jetzt sofort zur Sager und erzählen ihr alles.« Sie setzte das Kaninchen in den Käfig. Goethe hoppelte ein bisschen herum, dann kratzte er sich am Ohr.

Lissy hätte sich gerne noch weiter an den lebendigen Pelz geschmiegt, aber sie sah ein, dass sie weitermachen musste.

Die Sager stand vor der kleinen Wache und rauchte. Anscheinend durfte sie das in ihrem Büro nicht.

Franka winkte und hielt auf sie zu. Lissy folgte ihr. Das Tier in ihrem Bauch wollte beachtet werden und biss sie genau in dem Moment, in dem die Augen der Sager sich erstaunt weiteten.

»Lissy«, stieß sie mit einer Rauchwolke hervor. »Was machst du hier?«

»Hören Sie ihr zu!«, sagte Franka. »Wir wissen, wer Nele Hoffmann getötet hat!«

Die Sager biss sich auf die dünnen Lippen.

»Wen verdächtigst du?«, fragte sie Lissy. Sie warf die Zigarette mit einer geübten Bewegung in den Gulli.

Lissy sah der Kippe nach.

»Sie kennen doch die Scheele Christiane, oder? Sie hat ihn gesehen«, begann Lissy. Dann holte sie tief Luft, legte ihre Hand auf das Tier, das in ihrem Bauch auf- und absprang und sagte leise: »Daniel. Den hat die Scheele Christiane gesehen, verstehen Sie?«

»Lissy, pass auf! Ich kann das natürlich weitergeben, aber …« Die Sager ging gar nicht darauf ein, was Lissy sagte. »Nun, du bist zur Fahndung ausgeschrieben. Ich müsste dich eigentlich festnehmen.«

»Was?« Lissy zuckte zurück. Sie wollte nicht mehr in diesen schrecklichen Raum unten im Präsidium, in dem Berg, Wolfers und die Videokamera auf sie warteten.

»Gerade eben ist das Fax gekommen. Sie haben dich offenbar nicht zu Hause angetroffen.« Sie holte noch eine Zigarette heraus und steckte sie sich an.

Lissy versuchte weiterzudenken, aber ihr Kopf war ganz leer. Sie konnte nicht wieder in diese Zelle. Wenn sie dort allein auf der Pritsche sitzen müsste, würde sie zusammenbrechen.

»Komm, Lissy, mach keinen Scheiß!« Die Sager versuchte, sie am Arm zu fassen. »Ich fahr dich zum Jürgensplatz und da kannst du alles sagen, was du weißt.«

Lissy wich ihrer Hand aus, und dann rannte sie so schnell, wie sie noch nie gelaufen war.

Sie lief bergab, durch die kleinen Seitenstraßen, weil sie Angst hatte, dass ein Polizeiauto am Gerresheimer Rathaus nach ihr suchen würde. Sie spürte, wie müde ihre Beine waren, wie ihr Bauch mit dem beißenden Tier sich krümmen wollte, und sie stolperte über einen Bordstein. Ihr Fuß knickte um. Für einen Moment schmerzte es, doch Lissy konnte nicht darauf achten. Sie überquerte die Heyestraße, lief vor eine klingelnde Straßenbahn und bog endlich in die kleine Straße ein, in der Tamara wohnte. Sie hielt für einen Moment inne, die Hände gegen das sonnenwarme Aluminium der Haustür gestützt. Dann klingelte sie und Tamara drückte oben auf den Summer.

Sie humpelte die Treppen hinauf. Die Tür zu Tamaras Wohnung war nur angelehnt.

»Kommen Sie nur herein! Ich bin hier bei Baby Jane!« Tamaras Stimme war unnatürlich hoch.

»Hallo!«, sagte Lissy.

»Ach, hallo! Ich dachte, die Tante vom Jugendamt … Wie siehst du denn aus?« Tamara musterte sie von oben bis unten. »Stimmt etwas nicht?«, fragte Tamara.

»Ach, Scheiße. Hast du etwa einen Termin mit der Tante vom Amt?«

»Sie wollte gegen sechs hier sein, ja«, erwiderte Tamara. »Aber du kannst ruhig dableiben.«

»Nein«, sagte Lissy. »Das geht nicht. Die Bullen suchen mich.«

»Scheiße«, sagte Tamara. »Immer noch wegen dieser Sache mit Nele?«

»Ja, ich denke schon. Ich bin gerade der Sager abgehauen.«

»Und jetzt?«, fragte Tamara.

Lissy dachte einen Moment nach. Wo konnte sie hin? Dann zog sie ihr Handy raus und telefonierte.

Sie nahm die S-Bahn zum Hauptbahnhof und stieg dort in die U75 um. Es war Feierabendverkehr, die Bahnen waren voller verschwitzter Menschen, die nach Hause wollten. Lissy war müde, spürte den Schmerz in ihrem Knöchel und ließ alle anderen vor ihr einsteigen. Sie lehnte sich an die Tür und musste jedes Mal von den ausklappbaren Einstiegsstufen zurücktreten, wenn die Bahn hielt.

Als die Bahn über den Rhein fuhr, schaute Lissy auf die Rheinauen, in denen sie mit Justus spazieren gegangen war. Die Bahn war jetzt nicht mehr so voll und sie konnte sich an die

Scheibe lehnen. Ein Schwarm Vögel flog über den Fluss, ob es Tauben waren, konnte Lissy nicht erkennen.

Vom Barbarossaplatz aus war es nicht mehr weit bis zu dem Haus, in dem Justus wohnte. Die Wohnung war riesig, mit teurem Parkett ausgelegt und hatte große Fenster, durch die man den verwilderten Garten sehen konnte.

»Meine Mutter ist beim Arzt«, sagte Justus. Dann musterte er Lissy genauso, wie es Tamara vorhin getan hatte. »Alles klar?«, fragte er.

»Mein Knöchel, ich glaube, ich habe mir den Knöchel verstaucht.« Lissy setzte sich auf das breite Sofa und zog ihre Schuhe aus. Der ganze Fuß war geschwollen.

»Das sieht nicht gut aus«, sagte Justus. Er verschwand und kam kurz darauf mit einer Salbe wieder. Er setzte sich neben sie und zog ihren Fuß in seinen Schoß. Dann begann er den Fuß einzucremen. Lissy lehnte sich zurück und schloss die Augen. Müdigkeit sickerte in ihren Körper.

»Komm«, sagte Justus. »Du kannst in meinem Bett schlafen.«

Er gab Lissy ein großes T-Shirt von sich, legte ihr ein Handtuch ins Bad und machte ihr ein Brot mit Käse und klein geschnittenen eingelegten Tomaten. Lissy verschlang es und Justus machte ihr noch eins, das sie auf der Bettkante sitzend aß. Dann legte sie sich zurück, Justus zog die Vorhänge vor und legte ihr die Bettdecke über die Schulter.

Sie wurde wach, als Justus sich neben sie legte. Er rückte nahe an sie und legte seinen Arm um ihre Taille.

»Schlaf weiter«, flüsterte Justus an ihrer Schulter. Lissy meinte, einen Kuss an ihrem Hals zu spüren. »Schlaf noch ein bisschen.«

Er strich über ihre kurzen Haare und zog sie fester an sich.

Lissy war klar, dass er das alles freundschaftlich meinte. Vor ein paar Wochen hätte es vielleicht noch etwas anderes bedeutet, aber jetzt war Justus nur nett zu ihr.

»Was ist denn passiert?«, fragte er leise. »Willst du nicht darüber reden?«

»Jetzt nicht«, sagte Lissy. »Ich bin völlig fertig.«

»Schon gut«, erwiderte Justus. »Du musst nichts sagen.«

»So meine ich das nicht. Ich bin nur …«

»Schlaf einfach ein bisschen.« Justus kraulte ihre Locken.

»Ja«, sagte Lissy dankbar. Aber sie konnte nicht mehr einschlafen. Justus' Atemzüge wurden tiefer. Er zog seinen Arm weg und drehte sich auf die andere Seite.

Lissy sah in die Dunkelheit, versuchte die Schemen, die es in Justus' Zimmer gab, zu erkennen: das hohe Bücherregal, den Kleiderschrank daneben, den Schreibtisch, die CD-Sammlung und die großen Boxen seiner Musikanlage. An der Anlage brannte noch ein kleines rotes Licht, wie ein winziges Auge.

Lissy dachte an die letzten Stunden, die sie mit ihrem Vater zusammen gewesen war, doch sie durfte nicht weinen, nicht jetzt. Wenn sie jetzt anfing zu weinen, würde sie nie wieder aufhören.

Fliegen, fliehen, fliegen,
das kann ich nicht mehr.
Vergiftete Taube:
Die Guten ins Töpfchen,
Die Schlechten ins Kröpfchen.

Sie musste wieder eingeschlafen sein, denn als Justus sie weckte, stand die Sonne im Zimmer. Für einen winzigen Moment war alles gut, aber nur für einen winzigen Moment.

»Willst du was frühstücken?«, fragte er sie. »Ich muss gleich zur Schule.«

»Nur eine Tasse Kaffee«, sagte Lissy. Sie stand auf, bewegte prüfend ihren Fuß, der sich besser anfühlte, und schlüpfte in ihre Klamotten. Sie rochen ein bisschen.

Dann nahm sie ihr Handy und simste ihrer Mutter, dass alles okay mit ihr sei. Was nicht stimmte. Nach dem ersten Schluck Kaffee hätte sie am liebsten erbrochen. Ihr Bauch schmerzte.

Sie hielt das Handy weiter in der Hand und scrollte durch die Nummern, bis sie die von Daniel auf dem Display hatte. Verdammt, dachte sie, was für eine Scheiße.

Justus kam aus dem Bad, fertig angezogen und gut riechend.

»Kannst du ihn für mich anrufen?«, fragte sie. »Von deinem Handy aus.«

Justus schob seinen langen Pony zurück und seufzte.

»Ich dachte, das mit euch sei vorbei. Warum läufst du ihm denn hinterher? Das hast du doch gar nicht nötig«, sagte er, während er die Nummer in sein Handy eintippte.

»Und außerdem, was ist, wenn er an Neles Tod schuld ist?«, fragte er weiter.

Lissy stand schnell auf und ging ins Bad. Sie beugte sich über die Kloschüssel. Es würgte in ihrem Hals und sie spuckte den Kaffee aus. Dann kam grüne Galle. Sie blieb noch einen Moment über die Schüssel gebeugt stehen, roch das Erbrochene und drückte dann am Spülkasten. Das frische Wasser spritzte ihr ins Gesicht. Sie richtete sich mühsam auf und spülte sich den Mund aus. Weil sie keine Zahnbürste hatte, nahm sie ein bisschen Zahnpasta und rieb sie sich über die Zähne. Sie musste wieder würgen.

Justus klopfte an die Tür.

»Alles klar?«, fragte er.

Lissy schloss die Tür auf.

»Ruf ihn an! Ich muss mit ihm reden!«, sagte sie.

»Psst! Meine Mutter schläft noch«, mahnte Justus.

»Ich muss!«, sagte Lissy drängend. »Und ich bin mir sicher, dass er mit Neles Tod zu tun hat. Und dann hat er versucht, die Scheele Christiane zu vergiften. Ich selbst hab sie ihm ja sogar noch gezeigt!«

»Hä?«, fragte Justus irritiert. »Was erzählst du da?«

»Christiane hat ihn gesehen, verstehst du? Sie hat sogar mehrmals versucht, es mir zu sagen!«

»Und du hast es Daniel erzählt?«, fragte Justus verständnislos.

»Nein, aber sie war bei der Polizei, dort haben sie sie festgehalten. Und als ich sie das nächste Mal gesehen habe, lag sie vergiftet in ihrem Dachstuhl.«

Lissy dachte daran, wie Berg und Daniels Vater sich auf die Schultern geklopft hatten.

Justus hielt sich sein Handy ans Ohr und lauschte auf das Freizeichen. Daniels Mailbox ging an.

»Er geht nicht ran«, sagte er.

»Dann fahre ich zur Werkstatt. Ich muss …«

»Aber du willst ihn doch wohl nicht warnen?«, fragte Justus. »Geh damit zur Polizei, Lissy. Red mit der Sager.«

»Das hab ich schon versucht.« Lissy schüttelte den Kopf.

»Ich muss zur Schule«, sagte Justus mit einem Blick auf die Uhr in seinem Handy. »Lass uns unterwegs weiterreden.«

Sie verließen gemeinsam die Wohnung, und Justus versuchte auf dem Weg zur Haltestelle, Lissy umzustimmen. Aber sie hörte ihm gar nicht richtig zu.

»Soll ich bei der Sager anrufen und ihr erzählen, was du glaubst?«, bot Justus schließlich an, bevor sie sich an der Heinrich-Heine-Allee trennten. Lissy blieb in der Bahn.

»Nein«, sagte Lissy. Aber sie wusste, dass Justus genau das tun würde.

Die Automeile am Höherweg zog sich ziemlich hin, wenn man wie Lissy einen verstauchten Knöchel hatte.

Sie humpelte an der Ligusterhecke vorbei und betrat die Werkstatt. Jakub war allein dort. Unter einem blauen Arbeitskittel trug er einen helle Hose und ein weißes Hemd. Als er Lissy sah, blickte er schnell auf die Tür, die aus der Werkstatt in den Verkaufsraum führte.

»Was machst du denn hier?«, fragte er nervös und wischte sich die Hände an seinem Kittel ab. »Wo ist Daniel?«

»Ich dachte, er sei hier«, sagte Lissy. »Ich muss mit ihm reden!«

Jakub sah noch einmal zu der Tür hin, so als erwarte er, dass irgendjemand, Daniels Vater wahrscheinlich, in die Werkstatt käme.

»Nein. Wir machen uns schon große Sorgen. Seit vorgestern ist er einfach verschwunden. Mit seinem Motorrad.«

Lissy sah sich in der Werkstatt um. Es roch hier so, wie Daniel immer gerochen hatte. Sie sah auf das Regal mit den Putzmitteln.

»Fehlt da was? Frostschutzmittel vielleicht?«, fragte sie.

»Woher weißt du das?«, fragte Jakub verdutzt. »Ich hab's dem Feigel noch nicht gesagt, aber das Methanol fehlt tatsächlich. Hat das was mit Daniel zu tun?«

»Ich glaube schon«, sagte Lissy.

Jakub trat näher an sie heran.

»Die Polizei hat sein Konto überprüft. Da sind größere Beträge eingezahlt worden und auch immer wieder abgehoben.« Jakub flüsterte. »Alles ziemlich verdächtig, was?«

Lissy betrachtete Jakubs Gesicht.

»Er hat Nele getötet«, sagte sie. »Und hat versucht, eine Obdachlose, die ihn beobachtet hat, zu vergiften.«

Für einen Wimpernschlag war auf Jakubs Gesicht ein Grinsen zu sehen, bevor er sich wieder bemühte, besorgt auszusehen.

Wenn Daniel in den Knast ginge, wäre er im Autohaus die Nummer zwei, gleich nach Daniels Vater, dachte Lissy.

»Hat er vorgestern was vom Konto abgehoben? Oder gestern?«, fragte Lissy.

»Nein, das ist es ja. Und sein Handy hat er auch zu Hause gelassen.« Jakub klang wieder besorgt.

Lissy wusste nicht, was sie sonst noch fragen könnte. Sie nickte ihm zu und humpelte zur Bushaltestelle.

Das letzte Stück zur Rennbahn musste sie laufen. Es ging an den Landeskliniken vorbei. Am liebsten wäre sie zu der Ärztin mit den netten Augen gegangen und hätte gefragt, ob sie ihren toten Vater noch einmal sehen könnte. Nein, dachte sie, noch lieber würde sie weiter denken, dass ihr Vater in einem der Häuser in diesem großen Park wäre und dass sich jemand um ihn kümmerte , dass jemand dafür sorgte, dass er ein Frühstück und ein warmes Mittagessen bekäme. Am liebsten würde sie zu ihrem Vater marschieren und sich wieder an sein Krankenbett setzen und hoffen, dass alles wieder gut würde. Aber es gab keinen Ort, an dem das möglich war, hier nicht und auch sonst nirgendwo.

Mein Papa ist tot, dachte sie versuchsweise, als sie den weißen Gebäuden der Klinik den Rücken kehrte. Mein Papa ist tot, dachte sie, während sie mit ihrem schmerzenden Fuß weiterlief, durch die rauschenden Buchen an der Seite der Rennbahnstraße, am Tierpark vorbei und an den weißen, etwas heruntergekommenen Ställen.

Sie hatte es sich so oft vorgestellt, hatte so oft Angst davor gehabt, und jetzt, wo es wahr geworden war, konnte sie es gar nicht begreifen.

Die Tore zur Rennbahn waren geöffnet und sie ging hoch zu den weiß gestrichenen Tribünen. Es tat weh, die vielen Stufen hochzuhumpeln, die alle einen unterschiedlichen Abstand zur nächsten hatten. Sie setzte sich dorthin, wo sie mit Daniel gesessen hatte, an diesem Gewitternachmittag, als er sie überall geküsst hatte, auf den Mund, auf ihre Brüste und ihren Bauch. Und dann hatte er sich hingekniet und ihre Scham geküsst, bis sie gekommen war. Sie stöhnte auf. Ein Spiel, hatte Nele gesagt. Und Nele hatte recht gehabt. Für Daniel war es nur ein Spiel gewesen.

Sie durfte jetzt nicht weinen. Sie durfte nicht mal daran denken. Sie musste weitermachen, sich überlegen, was sie überhaupt von Daniel wusste. Wo konnte er sich verstecken? Wusste er, dass Christiane noch lebte? Dass sie ihn früher oder später in einem ihrer klaren Momenten verraten würde?

Und was war mit dem Geld? Hatten Nele und er gemeinsam das Morphin aus dem Altenheim verkauft? Und hing Philipp auch mit drin?

Sie blickte auf die hohen Kastanien, die die Rennbahn an der anderen Seite umsäumten, auf die Hecken und das grüne Gras, auf dem die Pferderennen ausgetragen wurden. Pferde, dachte sie. Dann humpelte sie zurück und nahm die Straßenbahn.

Neles Mutter trug eine alte Jeans, die einen großen Kaffeefleck auf dem Oberschenkel hatte. Lissy lächelte sie an und wartete darauf, dass sie zur Seite trat, um sie hereinzulassen. Aus der Wohnung heraus roch es muffig. Doch die Frau strich sich nur eine fettige Haarsträhne zurück. Sie sah verwahrlost aus und Lissy dachte, dass sie selbst wahrscheinlich genauso verwahrlost aussah.

»Neles Pony«, sagte sie. »Wo ist der Stall?«

»Suchst du nach Daniel?«, fragte die Frau. Ihre Stimme klang müde. »Die Polizei war gestern da.«

»Haben Sie denen von dem Stall erzählt?«, fragte Lissy.

»Nein, hab nicht dran gedacht.« Die Frau wollte die Tür schon wieder schließen. Sie wollte nicht, dass noch irgendwas von der Welt in ihre Wohnung drang. Und Lissy konnte es verstehen. Trotzdem stemmte sie sich gegen die Tür.

»Wo ist der alte Stall?«, fragte sie noch mal.

Die Frau holte tief Luft. Dann zuckte sie mit den Schultern und gab nach.

»Von der Glashüttenstraße aus, da an der Düssel, geht ein kleiner Weg in Richtung Erkrath. Ist ja nicht viel mehr als eine Scheune. Dort sind jetzt keine Pferde mehr.«

»Und da könnte Daniel sein?«, fragte Lissy.

»Möglich.« Die Frau schob die Tür zu.

Lissy blieb vor der Tür stehen und betrachtete das dunkle Holz, das selbst getöpferte Schild, auf dem Neles Name stand, und plötzlich bekam sie Angst, genauso in Trauer und Schmerz zu versinken wie die Frau, die hinter dieser Tür lebte. Sie streichelte über das Tier in ihrem Bauch. Ihr Fuß pochte inzwischen ziemlich stark, aber sie wollte nicht aufgeben. Sie überlegte schon, wie sie zur Glashüttenstraße kam. Das war ganz am Stadtrand.

Hier hatte alles angefangen mit Nele und ihm. Daniel schob sein Motorrad in die alte Scheune. Es roch nach muffigem Heu und Staub tanzte in den Sonnenstrahlen, die schräg durch die Holzwand fielen. Er warf einen Blick in die leeren Boxen. Lasko und Fire, Nele und Daniel.

Damit hatte es angefangen, mit den Ponys und den Springturnieren. Und wie er und Nele sich gegenseitig überboten hatten. Wer würde es wagen, über die hohe Mauer zu springen? Wer würde bei der Herbstjagd Erster sein? Wer würde beim Ringstechen gewinnen?

Hier würde es enden. Er nahm einen Cheeseburger aus der Tüte, wickelte ihn aus und biss hinein. Es schmeckte ihm nicht. Er nahm einen Schluck Cola, um das lauwarme Fleisch hinunterzuspülen.

Dann setzte er sich nach draußen und sah über die Weiden zur Düssel hin. Er konnte einfach nicht mehr. Sobald er die Augen schloss, sah er die tote Nele, sah er die Pennerin, die ihre Hand nach der Flasche ausstreckte und gierig ihre Lippen über den Plastikhals stülpte.

Er tastete nach der Ampulle. Zuerst würde er sich das Morphin spritzen und sich dann die Adern öffnen. Und dann würde er sterben, den Rücken an die harten Bretter der Scheune gelehnt und mit den Weiden im Blick.

Lissy meinte, auf dem Split des kleinen Weges am Waldrand die Spur eines Motorrades erkennen zu können, aber sicher war sie sich nicht.

Auf der linken Seite lag ein kleiner Pferdestall, davor standen drei Tiere dösend in der Mittagssonne, Kopf an Schweif und jeweils das rechte Hinterbein angewinkelt. Lissy humpelte weiter, auf eine kleine Scheune zu, die zwischen alten Weidezaunpfählen stand. Hohes Gras hing über den wenigen Drähten, die zwischen den Pfählen gespannt waren. Die Scheune selbst war zu einer Seite offen. Lissy konnte von Weitem das Motorrad sehen. Das Tier in ihrem Bauch hüpfte aufgeregt auf und ab.

Sie humpelte schneller.

Daniel saß mit geschlossenen Augen an der Seite der Scheune. Neben ihm lagen eine braune McDonald's-Tüte und zwei Flaschen Cola.

Als er Lissy hörte, öffnete er die Augen und blickte ihr mit ausdruckslosem Gesicht entgegen.

Das Tier in Lissy knurrte. Jetzt, als sie ihn sah, war ihr plötzlich klar, dass sie einen furchtbaren Fehler gemacht hatte. Sie humpelte trotzdem weiter, winkte ihm sogar zu und versuchte zu lächeln. In ihrem Körper war dieses Sehnen, es zog sich durch ihre Adern und schmerzte.

Er stand auf, aber er ging ihr nicht entgegen, obwohl er sehen musste, dass sie humpelte.

»Was willst du?«, fragte er.

»Dich«, sagte Lissy einfach und wurde rot. »Dich sehen. Mit dir reden.«

»Scheiße, Lissy«, machte Daniel. »Lass mich doch einfach in Ruhe.«

Sie konnte jetzt in seine Augen sehen, die immer noch in diesem wunderschönen Grün strahlten, sie konnte seine etwas schiefen Zähne sehen, die sie so anziehend fand. Sie wollte ihn berühren, das war alles. Und dann dachte sie an die Fotos von Nele, die sie im Polizeipräsidium gesehen hatte, an den kalten Schweiß, den sie auf der Stirn der Scheelen Christiane berührt hatte.

»Mit dir reden«, sagte sie noch mal und senkte den Kopf.

Neben der McDonald's-Tüte glitzerte etwas und Lissy machte einen Schritt darauf zu. Es war eine kleine Ampulle, und daneben lagen eine Spritze, wie sie sie aus dem Altenheim kannte, und ein Skalpell.

»Ich schaff es nicht«, sagte Daniel wie zur Erklärung. »Ich wollte mir eine Spritze setzen, um keine Schmerzen zu haben, und mir dann die Pulsadern durchschneiden.«

Lissy musste schlucken. Damit hatte sie nicht gerechnet.

»Eigentlich macht man es in der Badewanne«, sagte Daniel und verzog das Gesicht. »Aber hier, das schien mir irgendwie schöner.« Er machte eine Geste über die Weiden, die zu beiden Seiten der Düssel lagen.

»Nein«, sagte Lissy leise.

»Ich schaff's ja sowieso nicht.« Daniels Gesicht verzerrte sich. Er trat gegen die Tüte und danach noch einmal gegen die Colaflaschen.

»Ich bin ein Loser, verstehst du? Und ich weiß nicht, was du von mir willst! Wieso läufst du mir die ganze Zeit nach?«, schrie er plötzlich Lissy an.

Lissy fühlte sich nackt, nackter, als sie jemals vor ihm gestanden hatte. Das Tier kroch aus ihrem Bauch hinauf in ihren Hals und blieb dort wie ein klebriger Klumpen stecken. Sie streckte ihre Hand aus und berührte seinen Arm.

»Bitte«, quetschte sie hervor. »Sag, dass das alles nicht wahr ist, bitte!«

»Was soll nicht wahr sein?«, fragte er. »Was geht dich das alles überhaupt an, hm?«

Lissys Tier knurrte und sträubte das Fell. Ihm wuchsen Hauer und es drängte nach vorn.

Lissy schlug ihm fest ins Gesicht, mit der flachen Hand, sodass es laut klatschte. Und es fühlte sich so gut an, dass sie sofort noch einmal zuschlug. Als er sich nicht wehrte, packte sie seine Haare, diese vollen blonden Haare, über die sie so gern gestreichelt hatte, und riss seinen Kopf so weit herunter, dass er ihr in die Augen sehen musste.

»Du hast Nele umgebracht, ja!«, schrie sie. »Du mieser kleiner Feigling! Du hast sie umgebracht!«

»Nein«, sagte Daniel. »Ich war das nicht!«

Er ruckte mit seinem Kopf hoch. Lissy behielt ein Büschel Haare in der Hand zurück.

Sie schmiss sie ihm ins Gesicht.

»Ich war da, an dem Abend, ja. Aber sie lag schon da …« Daniels Gesicht verzog sich, als wollte er weinen. »Ich hätte Hilfe holen sollen, ich weiß. Aber ich hatte Angst.«

»Wovor?«

»Sie war tot, das konnte ich an ihren Augen sehen. Und wir haben doch die ganze Zeit dieses Morphium vertickt und da bin ich einfach durchgedreht … war mit dem Motorrad unterwegs … ich weiß nicht, wie lange.«

Sie standen sich atemlos gegenüber, und immer noch fühlte Lissy, wie ein Teil von ihr Daniel streicheln wollte, ihn in den Arm nehmen und trösten.

»Wer hat Nele denn dann umgebracht?«

Daniel schüttelte den Kopf. Er nagte auf seiner Unterlippe und Lissy konnte seine schiefen Zähne sehen.

»Und Christiane?«, fragte Lissy weiter.

»Ach!«, machte Daniel.

»Das war kein Unfall! Und erst, nachdem du wusstest, dass es schiefgegangen war, sitzt du hier herum und tust dir selbst leid, oder?«, machte Lissy weiter.

Der Stoß von Daniel kam schnell und fest. Lissy stolperte über ihren verstauchten Fuß und schnappte nach Luft.

Daniel schwang sich auf sein Motorrad und startete es. Lissy sprang ihm in den Weg – ihr Fuß knickte dabei noch mal um – doch er raste an ihr vorbei, und sie blieb allein zurück. Wütend nahm sie ihr Handy und wählte die Nummer der Auskunft, die sie mit dem Polizeipräsidium am Jürgensplatz verband. Sollte Berg sie doch einsperren und verhören!

Sie wurde durchgestellt, und Berg meldete sich förmlich.

»Hier ist Lissy Winterhart«, sagte sie. »Ich habe Daniel gefunden.«

»Lissy, was …?« Von Bergs sonst so selbstsicherer Stimme war wenig zu hören.

»Daniel ist in Richtung Unterbacher See unterwegs, von der Glashüttenstraße aus.«

»Und du?«, fragte Berg. »Wir suchen seit gestern nach dir!«

»Ich bin noch an der Glashüttenstraße. Aber Daniel ist mit dem Motorrad unterwegs und ich glaube …«

»Also, Richtung Unterbacher See?«, fragte Berg dazwischen. »Gut! Und du bleibst jetzt, wo du bist. Wir sammeln dich ein!«

Das Tier in ihr sprang immer noch von innen gegen ihre Kehle und brüllte. Es hatte keine Angst mehr und deshalb tat es nicht mehr weh.

Die zitternden Griffe des Motorrades in seinen Händen, das Gas weit aufgedreht, das Schreien und die Wut drückte der Gegenwind in den Hals zurück.

Er schlängelte sich durch die Autos, die auf der Glashüttenstraße fuhren, wurde angehupt und hupte zurück.

Er suchte etwas, eine Möglichkeit, eine Gelegenheit. Was sollte jetzt noch kommen? Er zog weiter, blinkte, fädelte sich ein. Ein Blick auf die Tachonadel, er fuhr über hundert, und das auf der Autobahnauffahrt. Er würde sterben, dachte er und musste lachen.

Rechts an einem kleinen Fiat vorbei, links der Seitenstreifen, die Leitplanke, dahinter ein Graben, das Gras darin grau von den Tausenden Auspuffgasen, die jeden Tag an ihm vorbeirauschten. So, wie er selbst rauschte, ein einziger Rausch war diese letzte Fahrt, dieser letzte Ritt, genau wie früher, auf seinem schwarzen Pony. Er erinnerte sich noch an die gebrüllten Anweisungen kurz vor dem Sprung. »Warten!« hatte der Springtrainer gerufen, »Warte auf den Sprung!«, und dann hatte er die kräftigen Hinterbeine des Tieres gespürt, die weit unter dem Körper ausholten und sich vom Boden abdrückten, und wie die Vorderbeine seines Pferdchens sich hoben, und er selbst wurde von diesem Körper mitgenommen, hochgehoben von einer Kraft, die so viel größer war als seine.

Jetzt war er in der Luft, höher und höher, und seine Maschine riss ihn nach unten und dann fiel er, fiel tiefer, als er gedacht hatte.

Da war der Schmerz, größer als die Maschine, die sich röhrend über seinen Körper wälzte, und er schrie, schrie, bis er hörte, wie der Motor neben ihm erstarb.

Lissy humpelte auf der Glashüttenstraße bis zur Rampe, die über die Bahngleise führte, als sie den großen VW von Berg sah. Sie lehnte sich an das Geländer der Überführung und warf einen Blick auf die S-Bahn, die unter ihr in Richtung Hauptbahnhof fuhr. Dann stieß sie sich vom Geländer ab und ging auf das haltende Auto zu. Berg wollte aussteigen, doch Lissy machte die Beifahrertür auf und setzte sich neben ihn.

Für einen Wimpernschlag sahen sie sich an, dann legte Berg den Gang ein und sie rollten über die Straßen der Stadt, die Lissy nur noch verschwommen wahrnahm, bis zum Jürgensplatz.

Berg half ihr beim Aussteigen und sie musste sich zusammennehmen, um nicht laut zu jammern. Aber das wollte sie Berg nicht gönnen.

In Bergs Büro wartete Wolfers auf sie.

Lissy ließ sich auf einen Stuhl fallen. Sie konnte ihren eigenen Schweiß riechen und verschränkte die Arme.

»Kann ich was zu trinken haben?«, fragte sie. »Cola oder so?«

Berg und Wolfers wechselten einen Blick.

»Bitte«, sagte Lissy.

Wolfers stand auf und kam mit einer Cola zurück.

»So«, sagte Berg. »Dann wollen wir mal …«

»Wo soll ich anfangen?«, fragte Lissy.

»Bei der Obdachlosen vielleicht?«, fragte Berg. »Das würde uns beispielsweise interessieren.«

»Also«, begann Lissy und nahm einen Schluck von der Cola.

Sie war eiskalt und süß, und sie tat ihr gut. »Ich wusste, wo ich die Scheele Christiane suchen musste, und dann sind wir zu ihr gegangen, um sie wegen des Schuhs zu fragen, aber da war sie schon bewusstlos.«

»Wegen dieses Schuhs?«, fragte Wolfers. In seiner Hand baumelte eine durchsichtige Plastiktüte mit dem Birkenstock darin.

»Ja«, sagte Lissy. »Den habe ich bei Christiane gefunden, und dann …« Sie sah von einem zum anderen. Die beiden schwiegen. Es war, als würde sie gegen eine Wand reden.

»Wir haben den Schuh bei dir zu Hause sichergestellt«, sagte Berg leise. Lissy war schlau genug, um in seiner Stimme eine Warnung zu hören. Sie bewegte vorsichtig ihren pochenden Fuß.

»Ich habe den Schuh bei Christiane auf dem Dachboden gefunden …« Sie verstummte. Berg und Wolfers schwiegen auch.

»Und du hast ihn für den Schuh von Nele gehalten? Du hast ihn erkannt?«, fing Wolfers nach einer Weile an.

Lissy nickte.

»Warum bist du dann nicht zu uns gekommen?«, fragte Wolfers.

»Dir ist schon klar, dass alles gegen dich spricht, oder?«, fragte Berg, bevor Lissy antworten konnte.

»Aber er war's doch!«, sagte Lissy laut. »Er hat mir selbst gesagt, dass er Nele …« Sie sah von einem zum anderen. »Deshalb suchen Sie ihn, oder?«

»Du sprichst von Daniel?«, fragte Berg und zum ersten Mal grinste er. Er fixierte Lissy weiter durch seine Wimpern. »Das hättest du wohl gern. Leider hat er ein ziemlich gutes Alibi.«

»Was hat Daniel denn über Nele gesagt?«, fragte Wolfers.

»Dass er Nele gefunden hat, und da war sie schon tot«, sagte Lissy. Sie spürte, wie das Tier nach hinten kroch und sich knurrend einrollte.

»Und du glaubst trotzdem, dass er es war«, sagte Berg.

Lissy betrachtete ihre Hände. Ihre Fingernägel waren schmutzig, ein Nagel eingerissen und blutig. Und ihr Fuß schmerzte.

»Und die Scheele Christiane hat er auch vergiftet!« sagte Lissy. »Mit Frostschutzmittel! Fragen Sie ihn doch selbst, wenn sie ihn haben!«

»Oh, das werden wir tun. Und wir können auch noch mal sein Alibi überprüfen. Aber das wird dir nichts nützen, verstehst du?« Berg beugte sich vor und Lissy roch seinen sauren Atem. »Aber zunächst bleibst du hier. Dringender Tatverdacht!«

Lissy wollte noch etwas sagen, aber ihr fiel nichts mehr ein. Sie humpelte an Wolfers' Seite bis zum Aufzug und fuhr mit ihm nach unten. Die Polizistin war heute nicht im Dienst, stattdessen war ein kleiner Mann in Uniform da.

Lissy lehrte ihre Taschen. Außer einem Handy und einem leeren Portemonnaie hatte sie nichts dabei. Der kleine Polizist legte ihre Sachen in eine Schachtel. Er hatte sogar kleine Hände, wie ein Mädchen.

Danach schloss er die Zelle auf. Lissy warf einen Blick hinein. Für einen Moment dachte sie an die Haarsträhne, die sie Daniel ausgerissen hatte, dachte an ihre Mutter am Sterbebett ihres Vaters, sah sein totes Gesicht. Vor ihren Augen wurde es schwarz und sie spürte, wie Wolfers sie grob am Ellenbogen packte. Sie schüttelte langsam den Kopf. Ihr war noch etwas eingefallen. Berg, wie er auf die Schultern von Daniels Vater klopfte.

»Fragen Sie Jakub!«, flüsterte sie. »Das Frostschutzmittel!«

Dann gaben ihre Beine nach und sie fühlte sich, als würde sie über dem Boden schweben, und das Pochen in ihrem Bein hörte auf. Wolfers hielt sie tatsächlich fest.

»Geht's?«, fragte er. »Willst du vielleicht noch etwas trinken?«

»Schon gut«, sagte Lissy. »Fragen Sie Jakub selbst! Nicht Daniels Vater.«

Wolfers sagte weder Ja noch Nein. Aber Lissy hatte sowieso keine andere Wahl, als sich auf der Pritsche auszustrecken. Sie drehte das Fußgelenk hin und her. Wenn sie den Fuß streckte, hörte der Schmerz kurz auf, um dann wiederzukommen. Sie bekam einen Krampf im Unterschenkel und zog die Zehen mit durchgestrecktem Bein in Richtung Knie. Das Bein zitterte. Sie machte trotzdem weiter, bis der Krampf nachließ. Sie legte den Fuß vorsichtig auf die Pritsche und bemühte sich, nicht mehr daran zu denken.

Sie konzentrierte sich auf die gelbe Zimmerdecke. Vielleicht durfte hier früher geraucht werden, jedenfalls waren die Ecken deutlich dunkler als der Rest der Decke. Lissy starrte lange darauf, ohne mit den Lidern zu zucken, einfach um nicht zu heulen. Sie wusste, dass der Kleine in Uniform vor der Tür sie beobachtete. Wahrscheinlich hatten sie sogar Angst, dass sie hier wirklich ohnmächtig wurde.

Sie durfte nicht alles denken, sondern nur einzelne Punkte und wie diese zusammenhingen. Vor allem durfte sie nicht mehr fühlen als unbedingt nötig. Keine Liebe, keine Trauer, keinen Hass. Nichts.

Es musste Abend sein, denn der kleine Polizist trug ein Tablett herein, mit zwei Brotscheiben und Marmelade. Lissy machte die Augen auf. Sie musste geschlafen haben, denn vor ihr standen noch die Bilder eines schönen Traums. Ihr Vater war da gewesen, und sie hatten zu Abend gegessen, zu dritt. Und ihre Mutter, die in letzter Zeit nur noch müde war, hatte über einen Witz gelacht, den ihr Vater gemacht hatte. Sie selbst hatte zwischen ihnen gesessen, warm und zufrieden, und ohne Schmerzen im Fußgelenk. Lissy spürte, dass das Tier wieder in ihr nagte.

»Meine Mutter«, sagte sie zu dem Polizisten. »Sie müssen meiner Mutter Bescheid sagen, oder?«

»Das wird Berg doch wohl gemacht haben«, meinte der Kleine.

»Bitte, rufen Sie meine Mutter an.«

Der kleine Polizist murmelte etwas, dann ging er hinaus. Einen Moment später kam er mit einem Zettel und einem Bleistift wieder.

»Schreib mir die Nummer auf!«, sagte er. »Kann ja nicht schaden ...«

Lissy betrachtete seine kleinen Hände, die an dem Teller mit den Brotscheiben herumschoben.

Sie schrieb die Nummer auf und dann noch den Namen ihrer Anwältin. Als er die Zelle hinter sich geschlossen hatte, setzte sie sich und schmierte sich ein Marmeladenbrot.

Dann wurde die Zellentür aufgeschlossen und der kleine Polizist führte sie nach oben, wo ihre Mutter stand. Lissy tat es plötzlich leid, dass sie ihr so viel Sorgen machte.

Sie trug noch den Kittel der Bäckerei, und sie roch nach frischen Brötchen, als sie Lissy in ihre Arme nahm und fest an sich drückte.

»Dann lassen Sie es jetzt mal gut sein«, sagte Berg nach einer Weile. »Wir müssen noch eine Vernehmung machen.«

Er ging mit mühsam gestrafften Schultern zu seinem Schreibtisch und schlug die Akte auf.

»Gut, Lissy, dann erzähl uns alles, was du weißt. Fang mit dem Morgen an, an dem Frau Grabowski gestorben ist.«

Lissy überlegte. Es tat gut, dass ihre Mutter ihre Hand dabei hielt.

Schon der Morgen war schwül gewesen, damit fing sie an, sie

hatte die Frühstücktabletts verteilt und dabei Frau Grabowski tot aufgefunden. Sie erzählte, wie sie Schwester Sabine Bescheid gesagt hatte.

Berg schlug die Akte auf und nickte.

»Wusstest du, dass Frau Grabowski seit längerer Zeit mit Morphinen behandelt wurde? Um ihr das Sterben zu erleichtern?«, unterbrach er Lissy.

»Nein«, sagte Lissy. Sie und Berg maßen sich mit Blicken.

»Hat vielleicht Nele Hoffmann dir Morphine angeboten?«

»Nein, auch nicht. Daniel ...«, begann Lissy.

»Und Oxana Kuhn, diese Deutschrussin, die kennst du doch? Hast du vielleicht irgendetwas an ihr beobachtet? Hatte sie vielleicht Kontakt zu anderen Russen?«

»Keine Ahnung, echt!«, sagte Lissy.

»Herr Berg ...«, versuchte Wolfers zu unterbrechen. »Lassen Sie Lissy doch ...«

»Du bist mit ihr gesehen worden, weißt du? Herr Werl hat uns angerufen. Du hast ihr an der Bushaltstelle aufgelauert. Von Weitem sah es wohl so aus, als würdet ihr euch ...«

Da klingelte das Telefon auf Bergs Schreibtisch. Berg starrte darauf, dann auf Lissy, dann nahm er ab.

»Gut«, sagte er. Dann lauschte er eine Weile. »Aber bei Bewusstsein?«

Dann schwieg Berg wieder eine Zeit lang und Lissy konnte hören, dass eine Stimme am anderen Ende der Leitung aufgeregt sprach, aber sie verstand nicht, was sie sagte.

»Und dann?«, fragte Berg.

Wieder sprach die Stimme laut und schnell.

»Wir kümmern uns darum, nur einen Moment noch.« Dann legte er auf.

»Ist was mit Daniel?«, fragte Lissy. Für einen Moment war sie wieder in ihrer Sehnsucht und Angst gefangen, doch dann dachte sie an den anderen Daniel, an den echten, den sie nie hatte sehen wollen.

»Er hatte einen Motorradunfall. Wohl nur ein Schlüsselbeinbruch«, sagte Berg und kaute an seiner Unterlippe.

»Oh«, machte Lissy. Die Hand ihrer Mutter drückte ihre fester und das tat gut.

»Er möchte mich sehen. Meine Assistentin meint, dass er ein Geständnis abgelegt hat.« Berg sagte das zum Fenster hinaus, über die Töpfe mit den Grünlilien hinweg.

Für eine Weile blieb alles still.

»Aber meine Tochter verdächtigen!«, platzte da Sonja.

»Bitte, Frau Winterhart!«, machte Wolfers. »Wir müssen allen Spuren …«

»Ach, hör'n Sie doch auf!«, fauchte Sonja. »Frau Özman wird sich schon noch bei Ihnen melden. Die hat mir nämlich alles erzählt, gestern Abend, als ich vor lauter Angst um meine Tochter nicht schlafen konnte!« Sie war jetzt laut und kleine Spucketröpfchen verteilten sich auf Bergs Schreibtisch und auf der Akte, die darauf lag. »Sie haben meine Tochter hier festgehalten, haben sie mehrmals Aussagen machen lassen, ohne mich anzurufen …« Sie sah von Berg zu Wolfers und dann wieder zu Berg. »Und dann wundern Sie sich, dass sie lieber abhaut, als sich von Ihnen wieder einsperren zu lassen?«

Lissy musste grinsen. So war ihre Mutter nicht oft, aber wenn, dann tat ihr das immer gut.

»Du willst Berg wirklich anzeigen?«, fragte Lissy, als sie in der Bahn saßen.

»Zumindest eine Dienstaufsichtsbeschwerde, so hat Frau Özman das genannt.« Ihre Mutter war immer noch wütend.

»Berg ist mit Daniels Vater befreundet. Wahrscheinlich wusste Daniel von ihm, dass die Scheele Christiane ihn gesehen hat«, sagte Lissy. Sie war verwundert, wie leicht sie Daniels Namen aussprechen konnte.

»Du weißt, wo die Scheele Christiane ist?«, fragte ihre Mutter. »Hulle sucht sie überall.«

Lissy legte ihre Stirn an die Scheibe der Straßenbahn.

»Franka und ich haben sie gefunden«, sagte sie. »Sie war vergiftet. Daniel hat sie vergiftet.«

Sie blickte weiter durch die Scheibe, aber sie sah nichts von dem, was dort draußen war.

»Das Schlimme ist, ich habe die beiden miteinander bekannt gemacht, ich meine, ich wusste doch nicht …«

Sie spürte wieder die Hand ihrer Mutter.

»Ich hab ihm das einfach nicht zugetraut, ich war wie blind und taub …« Sie zog die Nase hoch.

Die Hand auf ihrem Bein drückte kurz zu.

Die Bahn hielt am Jan-Wellen-Platz und sie mussten umsteigen.

»Mit Hulle hast du auch gesprochen?«, fragte Lissy, als sie nebeneinander in der Bahn Richtung Gerresheim fuhren.

»Er war gestern Abend bei mir, mit Blumen. Wegen deinem Papa und so.« Den letzten Satz sagte ihre Mutter leiser. »Herzliches Beileid sagen.«

Lissy betrachtete die hohen Häuser der Innenstadt, die Läden, die hell erleuchteten Restaurants, die vielen Autos, die neben der Straßenbahn herfuhren, die Menschen auf den Bürgersteigen, die Tüten mit großen bunten Aufdrucken trugen, die Frauen, die in sexy Sommersachen über die Bordsteine stöckelten, und die Männer in Jeans, die Jacken über die Arme gehängt. Es gab so viel zu sehen an einem warmen Sommernachmittag wie diesem.

»Wo ist Papa jetzt?«, fragte Lissy. Sie meinte seinen ausgemergelten Körper.

»Vielleicht ist er da oben und passt auf dich auf«, sagte ihre Mutter und drückte sie fest an sich. »Aber wirklich weiß ich es nicht.«

Lissys Fuß steckte in einer Bandage, dick mit einer Salbe eingeschmiert, und sie lag im Bett, die Augen geschlossen. Es war früher Abend. Durch die geschlossene Tür hörte sie leise den Fernseher, den Fredi angestellt hatte. Ihre Mutter saß mit Birgit in der Küche und rauchte eine nach der anderen. Das Tier in ihrem Inneren nagte an ihren Rippenbögen. Es tat weh, gleichmäßig und von ihr nicht kontrollierbar. Das hatte sie die ganze Zeit nicht gewollt, irgendwo zu liegen und nichts mehr zu tun zu haben. Irgendwo zu liegen und nichts mehr zu machen, außer zu spüren, wie weh es tat.

Tränen liefen aus ihren Augen, ohne dass sie noch etwas dagegen tun konnte. Sie musste nicht mehr weitermachen, es gab nichts mehr, was zu tun war.

Sie war ganz allein mit ihrer Sehnsucht, dass ein Arm sich um sie legte und jemand sie trösten würde. Daniel würde das nicht tun, nie.

Sie versuchte sich daran zu erinnern, wie sie ihn zum letzten Mal gesehen hatte, gegen sie boxend und dann mit dem Motorrad davonrasend. Und an den Tag, an dem sie sich kennengelernt hatten, und was sie miteinander auf der Rennbahn getan hatten.

Doch dazwischen drängte sich das Gesicht ihres Vaters, so, wie sie ihn gesehen hatte, als sie in der letzten Nacht bei ihm war, weich und mit stoppeligem Kinn, und sie erinnerte sich an jede Einzelheit, an jeden Tropfen, der durch den Schlauch getropft und in den ausgemergelten Arm ihres Vaters geronnen war.

Sie spürte, dass sie so müde war, dass sie in die Matratze einzusinken schien. Sie sah sich selbst wieder wie in einem Traum, im Schwimmbad, eng an Daniel geschmiegt, Nele war da gewesen und Philipp, und sein treuer Schatten, Chris. Sie meinte, Daniels Haut zu spüren, während Chris etwas fragte.

Sie wurde erst wach, als sich Hulle auf ihre Bettkante setzte. Er streichelte ihren Rücken und zog die Decke über sie.

»Geht's?«, fragte er, nur um etwas zu sagen.

Lissy nickte. Es war schön, dass Hulle da war.

Ihr traten schon wieder die Tränen in die Augen, und irgendwie war das vor Hulle nicht schlimm.

»Soll ich dir was sagen?«, fragte Hulle. »Wenn ich ganz ehrlich bin, bin ich wütend auf Hau. Ich mein, hätte er es nicht einfach durchziehen können? Musste er denn sterben?«

Lissy begriff, dass Hulle zum ersten Mal nicht mit ihr sprach, als sei sie ein Kind und er der Erwachsene.

»Er hätte doch auch vernünftig sein können, oder?«, fragte Hulle sie.

Lissy zuckte mit den Schultern.

»Entschuldige«, sagte Hulle. »Ich sollte so etwas nicht sagen.«

»Doch«, sagte Lissy. »Was wir fühlen und was wir denken – das passt nicht immer zusammen.«

Hulle gab ein gequältes Kichern von sich.

»Da hast du recht!« Er lachte noch etwas weiter, aber nicht sein dröhnendes Weihnachtsmannlachen wie sonst, sondern als ob ihm etwas sehr wehtäte. Lissy nahm ihn in die Arme und hielt ihn lange so, bis aus seinem Lachen ein hartes Schluchzen wurde.

»Ich will nicht, dass wir sterben! Einfach so!«, presste er hervor. »Ich will das nicht!«

Lissy hielt ihn noch fester und spürte, wie sich seine Arme fest um sie legten. Sie weinte selbst auch, und vielleicht war das alles, was man tun konnte, sich aneinander festhalten und weinen.

Daniel befingerte seinen Verband. Es tat ein bisschen weh, aber nicht so, dass er es nicht ausgehalten hätte.

Berg sah ihn aufmerksam an.

»Gut«, sagte er. »Was geschah dann?«

»Ich weiß es gar nicht mehr so genau. Ich war wütend.«

Es tat gut, darüber zu sprechen. »Sie sagte, sie könne uns nichts mehr besorgen, nie mehr.«

»Sie wollte keine Ampullen mehr stehlen, meinte sie das?«, fragte Wolfers.

»Ja, das meinte sie wohl. Sie könne es nicht aushalten, die Leute sterben zu sehen und zu wissen, dass sie diese Schmerzen hätten. Das Jammern, das die anderen Schwestern nicht ernst nähmen. Nur Nele wusste ja, dass die Leute wirklich Schmerzen hatten.«

Die Bilder von diesem Abend waren in seinem Kopf, aber er konnte sie kaum noch in die richtige Reihenfolge bringen.

»Aber das war es nicht, was mich so wütend machte«, erklärte er. »Sie sagte, ich würde ihr zum Hals heraushängen mit meinen ganzen Spielchen.« Er tastete wieder an seiner Schulter herum. »Und an dem Abend bin ich trotzdem zum Altenheim gefahren. Sie lag da, tot.«

Eine Zeit lang blieb es ganz still im Raum.

»Sie ist erst am Morgen gestorben«, sagte Wolfers leise. »Warum hast du ihr nicht geholfen?«, fragte Berg. »Du hättest sie retten können.«

»Ich …« Daniel konnte nicht weiter. Wie konnte er erklären, dass er sich genau das immer wieder gefragt hatte? Wie er sich geschämt hatte? Wie er Angst gehabt hatte. Scham und Angst, das war das, was er eigentlich immer fühlte.

»Ich bin weggelaufen«, sagte er, als würde das alles erklären. »Ich hatte Angst.«

»Und mit der Obdachlosen?«, fragte Wolfers.

»Du hattest mir ja gesagt, dass sie etwas wüsste.«

Wolfers sah Berg an.

Berg drehte nervös an seinem Stift.

»Und an dem Abend parkte ich das Motorrad, und da habe ich das Methanol gesehen. Ich hatte mal gehört, dass Alkoholiker das trinken und der Effekt erst mal derselbe ist wie bei normalem Alkohol … Ich habe das Methanol mit Zitronenlimonade gemischt. Wegen des Geschmacks. Dann hab ich sie in Flingern abgepasst. Ich hatte sie da schon öfters gesehen.« Daniel holte tief Luft. »Ich habe ihr dann vorgelogen, dass ich ihr regelmäßig Alkohol besorgen würde, wenn sie die Klappe hält.«

»Und sie ist darauf eingegangen?«, fragte Wolfers.

»Sie hat die halbe Flasche ausgetrunken und ist dann über die Straße gewankt.« Daniel schluckte. Er konnte sich daran erinnern, dass es ihn erschreckt hatte, als die Scheele Christiane tatsächlich diese Flasche an den Mund gesetzt hatte. Klar, er hatte es geplant. Der Pony, der ihr über das tote Auge fiel, der Mund, der zuckte und dann gierig wurde. Dann hatte sie getrunken. Das war der Moment gewesen, nach dem es kein Zurück mehr gegeben hatte.

»Und dann?«, fragte Wolfers mit einem Seitenblick auf Berg.

»Es war zu viel!« Daniel versuchte sich hochzustemmen, doch das war mit seinem gebrochenen Schlüsselbein nicht möglich.

»Ich konnte das nicht aushalten! Nicht zu Hause, nirgendwo.«

Er fiel auf seinen Stuhl zurück. Er konnte niemanden ansehen. »Ich bin durchgedreht, und da hatte ich noch diese eine Ampulle. Nele und ich wollten die irgendwann mal spritzen, nur so, als Erfahrung. Und dann habe ich gedacht, Nele ist nicht mehr … ich wollte dann … ich wollte sterben. Ich konnte einfach nicht mehr.«

Wolfers sah von Berg zu Daniel. Sie saßen beide zusammengesunken da. Kraftlos, dachte Wolfers.

»Nehmen wir mal an, dass das stimmt, was du uns erzählst. Wer hat dann Nele so verletzt, dass sie daran gestorben ist?«, fragte Wolfers.

Lissys Mutter klopfte an die Tür.

»Birgit hat was zum Essen gebracht«, sagte sie. »Dein Freund Justus ist auch da.«

Lissy löste sich von Hulle.

»Hast du ein Taschentuch?«, fragte er. Er putzte sich die Nase und versuchte ein Grinsen.

»Iss mit uns«, sagte Lissy. »Komm schon.«

Es gab Kartoffelsalat und Würstchen. Der Fernseher war auf stumm geschaltet.

Ihre Mutter, Fredi, Birgit, Franka und Justus saßen um den Wohnzimmertisch herum. Ihre Mutter gab Hulle einen Teller. Der Kartoffelsalat war hoch daraufgetürmt und die Würstchen, die ein bisschen über den Rand hingen, zitterten, als Hulle den Teller nahm.

Lissy bediente sich am Kartoffelsalat. Es war schön, mit so vielen im Wohnzimmer zu sitzen und zu essen. Es tröstete.

Sie sprachen über die Beerdigung, die am Montag stattfinden sollte. Lissy nahm ihre Gabel und begann zu essen.

»Und Lissy wollte auch mitfahren«, sagte Franka gerade. »Die passt schon auf mich auf.«

»Was?«, fragte Lissy. Irgendwie war das Thema gewechselt worden.

»Paris, du weißt schon«, grinste Justus.

»Nein, weiß ich nicht.«

»Das hatten wir doch besprochen. Wir haben dir jedenfalls eine Fahrkarte besorgt«, sagte Franka und grinste ebenfalls.

»Und wann?«, fragte Hulle. »Ich finde das jedenfalls großartig. Paris ist eine Reise wert.«

»In den Sommerferien. Franka, du und ich.«

Lissy zuckte mit den Schultern. Sie dachte wieder an den Nachmittag im Allwetterbad. Und dann legte sie ihre Gabel beiseite und stand langsam auf.

»Ich bin gleich wieder da«, sagte sie. »Ich muss …«

Damit war sie aus der Tür und nahm den Bus zur Automeile.

In dem großen Porschehaus war alles aus Glas und Chrom. Lissy betrat es erst gar nicht, sondern ging den Schildern zur Servicestelle nach. Philipp sah in der Werkstatt ganz anders aus. Er trug weder eine Sonnenbrille noch einen blitzenden Stein im Ohr. Quer über seine Wange lief ein Streifen aus Öl.

»Kann ich noch mal mit dir reden?«, fragte Lissy ihn.

Er zog den Träger seiner dunklen Arbeitshose hoch und nickte mürrisch.

»Du weißt, dass Daniel verhaftet worden ist?«, fragte sie.

»Ja, hat Jakub mir heute Morgen erzählt.«

»Er hat auch alles zugegeben, außer das mit Nele.«

Philipp nickte wieder.

»Weil er es nicht war.« Eigentlich sollte das eine Frage sein, aber Philipp zuckte nur mit den Schultern.

»Ich glaube auch nicht, dass du es warst. Sondern jemand, den du gut kennst.«

»Hör jetzt auf mit dem Gelaber. Was willst du?«, fragte Philipp und zupfte wieder an seinem Träger.

Chris kam zur Tür herein, auch er trug einen Blaumann. In der Hand hatte er einen großen Schraubenschlüssel.

Er musterte Lissy kurz, dann nickte er.

»Ich wusste, dass du dich daran erinnern würdest«, sagte er.

»Hä?«, machte Philipp. »Woran denn?«

»Sie war dabei, als ich Daniel nach dem Zeug gefragt habe«, sagte er zu Philipp.

Lissy nickte.

»Im Allwetterbad wusste ich natürlich noch nicht, was du meintest. Aber eben ist mir alles klar geworden. Du bist vor Daniel bei Nele gewesen. Du wolltest mehr von dem Morphin haben.«

Chris nickte.

»Und dann habt ihr euch gestritten, weil Nele dir nichts geben wollte.«

Chris nickte wieder.

»Und dann ist sie gegen das Gestänge gekracht, und alles war voll Blut. Und du bist abgehauen.«

»Was?«, fragte Philipp. »Du warst das?«

Chris zuckte mit den Schultern.

»Ich werde immer übersehen. Wieso diesmal nicht?«, versuchte Chris einen kleinen Witz. Dabei wog er den Schraubenschlüssel in der Hand.

»Aber du hättest…« Philipps Gesicht verzog sich voller Ekel.

Chris schleuderte Lissy den schweren Schlüssel ins Gesicht, aber Philipp zog sie weg.

»Chris, verdammt!«, brüllte er und ging auf seinen Freund los. Er versuchte ihn zu packen und rutschte auf einem Ölfleck aus.

»Ruf die Bullen, du dämliche Kuh!«, schrie er Lissy zu, während er sich an Chris' Hosenträgern festklammerte.

Lissy zückte ihr Handy.

Später saßen sie zusammen am Jürgensplatz und warteten darauf, ihre Aussage machen zu können.

»Ich hätte das nie von ihm gedacht«, sagte Philipp immer wieder. »Ich meine, er war doch so …«

Lissy nickte.

»… so unauffällig.«

»Deshalb hat ihn auch niemand verdächtigt. Daniel nicht, ich nicht …«, sagte Lissy.

»Und ich auch nicht, verdammt. Ich hab die ganze Zeit geglaubt, Daniel wäre es gewesen, ich habe mich sogar … egal.«

Philipp richtete sich auf und blickte geradeaus. Er sah jetzt wieder so unnahbar aus wie immer, auch wenn er keine Sonnenbrille trug.

»Und Nele?«, fragte Lissy leise. »Was war das mit dir und Nele?«

Philipp holte tief Luft.

»Die war einfach nichts für mich. Und außerdem habe ich eine Freundin.«

»Aber dass du Chris eben festgehalten hast, das hast du doch für Nele getan, oder?«, fragte Lissy weiter.

Philipp zuckte mit den Schultern.

Wolfers steckte seinen Kopf aus einer der Türen und nickte Philipp zu.

Lissy blieb allein auf dem Flur sitzen. Sie tastete nach dem Tier, das sich unter ihrem Magen eingerollt hatte und schlief. Es fühlte sich gut an.

Flügel, Traum und Weite,
ein frischer Tag, ein neuer Wind,
die Flügel ausgebreitet und abgestoßen
von den Dachfirsten
der Vergangenheit!

Lissy sah sie schon vom Weitem: Hulle, Lumpi und die Scheele Christiane. Sie standen an der Ecke, an der die Busse abfuhren, zusammen mit anderen Obdachlosen, und wie immer schaute sie unwillkürlich, ob ihr Vater dabei war, bevor ihr wieder einfiel, dass er tot war.

Justus und Franka gingen vor ihr her, aber sie musste einen Moment stehen bleiben und schauen, einfach nur schauen, bevor sie das Bahnhofsgebäude betrat. Justus wusste, auf welchem Gleis der Zug abfahren würde, alles war geregelt, die Tickets mit den Platznummern hielt Franka fest in ihrer Hand, und Lissy musste nur einsteigen.

Der Zug verließ den Düsseldorfer Hauptbahnhof. Franka und Justus standen auf dem Gang und hielten sich an den Händen. Sie sahen aus dem Fenster. Auch Lissy betrachtete die hohen Häuser an beiden Seiten der Bahnlinie, die hell im Sommerlicht standen.

Der nächste Halt des Zuges war Köln, und danach kämen

Lüttich und Brüssel in Belgien, bevor sie Paris erreichen würden. Lissy lächelte. Sie war noch nie so weit fort gewesen.

Plötzlich kam es ihr so vor, als läge alles offen vor ihr, und das Tier in ihr schnurrte.

Sie fuhren jetzt an Weiden und Äckern vorbei, und auf vielen Wiesen standen Pferde. Lissy dachte kurz an die Rennbahn, an den alten leeren Stall, in dem sie zum letzten Mal mit Daniel gesprochen hatte, doch das Tier in ihr summte weiter und schien sich nicht um ihre Erinnerungen zu kümmern.

Anmerkungen

Im Text kommen einige Orte und Institutionen vor, die es in Düsseldorf so oder sehr ähnlich tatsächlich gibt. Sie bilden jedoch nur einen Rahmen zu einer rein fiktiven Handlung. Die Personen, die im Allwetterbad Flingern, einem Beachclub in Lierenfeld, im Evangelischen Krankenhaus Gerresheim, den Landeskliniken in Grafenberg, einem Altenheim in Flingern oder in einem bestimmten griechischen Imbiss gegenüber von diesem Altenheim auftreten, habe ich mir ausgedacht. Alle Ähnlichkeiten sind zufällig und nicht gewollt. Der Imbiss macht allerdings sehr gute Pommes.

Die Zeilen, die Lissy ihrer jüngeren Freundin Franka diktiert (Seite 166), bilden die letzte Strophe des Gedichts »An einen politischen Dichter« von Heinrich Heine (1841). Heine wurde 1797 in Düsseldorf geboren und starb 1856 in Paris. Sein Grab befindet sich auf dem Cimetière de Montmartre und Franka wird bestimmt eine Rose darauflegen.

Danke

Ohne folgende Menschen und Institutionen wäre der vorliegende Text einfach nicht möglich gewesen:

Mein großer Dank gilt dem Deutschen Literaturfond e.V. und dem Arbeitskreis für Jugendliteratur e.V. für das Kranichsteiner Jugendliteratur-Stipendium. Es war mir eine große Hilfe, Unterstützung und Motivation. Vor allem danke ich Traudel Ridder, die sich immer so prompt und unbürokratisch um alles gekümmert hat!

Der Aufenthalt in der Fondation de l'Allemagne – Maison Heinrich Heine in Paris, der mit diesem Stipendium verbunden ist, ist mir eine große Inspiration und Freude. Besonders Dr. Christiane Deussen, Hedwig Sastre und Nicole Bary, die für mich übersetzte und dolmetschte, haben dafür gesorgt, dass ich beste Arbeitsbedingungen hatte und vielfältige neue Eindrücke sammeln konnte. Ich fühle mich dadurch reich beschenkt.

Ohne die Bewohner, Bewohnerinnen und Pflegekräfte, die ich in den Neunzigern im Clarenbachstift/Köln-Braunsfeld und im Altenheim St. Marien/Köln-Kalk während meiner studentischen Aushilfstätigkeit dort kennengelernt habe, wäre ich niemals auf die Idee gekommen, über den Pflegealltag zu schreiben. Vielen Dank!

Als Beraterinnen und Leserinnen von noch unausgegorenen Fassungen möchte ich vor allem meiner Schwester Monika Labudda und Dr. Dorothee Hasskamp danken. Auch Birgit Langenbeck hat mit einigen wichtigen Hinweisen zum Text beigetragen. Dafür herzlichen Dank!

Mark Gätjens fand den Text »dunkel«, war aber immer voller Zuversicht. Danke für alles!

Meiner Agentin Alexandra Legath von der Agentur Weniger herzlichen Dank für die kompetente Beratung und Vertretung!

Da neben dem Text auch das Titelbild spricht, danke ich endlich einmal ausdrücklich Christian Keller, der dieses Cover (wie auch die meiner anderen Bücher) gestaltet hat.

Und zum Schluss und am meisten möchte ich meiner Lektorin Susanne Bertels danken. Sie war sofort dafür, Lissy in ein neues Abenteuer zu schicken, und hat sie bis zum Schluss mit Hinweisen und Kompetenz begleitet.

Paris, im Frühjahr 2011
Agnes Hammer

Agnes Hammer

HERZ, KLOPF

Mitte im Getümmel des Düsseldorfer Straßenkarnevals verschwindet ein Mädchen. Mittags hat Franka noch mit Lissy gesprochen, aber abends kommt sie einfach nicht nach Hause. Mit beklemmender Genauigkeit und psychologischer Schärfe entwickelt Agnes Hammer die Beziehung zwischen Franka und ihrem Entführer: Die Ängste Frankas in dem engen dunklen Versteck, die Fantasien des Täters, der sich Erlkönig nennt und der Franka – seinen Engel – doch eigentlich nur beschützen will. Und seine ohnmächtige, vernichtende Wut, als er begreift, dass er stattdessen vor einer Katastrophe steht. Denn jemand bedroht seine kleine, zerbrechliche Idylle: Lissy, die Schulschwänzerin, die sich durch ihren Hartz-IV-Alltag boxt, notfalls mit beiden Fäusten.

script5

Agnes Hammer

DORFBEBEN

Weil die Großstadt zu laut ist, lebt Mattes auf dem Land bei seiner Oma. Plötzlich zerreißt ein Mord das dörfliche Einerlei. Jakob Bähner, ein angesehener Bürger, wird brutal erstochen. Ausgerechnet beim Gemeindeausflug, mitten in einer Chorprobe. Als Mattes sich später einen Mitschnitt der Probe anhört, glaubt er, darauf Stimmen zu hören, die auf den Mörder hinweisen. Gemeinsam mit Lena, seiner Tante, macht er sich auf die Suche und stößt auf ein Geheimnis, das viele Jahre zurückzuliegen scheint. Doch je mehr sie über das Dorf und seine Geschichte herausfinden, desto unüberwindlicher wird die Mauer aus Schweigen. Das filigrane Geflecht aus Doppelmoral und Intrigen, das die Dorfgemeinschaft in kollektivem Einverständnis über Jahre bewahrt hat, droht auseinanderzubrechen. Das muss verhindert werden. Auch wenn dafür ein weiteres Opfer notwenig ist: Lena.

script5